本书获 2015 年贵州省出版发展专项资金资助

为了山里的孩子

—— "本禹"们的青春选择

◎ 刘标玖 著

贵州出版集团

贵州人民出版社

"本禹志愿服务队"的同学们：

　　来信收悉。得知你们在徐本禹同志感召下，积极加入青年志愿者队伍，走进西部，走进社区，走进农村，用知识和爱心热情服务需要帮助的困难群众，坚持高扬理想、脚踏实地、甘于奉献，在服务他人、奉献社会中收获了成长和进步，找到了青春方向和人生目标，感到十分欣慰。值此中国青年志愿者行动实施 20 周年之际，我向你们以及全国广大青年志愿者，致以诚挚的问候和崇高的敬意！

　　当前，全国各族人民正在中国共产党领导下，全面贯彻党的十八大和十八届三中全会精神，满怀信心为实现中华民族伟大复兴的中国梦而奋斗。你们在信中表示，要勇敢肩负起历史赋予的责任，积极投身改革发展伟大事业，奉献社会，服务人民，说得很好。

　　历史和现实都告诉我们，青年一代有理想、有担当，国家就有前途，民族就有希望，实现中华民族伟大复兴就有源源不断的强大力量。希望你们弘扬奉献、友爱、互助、进步的志愿精神，坚持与祖国同行、为人民奉献，以青春梦想、用实际行动为实现中国梦做出新的更大贡献。

习近平

2013 年 12 月 5 日

为了山里的孩子，

为了让更多人关注、关心、

帮助山里的孩子，

我义无反顾……

目录

什么是今天的
青春之歌?

何建明

　　不知为什么，看完刘标玖的《为了山里的孩子》，我自然而然地想起了自己青春年少时所看的那本《青春之歌》……

　　那个时候的我们，受《青春之歌》的教育与影响太深了，几乎可以熟背小说中的许多情节，也从作品中明白了很多道理。作为新中国的主人，我们应该如何像林道静那样的革命青年一样，身怀一腔热血，为祖国去战斗，去劳动，去建设。我们就是这样走到了今天，带着革命的浪漫主义和理想主义，直到把新中国建设成眼前这个样。

　　回望几十年历史岁月，当我们的孩子已经都快有自己的孩子时，我们才猛然发现：今天的这个世界，尤其是今天的年轻人与我们年轻时很不一样了。说的话，做的事，全不一样，而且不一样得令我们有些心头发毛：世界和未来能交给这些年轻人吗？老实说，这份悲观曾经那样长久地困扰着我的心堂。

　　但我发现自己错了。错在我并没有想明白一件事：人类自始至终都一直在唱着"青春之歌"，每一代人都有自己的"青春之歌"，且一代比一代唱得更加响亮与优美动听。不是吗？今天的中国不会再有林道静式的小资产阶级知识分子的背叛者了，似乎也不需要去拿真刀真枪，挺着胸膛去面对敌人的子弹与屠刀。今天的年轻人只需要冷静地选择，热情地做事，认认真真地把自己的梦想与现实和美地统一起来，那可能就是一曲最优美最动听的"青春之歌"了！

是。徐本禹就是这样一个"青春之歌"，就是中国今天的"青春之歌"。

在今天，许多人把当老板、当明星、当院士、当大官、当银行家视为人生追求的理想目标，却唯独没有想到的是如何去做一个默默的奉献者，去为那些最需要帮助的弱者服务。我以为，看一个民族是否高尚，是否进步，是否具有世界意义和能为人类历史做出更多贡献，有一根尺度必须具备，那就是要看这个民族里有没有人主动牺牲自己的利益，或者说甘心情愿地把自己的财富与时间，无私地奉献给他人；有能力的人，去无私地帮助那些缺乏能力的人；强者去给予弱者有尊严的生活与工作……这也许是人类共同的价值观，当然它也是社会主义核心价值观中的重要部分。

徐本禹是个非常平凡的人；他做的事其实也非惊天动地，但他又是一个伟大的人，他把一件普通的事做得惊天动地。帮人，助人，帮弱者，助弱者，本来是我们民族美德之中的基本要素之一。但谁能想到，我们在创造前所未有的财富之后，却渐渐消失了像徐本禹这样的有同情心、心地善良、做事又有美德的人！物以稀为贵，徐本禹因此变得珍贵，最后成为了当代社会的一种道德标杆而让千千万万的人感动了。

是怪事？是怪事。

非怪事？是，不该是怪事。

中国社会走入了前所未有的历史发展与进步的重大转型期，一切价值观与道德趋向都在考验和拷问生活在这个历史发展阶段的每一个人。以为自己是聪明的人、智慧的人，他们都选择了适应高速发展时代的人生道路，并且许多人做出了辉煌的业绩而名垂青史。这样的人生交响乐，毫无疑问一定很动听。而另一种人则不然，他们并没有想到自己，而是因为别人和想改变别人命运的那份纯粹的精神，在自己最美最好的青春时代，谱写了自己最壮丽的人生。我称这样的人生就是今天的"青春之歌"。

徐本禹和千千万万自愿跟着他一起前行的那些帮教助学扶贫的志愿者，就是当代社会、当代中国最响亮、最感动的"青春之歌"！这是我看完《为了山里的孩子》后最想表达的话。

青春对所有人来说只有一次。而一个人的青春之歌唱得好的话，不仅将影响自己的人生，也会影响许多人甚至几代人的命运。由此我们再看徐本禹，大家就会与刘标玖有一样的认识了。

中国"山里的孩子"，并非就一个简单的"穷"概念，它是中国当代社会发展遇到的主要问题之一，甚至将直接影响着中国是否真正能崛起的关键所在。"山里的孩子"也并非只是"山里的孩子"的问题，它会决定着山里之外的所有中国孩子的未来和明天的命运。认识了这一点，也就认识了徐本禹及徐本禹的本质了。

我非常看好刘标玖的这部作品，因为它表现了当代中国社会一曲最动听的"青春之歌"，它激励和鼓舞着我们，它领引和影响着我们，它还将给那些只知自己的所有而不知别人所有的人以最清醒的警示和榜样。

什么是今天的青春之歌？徐本禹的所作所为就是。为这，我要感谢刘标玖，因为他以这部有温度、有筋骨、有精神、有灵魂的文字，让我们更明白了徐本禹式的"青春之歌"到底美在何处、我们如何一代又一代地高唱与传承下去……一个人、一个民族，还有比这更重要的吗？

2015 年冬至于北京

（作者为中国作家协会副主席、党组成员、书记处书记）

谁在呼唤

1. 留守儿童之殇

乌蒙山连着山外山
月光洒下了响水滩
有没有人能告诉我
可是苍天对你在呼唤

一座山翻过一条河
走过千山万水永不寂寞
你来过 年华被传说
百里杜鹃不凋落

怀念总在心头绕
我们记忆的凭吊
善良的心跳

这首歌,唱的是贵州毕节。它地处乌蒙山腹地,川滇黔锁钥,是云贵高原的屋脊、长江珠江的屏障,有着夜郎古国的神秘、水西文化的灿烂,更留下了红军闪光的足迹,留下了领袖豪迈的诗情……然而,千百年来,由于种种原因,毕节这个名字并不为多数国人熟知。

历史的车轮驶进了 21 世纪，实现伟大复兴"中国梦"的号角吹遍了全国，毕节却以另类的方式出名了。出名的原因让人慨叹，竟然是留守儿童的意外死亡，也发人深思。

2012 年 11 月 16 日清晨，毕节市七星关区流仓桥办事处环东路一个垃圾箱里，发现了 5 个已经死亡的孩子，都是 10 岁左右的男孩。经查，孩子们是在垃圾箱内生火取暖，中毒身亡。这个类似现代版"卖火柴小女孩"的故事，让无数国人为之心痛。人们不禁要问，5 个孩子怎么就沦落到蜷缩于垃圾箱里取暖的境地？

事后，毕节市对全市范围内留守儿童进行了逐一排查，设立了留守儿童专项救助基金，采取一对一帮扶措施。市、县（区）财政每年拿出经费 6000 万元，用于保障留守儿童的学习和生活。

可是，三年之后，毕节又出事了，还是事关孩子的大事。

2015 年 6 月 9 日晚，毕节市七星关区田坎乡茨竹村的 4 名留守儿童在家中死亡。这是一兄三妹，哥哥张启刚 13 岁，大妹张小秀 9 岁，二妹张小玉 8 岁，最小的妹妹张小味才 5 岁。警方的调查结论是喝农药自杀。

茨竹村是贵州省的一类贫困村，经济来源主要是种地，也有一些人外出打工挣钱。村里没有学校，孩子们在离家 1.5 公里的田坎乡中心校读书，小刚读六年级，小秀读二年级，小玉读一年级，小味刚上幼儿园。

孩子们的父亲张方其常年在外打工，母亲任希芬已离家出走，不知去向。如此的家庭，对孩子们的影响可想而知。老大张启刚的班主任杨小琴说："他在班上成绩中等，性格很内向，不论是表扬还是批评，都一言不发。"

这年 3 月，张方其再次外出打工，却没请人帮忙照顾孩子，只是在离开前给孩子办了一张银行卡，放在儿子张启刚身上。从此，四兄妹不仅生活要全部自理，还要养家里的两头猪。

于是，他们都辍学了。

辍学后，孩子们成天守在家里，偶尔去小卖部买点东西，不仅不与村里的大人打交道，也不跟同龄的孩子一起玩耍，可以说与世隔绝。他们经常大门紧闭，白天很难看出他们在不在家，只有晚上开了灯或开着电视机，才知道他们在。村民肖文英说，路过他们家门口时，偶尔能听到里面有声音，但一敲门，就什么声音都没了，也不开门。

四兄妹出事当晚，同村的张启付意外地听到孩子家传出"呼呼"的声音。

"我当时以为是有野猪，就拿着电筒跑过去看，结果看到一个孩子倒在地上，正在抽搐。"张启付说。

张启付赶紧打电话报警，又拨打了 120 急救电话。随后，乡卫生院医生和警察赶到现场，破门而入，将孩子们送到卫生院抢救，但没能救回来……

事件发生后，毕节市委和七星关区委成立了联合调查组，对四名儿童中毒情况、服食农药的来源、抢救过程、死亡原因、家庭状况、入学情况等展开调查。调查的结果是自杀：在父母先后离家后，四个孩子性情发生变化，不愿与外界接触，闭门不出，直至服农药自杀。

调查报告中还说，张方其、张启刚已被纳入了农村低保，先后领取低保金等民政救助资金 6627 元，他们家的生活水平在当地应该算中等。四个孩子虽然辍学，但平时并不缺少吃、穿，也有父亲汇给他们的零花钱。由此分析，他们的悲剧的主因，更多的是缺少关心和爱护。

据报道，张启刚留下了一份简单的遗书，大概内容是："谢谢你们的好意，我知道你们对我的好，但是我该走了。我曾经发誓活不过 15 岁，死亡是我多年的梦想，今天清零了！"

梦想，懵懂少年张启刚竟然用了这个词，这个正被亿万中国人频繁使用的词，不能不令人深思。

把死亡当成梦想，那是多么决绝的对生的绝望？

2. 他为什么如此绝望

2015 年 6 月 12 日，毕节市委和七星关区委决定对事件相关责任人进行处理。其中，七星关区人民政府副区长杨黔、教育局局长叶荣和田坎乡茨竹村包村领导薛廷猛被停职检查；七星关区田坎乡党委书记聂宗献、乡长陈明福被免职。

出了事故需问责，党政领导干部难辞其咎，可被停职的还有一名教育局局长，是不是有"冤枉"之嫌？4名儿童的死，到底应该由谁来负责？与教育有多大关系呢？

兄妹们辍学后，乡干部和学校教师前后6次来他们家，动员他们回校上课。田坎乡政法书记胡海峰说，他5月13日第二次到他们家时，听到孩子在里面跑，但怎么敲都不开门。"我只好找到孩子二爷爷，请他随时注意孩子情况，还叫周围的两个小孩多找他们玩。"

胡海峰还说，兄妹们成为留守儿童后，乡里为他们建立了留守儿童档案，并确定村支书高华成和当时的包村干部张胜为一对一帮扶对象。

对这个帮扶对象，曾作为包村干部的张胜没少操心。他说："只要张启刚不去学校上课，我都尽量去他家里做工作，给他讲上学的好处。甚至说到在学校有免费的营养午餐，还可以和大家一起玩。"

就在出事的那天晚上，乡政府的干部和学校的老师还来到孩子们家里，劝他们回学校上课，还说会给他们买新衣服，买米吃……

据说，孩子们已同意返校读书，干部和老师还通知了孩子们的二爷爷张仕贵，让张仕贵协助关心孩子们的生活和学习问题。

"他们让我第二天去叫娃儿们起床。没料他们刚走不久，就出事了。"张仕贵说。

去学校上学，这应该是一个正常儿童少年的梦想，怎么会成了孩子们奔向死亡的前奏，亦或说是他们下决心自杀的导火索？

我们不禁要想，学校怎么了？竟然让孩子们如此恐惧？

孩子们都去世了，他们到底是怎么想的，无从知道。但事件之后，很多专家做了分析，矛头大多指向了家庭教育的缺失和乡村教育的凋敝。

家庭教育的缺失我们权且不论，乡村教育的凋敝却不能不让人深思。

根据21世纪教育研究院发布的报告显示，在2000年到2010年期间，中国农村小学减少了22.94万所，占原本总数的52.1%。除了农村小学，农村教学点在十年间亦减少11.1万个，占原本总数的六成。初中减少了1.06万所，减幅也超过四分之一。在 2000 年 2010 年间，中国平均每天要消失 63 所小学、30 个教学点和 3 所初中。

在中国农业大学人文与发展学院叶敬忠院长看来，乡村学校的缺失，不仅影响了留守儿童的学校教育，还对整个乡村环境造成巨大影响。他曾在一场公益论坛上表示，学校不仅仅是教书育人的载体，也是社区的文化中心。学校的存在，带动了家长与老师之间的互动，也带动了家长彼此之间的互动。这样的互动，不仅能帮助留守儿童成长，也促进社区成员之间的整合。没有学校的乡村是沉寂落寞的，而这却成为现在留守儿童的生活背景。

撤点并校政策实施之前，几乎每个村庄都有学校。但此后，全国大量的农村中小学和乡镇中学被撤并，这对留守儿童的影响是巨大的。仍然幼小的他们，不得不每日奔波于学校与村庄之间，或者寄宿在离家遥远的学校里。

茨竹村离田坎村直线距离虽然只有 1.5 公里，但崎岖的山路拉长了实际距离，保守说也要走 3 公里，这对 10 岁左右的孩子来说，已经算是不近的距离。况且，四兄妹没人照顾，还要料理家务，学校对他们来说，是不是成了负担？

针对 10 个省份农村中小学的抽样调查显示，农村小学生离家上学的平均距离为 5.42 公里；初中生离家上学的平均距离为 17.47 公里。上学路途的艰难，导致流失辍学和隐性流失辍学率双双提高。

随着撤点并校政策的问题逐步暴露，2012 年 7 月，教育部发文宣布"坚决制止盲目撤并农村义务教育学校"，已经撤并的学校或教学点，确有必要的应当恢复。

发展乡村教育，教师是关键。然而，大多数保留或者恢复的教学点，仅以民办教师或临时教师维持教学，生源持续流失，办学难以为继。

3. 乡村教育怎么了

教师作为一个特定的社会职业层，在传承人类文明、推动人类社会发展进步的进程中，起着承上启下、继往开来的重要作用，肩负着启迪智慧、教育后代、塑造新人类的神圣使命。

"乡村教育的未来在于教师。没有了讲台上的那个人，一切都是徒劳。"这是一位教育专家的话。农村尤其是西部山区农村的教育滞后是中国教育发展的瓶颈，而教师是农村地区教育发展的关键因素之一。

　　有人对贵州威宁县的师资情况作过一次实地调查，数量不足、质量不高的问题非常严重，在许多农村教学点和村小学，都只有一位教师肩负几个班的教学任务。威宁县有小学专任教师3196人，根据师生比1∶29.8人计算，尚差2288人；有初中专任教师1457人，按照1∶23.9的师生比，仍缺1380位教师。

　　由于城乡差异，农村中小学教师待遇比城镇教师要低很多，且工作环境和生活条件极为艰苦。农村教师向往城区，条件差、待遇低的学校教师向往更好的学校，教师逆向流动现象突出。

　　优秀教师"孔雀东南飞"，纷纷奔向城市，导致了农村学校师资严重流失。一些农村学校实际成了优秀教师的实习基地和培养基地，新进的教师少则两三年，多则三五年，一旦崭露头角，要么跳槽、转行，要么被条件更好的学校"挖"走。

　　公务员、律师等优于教师待遇的职业，更成为农村中小学教师特别是年轻骨干教师向往的目标，报考公务员、研究生的农村教师人数不断增加。

　　因为缺教师，许多乡镇不得不停办学生人数较少的村小或教学点，将学生集中到乡中心校合班就读。为了上学，一些边远农村的孩子每天要在崎岖的山路上往返步行数小时，学生辛苦，家长心疼，教师心酸。对一些必须保留的村小校点，各学校只能临时聘请代课教师应急。

4. 精神与梦想

　　毛泽东说："人是要有点精神的。"这个"精神"，指的是一种情怀，一种境界，一种品格，一种血性和担当。

　　作为一名教师，须"为人师表"，更要"有点精神"。因为教育是精神事业，一个教师精神素质好不好，会直接在教学的态度、内容、方式以及与学生的关系中体现出来，对学生的影响也比传授知识更重要。

　　教师应该需要哪些"精神"呢？

精神素质包括智力、情感、道德，三者缺一不可，教师应该是智情双修、德才兼备的人。智情才华，对老师来说当然重要，但更重要的应该是德，包括狭义的师德和广义的道德。我认为，最重要的应该是爱和奉献。

　　著名教育家陶行知先生说过："在教育活动中，我们确实感受到教育者所得的机会，纯系服务的机会，贡献的机会，而无丝毫名利、尊荣之可言。"教师的奉献精神表现在热爱自己的职业，坚守自己的岗位，不为金钱所动，不为权势所屈，甘为人梯，把自己的全部知识无怨无悔地传授给学生。

　　曾经，人民教师追求"捧着一颗心来，不带半根草去""半根粉笔写春秋，两袖清风书华章"的精神境界，宁愿扎根最基层，无怨无悔作奉献。后来，随着市场经济的推进，利益意识的觉醒，越来越多的老师们也开始为自己奋斗，但仍有许多老师在坚守，更有不少志愿者从城市走进偏远山区。徐本禹、张晓明、孙慧等志愿者的个人能力或许很小，但他们在呼唤一种精神，呼唤爱和奉献，这种意义是重大的。

　　今天，我们的经济发展越来越快，国力越来越强盛，但毋庸讳言，贫富差距越来越大，自我意识越来越强，奉献意识却越来越淡了。能够坚守基层默默奉献的教师越来越少，像徐本禹一样甘愿奉献的志愿者也越来越少了。

　　随着乡村教师的减少，学校被撤并，乡村小学像沙漠化一样，迅速减少。正像经济上的贫富分化一样，教育也出现了严重的分化，教育资源越来越集中，而偏远乡村却不再有学校。孩子要走几十里山路去上山，还要负担各种费用，无数最需要教育的孩子不得不辍学。

　　"玉不琢，不成器；人不学，不知义。"一个人的成长，教育至关重要。一方面，教育有利于掌握前人的经验，分享人类世代积累的知识财富，是每个人独立生活的必要前提。另一方面，它唤起人类的潜力，不断自我改进和创新，从而打开人类发展的道路。而偏远山区和贫困地区的孩子，本来就缺乏良好的家庭教育，如果再没有学上，谈何健康成长？

　　社会发展了，教育看上去也发展了，很多山里的孩子却辍学了，这不能不说是一种悲哀！于是，徐本禹等志愿者又被很多人提起，也有更多的志愿者走进了大山，他们用自己的行动，呼唤更多人的关注和援助，呼唤教育的公平与和谐。

如今，城乡教育发展差距、教育资源分布不均衡等问题短时间难以克服，教育起点公平、机会公平与过程公平一时难以实施，我们迫切需要徐本禹式的呼唤，需要志愿者精神的呼唤，需要整个社会核心价值观的呼唤，需要"实现中华民族伟大复兴的中国梦"的呼唤……

这，也许正是现在为什么还要写这本书的意义。

"同一个太阳照着他的宫殿，也不曾避过了我们的草屋。"在莎士比亚的笔下，阳光总是一视同仁。我们的教育，是不是也应该追求这个目标？它既要温暖城市的高楼大厦，也应该洒满乡野的土墙茅屋；既要照亮城市孩子的未来，也应该丰富山里孩子的梦想。

5. 老师，你在哪里

我们把视线转回贵州毕节。

在撤点并校之前，大方县猫场镇狗吊岩村新建了一个特殊的学校，是一个名叫吴道江的解放军战士用自己的津贴费建起来的，取名"为民小学"。因为学校建在一个岩洞里，又称"岩洞小学"。

狗吊岩村是一个偏远的彝族村寨，由于经济发展滞后，长期没有学校，离村子最近的学校也有5公里远。孩子们每天走那么远去上学，很不容易，大人也不放心。因此，全村近50名适龄儿童中，除了5名上学外，其他的都没上学。

吴道江是成都军区驻云南某部的一个士官。1997年4月，他回乡探亲时，看到村里的孩子们没有学上，心里很不是滋味。有天晚上，他躺在床上，翻来覆去睡不着。他想起孩子们空洞的眼神，不由感叹："家乡落后的主要原因是没文化，如此下去，何日才能奔小康！"

那一晚，一个大胆的想法在他脑海里萌生：把带回家准备结婚的4000元钱拿出来，义务办一所学校，给孩子们创造一个上学的机会。

没有教室，吴道江就与大哥商量，把家里烤烟用的天然岩洞腾出来。他与家人、邻居一起动手，把岩洞修整平坦，砌上半堵墙封住洞口，建成了简易的教室。没有课桌，他就把自己准备结婚做家具的木板拿来，垫上土坯，搭成简易课桌、板凳。

学校建起来了，但没有教师，找教师成了吴道江最头疼的事情。

"当时，最让我头疼的是，全村居然找不到一位合适的教师。我多次跑到镇上去请，但由于能出的工资太低，加上学校环境太差，没人愿意来。无奈之下，我只好把在外打工的侄儿、侄女请回来，充当临时的老师。侄女读过小学五年级，侄儿则上过初中，相对来说算是文化程度较高的人了。"吴道江说。

经过一个多月的努力，学校终于开始运行了。全村46名适龄儿童高高兴兴地走进了课堂。

自从办起了学校，吴道江除了购买生活必需品，从不乱花一分钱。每月领完工资，他都要寄回600余元，用于支撑"岩洞小学"的开支。有的学生家里穷得连铅笔都买不起，他不得不经常解囊相助，就连教师的工资，也要从他有限的工资里支付。由于学生逐年增加，吴道江的负担也日趋加重，有时不得不借钱去维持学校的正常运转，甚至还要利用休假时间打工挣钱，来补贴学校。

经费再困难总会有办法，但教学质量提不上去，吴道江束手无策。侄儿、侄女毕竟文化程度有限，如果能找到一个正儿八经的老师就好了。

无数个夜晚，吴道江都在呼唤：老师，你在哪里？

星星之火

一座天然的岩洞，洒进了缕缕阳光，传出了清脆的读书声。读书声穿越万水千山，震撼了一位大学生的心灵。他走进了大山，来到岩洞，为山里的孩子带来了知识与温暖。许多大学生和他一样走进大山，点燃了支援贫困地区教育的星星之火。

1. 当阳光洒进山洞

来了，我这就要来了。

在吴道江呼唤了四年之后，有一个人听到了他的声音。

2001 年 12 月一个晴朗的周末，武汉南湖边上，华中农业大学偌大的校园里，一个衣着单薄、戴着近视眼镜的大学生匆匆走着。他高高的个头，轮廓分明的方型脸带了些疲惫，却洒满了阳光，给人意志坚定的印象。阳光照在他的近视眼镜上，照亮了他晶亮的眼神，又反射到他旁边的空气里。

他叫徐本禹，是一名大三的学生。他在周末走出校门，走上繁华喧嚣的街道，并不是像其他同学一样购物、娱乐，而是去勤工俭学。他要乘公交车穿过武昌，跨过长江，去汉口的一名小学生家里，为其辅导功课。他做家庭教师，为一个小学生服务，也赚取维持自己学业的微薄的工资。

徐本禹到了学生家，开始像往常一样为学生辅导。在学生的书桌旁，放着一张最新的《中国少年报》，上面刊登着吴道江呼唤老师的文字。他不经意地一瞥，仿佛看到了阳光。定睛去看，文章里确实有阳光，标题就是《当阳光洒进山洞……》，他下意识地拿起报纸读起来。

"当阳光洒进山洞，清脆的读书声响起，穿越杂乱的岩石，回荡在贵州大方县猫场镇这个名叫狗吊岩的地方。这里至今水电不通，全村只有一条泥泞的小道通往 18 公里外的镇子，1997 年，这里有了自己的小学——建在山上的岩洞里，五个年级 146 名学生，三个老师……"读着读着，徐本禹哭了，他的学生疑惑地看着他，看不懂他的眼泪。

徐本禹想起了他在乡村小学教书的父亲，想起自己的童年和少年——他出生在山东聊城市东昌府区郑家镇前景屯村一个贫寒农家。从记事起，他就知道村里最矮的土坯房是自己的家。父亲在乡村小学教了一辈子书，最多的时候每月能拿到 270 元的工资，最少的时候一个月只有十几元，而这点工资几乎就是全家的收入。

看着文章里的描述，徐本禹觉得这一切既熟悉又陌生。他熟悉农村孩子求学的艰苦，但对山里孩子如此艰苦的条件却感到陌生，甚至可以说震惊。他被深深地打动了，不由自主地流下泪水。

那个城里的小学生当然看不懂。

这天的辅导课，徐本禹再也无法专注地讲下去。他坐在宽敞明亮的楼房里给这个城里孩子辅导，脑海里却老是浮现出那个当作教室的岩洞和那些山里的孩子。匆匆上完课，在回武昌的公交车上，他就打定了主意：我要去贵州帮助他们！

回到学校，徐本禹找到辅导员陈曙老师，报告了情况，也表达了自己的想法。陈老师表示支持，但劝他不要着急，认真筹备一下再说。第二天，陈老师跟其他学生干部说了这件事，很多同学也纷纷要求去岩洞小学义务支教。

从那时起，徐本禹就开始筹划支教的事。春节过后，由于面临实习，各科考试的时间都比以前早了一些，而且比较分散。他要应付考试，只好把支教筹划工作暂时放下了。

2002 年 6 月初，校团委在众多报名的同学中进行了筛选，确定了去岩洞小学支教的人员。经综合考虑，徐本禹和另外三名同学入选，他们是当时刚上大一的刘圣鹏，正上大二的陈兴杰、向华。

受陈老师指派，徐本禹利用复习功课以外的时间，制订了一份活动方案，并按照方案开始做出发前的准备。

他们开始做第一件事情是捐款捐物。捐款在校内进行，由陈兴杰、向华负责，总共捐了500多元钱。捐书和捐衣物的事情由徐本禹负责。

徐本禹去了华农附小，向校领导反映了情况，校领导非常支持他们的爱心事业，号召全校学生踊跃捐赠。小学生们把自己心爱的图书、玩具、衣服都捐了出来，有些同学捐的学习用品很显然是刚买来的。他们在捐赠的东西上写下了地址和电话，期待与接受捐赠的山里孩子做朋友。老师还给建议他把那边的情况了解一下，以便开展小学生之间的"一帮一"活动。

为了募捐到更多的图书，徐本禹又去了洪山新华书店。书店的吴经理说："这是一件好事，理应帮忙。"当即便捐了90多本，其中70多本是儿童书籍。

徐本禹又找到武汉中心百货有限公司，工会的胡主席看了他出示的资料，也答应捐助。公司捐了150多件衣服，胡主席还让公司的面包车给送到了大学，她解释说："你们人少，路又远，捐多了也拿不走。要是近一点，我们可以多捐些。"

"当时的感激之情无法用语言来表达，只能在心里面默默地祝福：好人一生平安！"徐本禹后来说，"在长达近一个月的准备过程中，酸、甜、苦、辣只有我一人知道。为把准备阶段的工作做好，我一边忙着复习，一边忙着捐助的事情，当时感觉很累，只能挤时间。但是，我无怨无悔，心里只是想为山区的孩子们尽自己的一份心、一份力。"

放暑假了，一切也准备就绪了。7月15日，徐本禹和三位同学带着三箱子衣服、一口袋书及500元钱，坐上了开往贵阳的火车，奔赴他们魂牵梦萦的"岩洞小学"。

2. 为民小学

在狗吊岩村前的半山腰上，有一个天然的岩洞，洞口有五六米高，呈不规则的喇叭口形。洞口砌了一堵矮墙，安装了一个门，门框上用红漆写着四个大字："为民小学"。这就是吴道江创办的学校，徐本禹和同学们要来的地方。

洞口虽然砌了墙，但只砌到洞顶的三分之一，上方仍然张着巨大的嘴。好处

曾经的为民小学近景

之一是利于采光，洞里没有电，主要靠自然光。天气好的时候，太阳光射进洞口，洞里便洒满阳光了。

岩洞的面积不算小，有七八十平米的样子，足以容下几十个孩子。洞顶很高，显得很空旷，洞壁被烟熏得黑乎乎的，又让人觉得很压抑。里面没有课桌，土坯支起的木板当课桌；没有板凳，学生们搬块石头当板凳；没有黑板，老师找块木板当黑板……不知道中国还没有如此简陋的学校和教室，即使有，它也应该算得上最简陋之一。

学校简陋挡不住孩子们求学的热情，村里的大多数孩子还是很高兴地来上学，甚至临村也有慕名来的。孩子们来得越来越多，岩洞就显小了。为了改善教学环境，让更多的孩子有书读，吴道江又东拼西凑拿出 8000 多元，在岩洞下面修了两间教室，添置了部分教具，让学校更像学校样了。

几年下来，吴道江不仅把工资都用在捐资助学上，还负债 5000 多元。自未婚妻和他"吹灯"后，每年探家，都有好心人为他张罗对象，但人家看到他家四壁通风的破房时，都退避三舍了。为这，吴道江有过思想斗争，有过犹豫徘徊，但最后未改初衷。他在日记里写道："只要把山里的孩子培养成才，我情愿一辈子打光棍！"

吴道江的义举感动了村民，大家几次请"岩洞小学"的代课教师给吴道江所在部队写联名感谢信，都被吴道江制止了。吴道江说，为乡亲们做点事，不能想着图个啥、捞个啥，否则还算什么共产党员？

直到 2000 年底，地方一些媒体报道了吴道江的事迹，千里之外的部队才知道了详情。部队政委石晓对他义务办学的行为给予了很高的评价："他生动地回答了一个革命军人应该确立什么样的人生观、价值观、世界观，为广大青年官兵树立了人生的标杆、立身的模范。"部队做出了向吴道江学习的决定，并专门派出一名领导去吴道江的家乡，协调当地政府将"岩洞小学"纳入地方教育规划。

吴道江的事迹在军内外引起强烈反响。大方县猫场镇时任党委书记居明旺说："吴道江的这种办学义举，为我们政府分了忧，为老百姓办了实事，办了我们政府想办而没有办的事情。我们非常感谢他。" 贵州省有关部门和地市领导先后批示，号召当地干部群众向吴道江学习。

吴道江为改变家乡贫穷落后面貌矢志办学的事迹，经过中央电视台、《贵州日报》、香港《大公报》等 20 余家新闻媒体的报道，在全社会广泛传扬。他因此获得了很多荣誉，不仅获得了联合国授予的"国际青少年消除贫困特别贡献奖"，还被评为"全国学雷锋、志愿服务先进个人""全军学雷锋标兵"，多次被评为优秀士兵，荣立一、二、三等功各 1 次。

吴道江像一根火柴，划燃自己，点燃了爱心之灯、信念之灯，照亮了山里孩子的心灵。从这个意义上说，虽然狗吊岩村的村民们还比较贫穷，但他们的孩子们是幸运的。

吴道江点燃的爱心之灯，散发出耀眼的光芒，穿透万水千山，照在了许多爱心人士身上。远在香港的梁淦基先生知道后，特意捐款人民币 5 万元，改善学校的教学环境。大方县教育局筹集资金 4.5 万元，村民集资 5000 元，猫场镇人民政府在村后选址征地，开始修建新学校。2002 年 2 月，教学楼工程奠基。建设过程中，村民都义务投工投劳，工程进度很快。当年 8 月，教学楼竣工。冬天到来前，学校搬出了岩洞，迁进了崭新的校舍。

吴道江点燃的爱心之灯也照在了远在武汉的徐本禹身上。"我感觉吴道江如果用八个字来概括，那就是：爱心无限，信念永恒。"徐本禹说。

爱心，一直在徐本禹胸膛里跳动着，经过吴道江的爱心碰撞，被进一步激活了。他要为爱心接力，把爱心传递下去，于是做出了支教的选择。

"城里的大学生要来当老师了。"这个消息很快传遍了全村，传到了临近的村子。村民们都很高兴，纷纷行动起来，为迎接大学生的到来做准备。

徐本禹和同学们来了，还有很多支教者在他们之前已经来了。他们或许不知道，有个人在十多年前就来了。

3. 义无反顾的彭向阳

她叫彭向阳，湖南衡阳人。早就 1990 年，20 岁的她从英语专科学校毕业，不顾父母的反对，毅然踏上了支教路。

彭向阳读中学时，就有了当老师的梦想，加上时常看到电视上的支教新闻，彭向阳便下定决心，到需要老师的山区去支教。她毕业时，正值学校组织一批毕业生去往贵州和云南支教，她想都没想就报名了。

如今，谈起当初来贵州支教的原因，她仍说："父亲是中学教师，电视里也经常说边远山区急需教师，我便想来。加上当时我的很多同学都来了贵州，我也就来了。"

报名很仓促，彭向阳没有征求父母的意见，回到家跟父母一说，立即遭到了父母的强烈反对。

看父母亲态度很强硬，她只得使用"缓兵之计"，表面上顺从了父母。她暗自打算，等到跟她一样有"支援贵州英语教育"志愿的老师和同学都出发了，父母放松了警惕，她再单独前往。

一天，父母外出办事，彭向阳一个人在家，她觉得时机到了。她给父母留下一封信，便匆匆地踏上了前往贵州的火车。

从没出过远门的彭向阳，孤身一人远赴贵州，支教的态度是如此坚决，真可以用"义无反顾"来形容。

到安顺时，彭向阳人地生疏，又联系不上带队老师和同学，只好先住进了宾馆，慢慢寻找。

因为语言沟通有问题，她要找的"驿马小学"被当地人听成了"云马小学"，害她白跑了一趟。又因为安顺南门、北门都有蔡官镇，她又走了不少冤枉路。她给学校和老师拍了多个电报，一直没有回音，而她带的钱也花得差不多了。

到安顺已经第七天了，彭向阳还是没找到学校，但她丝毫没有放弃的想法。这天，她来到客车西站，想再打听打听，却在车站里意外地看到了一张当地交通图，上面清晰地标注着"蔡官镇驿马寨"的名字。她像久困沙漠的人看到了绿洲，立即向那里进发。

从城区出发，客车转马车，马车转步行，几个小时后，彭向阳看到一座山上立着一面红旗，判断那应该就是学校。她后来说："当时激动死了，忍不住流下了眼泪。"

辗转一个星期，彭向阳终于找到老师为她联系的驿马小学。

彭向阳的支教之路很坎坷难行，另一位志愿者就比彭向阳幸运多了。他不仅有父母的理解，还有妻子的支持。

4. 别妻离子的李广宇

李广宇是辽宁大连人，1970年出生于一个知识分子家庭，父母都当过老师。他从小就闻惯了爸妈身上的粉笔味，看惯了学生对爸妈的尊敬和爱戴，也体会到了作为一名教师的价值和光荣。尽管他也看到了爸妈起早贪黑的辛劳，但内心深处还是种下了一颗愿为人师的种子。

1997年3月5日，李广宇27岁生日那天，他心里的那颗种子开始稍稍萌芽了。在开发区的几个朋友为举办的生日酒会上，一个叫肖正宏的朋友无意中提到，开发区团委正在招募青年志愿者去贵州支教。

说者无意，听者有心。李广宇猛地激动起来，一下子抓住肖正宏的胳膊："具体情况知道吗？怎么报名？"

肖正宏摇头："你如果感兴趣，我明天帮你查一下《开发区报》。"

第二天，李广宇等不及肖正宏的消息，就直接给开发区团委打了电话，询问相关情况。

接电话的是团委副书记。副书记听完李广宇的想法，高兴地说："你来一趟吧，我们好好谈谈。"

这时，李广宇在一家广告公司做经理助理，每月工资千元以上，工作也不累，但他却越来越坚定了去支教的想法。他知道贵州山区很艰苦，但也知道那里的孩子们需要老师，支教比挣钱更有意义。他想离开庸常而浮华的城市生活，去尝试过另一种新鲜的生活，让自己的人生走得更远。于是，他如约去了开发区团委，见到了以前就认识的团委副书记。

与副书记的交谈中，李广宇知道，他们将要去的地方是六盘水市的盘县，国家贫困县之一，教育水平很低。这次组织青年志愿者去山区支教，目的就是通过支教活动，带动当地教育的发展。副书记还告诉他，招募启事在报上刊登后，接到 100 多个咨询电话，已有 19 人正式报名，而支教的名额只有 5 个，要通过各种考试进行选拔。

当听说李广宇有一个出生仅仅四个月的儿子时，副书记表示了担心，建议他再考虑考虑，尤其要和爱人沟通好。

"一个人是家庭的，同时也是社会的。假如社会需要我，我不会有任何犹豫。"李广宇说。

尽管这么说，李广宇还是听从了副书记的建议，立即与妻子进行了沟通。像他预料的一样，相濡以沫的妻子也没有任何犹豫，立即表示支持。倒是父母有些吃惊，没表示支持也没有反对，算是默许。

4 月 9 日，李广宇参加了选拔考试。13 日，他收到了团委的入选通知。

正式成为"大连开发区青年志愿者赴贵州教育扶贫分队"5 名成员之一，李广宇既兴奋又激动，并开始做离职的准备。坐在广告公司的办公室里，他面对电脑，多少有些不舍的情绪。在这里，他可以守在电脑前玩一个月，轻松就可以拿到优厚的待遇，而去贵州每月只给一点生活费，且环境艰苦，人生地不熟，选择后者值得吗？他转念再想，人生短暂，灿烂的时刻不会很多，去尝试，去体验，去改变，去发现，应该是每个人追求的境界，去贵州并不是为了金钱，也不是为了其他金灿灿的目的，只是为了让人生更丰富，让生命更有价值。想到这里，他便开始收拾办公室里的东西？

"那一刻，我觉得这间办公室里的一切，对我都失去了吸引力。"李广宇说。

回到家，李广宇把他被选中的消息告诉了妻子。妻子也替他高兴，很快炒了几个菜，祝贺他被选中。

那天晚上，李广宇和妻子相对而坐，把酒话别。他们的声音很轻，怕惊醒熟睡的儿子。说上几句，都一起扭头去看睡着的宝贝，仿佛他也在参与交流。喝了些酒，他渐渐有了些离别的伤感，毕竟即将要离开这温馨的家，远离父母、妻子和可爱的儿子，走后谁来照顾父母和妻儿。

母亲的一句话让李广宇放了心。母亲说："你去贵州以后，就让他们母子搬来同住吧。"

在父母和妻儿的支持下，李广宇辞了职，参加了团委组织的教师技能培训，做好了支教前的所有准备。

5月14日晚上，李广宇踏上了奔赴贵州的旅程。在火车站候车室，父亲拿出一叠照片给他。他打开一看，是儿子小飞的，一问才知道，是父亲特意加急冲洗的，刚刚取出来。看着儿子的照片，听着父母的嘱咐，他倍感温暖。

上火车了，李广宇握着父亲温热宽厚的手，心里涌起一股热乎乎的感觉。看着母亲微微发红的眼睛，他冲母亲招了招手，喊："月和小飞就拜托你们了。"站内人声嘈杂，母亲没听清楚，又问，他却已经说不出口了……他泪流满面，只能头也不回地上了车。

李广宇和李德俊、郭鸿跃、杨德春、何文一起，先去北京，又到贵阳，辗转来到盘县，开始了他们为期一年的支教生活。

5. 狗吊岩

狗吊岩坐落于奇峰峻岭间，自然景色非常优美。正因为山高崖陡，像刀削的一样，狗上去都会掉下来，才得了"狗吊（掉）岩"这个略显奇怪的名字。

2002年7月19日，徐本禹向萦绕心中已久的狗吊岩而来。

崎岖颠簸的山路让徐本禹吃了不少苦头，但村民的热情让他心里暖暖的，疲惫也便一扫而光。他后来回忆说："周围村庄的村民知道我们要来的消

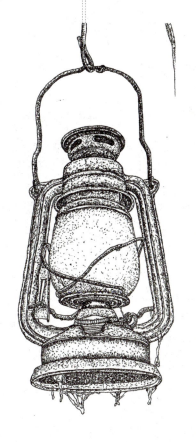

<第一章 星星之火

为民小学教室

息，特地把崎岖的山路重新修整了一遍。虽然我们和村民之间有语言障碍，但我们从他们的行动中得到了答案。"

夜幕降临，群山在晚霞的余晖中渐入寂静。徐本禹到了狗吊岩村，行李顾不上整理，就直奔岩洞小学而来。他借着手电筒微弱的光，小心翼翼地走进了岩洞，顿时被眼前的一切惊呆了：岩洞里的教室仅仅是用两堵一人多高的墙隔开的，中间是过道，南边是一、四年级复式班，北边是六年级，一、四年级的黑板是用两根棍子搭在岩洞上，然后在棍子上搭了一块木板作黑板。这边上课，另一边可以很清楚地听到……他感慨地说："如果不是亲眼看到，无论如何也想不到这里的条件会如此差。"

差的不只是学校，当地落后的经济状况也让徐本禹感到震惊。听村民介绍，村里不少农户辛勤劳作一年，一亩地能收 100 公斤玉米，都不够吃的，有好多农户每年到七八月份就断粮了，只好到亲戚那里借点，等秋粮下来再还。可是，还上今年的，到明年还是不够吃，更谈不上卖粮挣钱了，村里 90% 以上的农户都欠着债。没有钱，他们就无力供孩子上学念书，为了增加收入，几乎每户都养了猪，孩子们只能背着背篓上山打猪草，用稚嫩的肩头为父母分担着艰难的生活。

"当时没有想到会有这么差的地方，没有水也没有电，吃水非常困难，要到比较远的地方去挑水。我是山东人，从来不吃辣椒，这边天天吃辣椒，很不适应，加上吃那个玉米饭，北方说吃窝窝头，更不适应了。而且，当地的卫生条件很差，苍蝇乱飞，吃着饭就能看到苍蝇或虫子在饭里面……"徐本禹说。

徐本禹永远忘不掉第一天上课的情景。2002 年 7 月 20 日一大早，他们到岩洞时，全校 146 名学生全都在等他们，围着他们像众星捧月一般。上课前，他们做了分工，刘圣鹏、向华负责三年级，陈兴杰负责四年级，徐本禹负责六年级。

岩洞里的教室非常昏暗，本就近视的徐本禹感觉更暗；几个班在一个洞内上课，老师的讲课声、学生的说话声交织在一起，在岩洞里共鸣，显得十分嘈杂。但是，徐本禹上课时讲得很认真，孩子们听得也很认真。尽管孩子们听不太懂他的普通话，但一双双纯净如山泉、明亮如水晶的眸子，一眨不眨地望着他，那眼神中充满了对知识的渴望和对外面精彩世界的憧憬，让他恨不得把自己学到的东西都教给孩子们。

接下来一个星期的相处，徐本禹和孩子们建立了深厚的感情。分别的日期越来越近，孩子们恳请老师再多待一些日子，徐本禹很无奈："我和你们一样，我也还要读书啊！"

"老师，您还没开学，就多留几天吧？"

徐本禹看着孩子不舍的眼神，不忍心拒绝孩子，就决定多留一个星期。

7月31日，跟徐本禹来的三位同学踏上了回校的路。那天，假期补课的全体学生在老师的带领下，把他们送到了三公里外的羊场。同学们手拿老师自做的小红旗，挥舞着欢送他们，很多同学的眼里含着泪水。

8月8日，徐本禹也要与同学们告别返校了。孩子们拿着小红旗簇拥在他身旁，把煮熟的鸡蛋塞进他的背包。孩子们舍不得他，一直把他送到十几里外，还不肯回去。孩子们都流着泪，不停地问他："徐老师，你还会回来吗？"

看着那一个个沾满泥巴的小脚，看着那一双双充满渴望的眼睛，徐本禹也忍不住流了泪。他不忍心告诉他们，他正准备考研究生，或许没时间再回来。他感到自己有一种无法回避的责任，只能一遍遍地说："明年，明年我毕业了，一定再回来教你们！"

就这样，这个爱心满满的大学生向孩子们许下了他的诺言。他的声音在洒满阳光的山谷里回响着，让孩子们泪脸变成了笑脸，笑脸又变成了泪脸。师生们又哭又笑，洒满阳光的山谷里又溢满了感动。

"一个暑假，我几乎每天都被感动包围着，被泪水滋养着，这是我最大的收获。"徐本禹说。

6. 爱心传递

我愿做一滴水
我知道我很微小
当爱的阳光照射到我身上的时候
我愿毫不保留地反射给别人

这是徐本禹写在日记里的诗句，虽朴实无华，却蕴含了他丰富的人生经历和诚挚的生命感悟。

徐本禹虽然家境贫寒，但从小就沐浴了很多爱的阳光。他清楚地记得，他母亲经常跟他说一件事，他们家有一次揭不开锅了，是邻居拿来两块钱帮了他们，才让他们渡过了难关。他母亲经常提这件事，让他明白了一个道理，当别人需要帮助时，要伸出自己的手。即使能提供的帮助微不足道，但对于那些需要帮助的人来说，可能就是身上衣和口中食。

"尽管家里穷，母亲还是经常拿出家里的东西帮助那些更贫困的家庭。"徐本禹说，"我从小就受母亲的影响，也会力所能及地去帮助那些需要帮助的人。上大学后，在我价值观和人生观慢慢趋于成熟的过程中，又有很多的好心人来帮助我，也影响了我。因此，我希望自己做一个感恩的人，用自己的行动帮一帮那些需要帮助的人，对得起那些曾经帮助过我的人，对得起自己。"

1999 年初秋，徐本禹怀揣华中农业大学经贸学院的录取通知书，从鲁西平原的一个小村子，来到车水马龙、高楼林立的武汉，走进梦寐以求的大学校园。他身上没带多少钱，心里有些忐忑，不知道自己能不能顺利读完大学。

童年时的徐本禹（右）

入学后，徐本禹的学习和生活状况被经贸学院的领导和老师看在眼里，挂在心上。不久，学院把他列入特困生范围，有针对性地进行帮扶，不仅给他发补助，还为他安排了一个打扫楼道的勤工助学岗位。华中农业大学对来自农村的贫困生历来十分关爱，每年都要为贫困生发放困难补助、特困生奖学金和国家奖学金，徐本禹一颗悬着的心，算是放到了肚子里。

除了学校党团组织在经济上、生活上、思想上、学习上对他帮助，老师、同学和社会上的好心人知道了他的情况，也都慷慨解囊资助他。军训结束，天气渐渐冷了，但他只穿着一件薄薄的军训服。他的同窗室友胡源的父母来看望儿子，看到他穿得少，就把胡源的两件衣服送给了他，并对他说："天冷了，别冻着。在生活方面有什么困难，就和叔叔阿姨说。"

这些爱的甘露滋养着徐本禹的心灵，他决心把爱心传递下去，尽自己的微薄之力去帮助更需要帮助的人。他一遍又一遍地对自己说："别人帮助了你，你一定也要去帮助别人。""别人给了你一碗饭，你要还别人一碗肉！"

不久，徐本禹领到了第一笔勤工俭学的报酬——50元，他自己一分没花。他先去商店买了两斤瓜子，跟同学们共享劳动的收获，花了7元。剩下的43元，他全部捐给了希望工程，用来资助山东费县一个叫孙姗姗的特困小学生。

"钱捐出去以后，心里特别高兴。毕竟是用自己的劳动所得，做了一件有意义的事情。"徐本禹后来回忆说。当他看到同学们走过干干净净的楼道去上课时，他发现自己是一个对别人有用的人；当他领到勤工助学报酬时，他感到自己是一个可以养活自己的人。

2000年的春天，学校发给徐本禹400元特困补助，他拿出200元钱捐给了"保护母亲河绿色希望工程"，还把100元钱捐给了山东聊城师范学院一名特困生。

大学里的第一个暑假，徐本禹留在学校勤工俭学。上班时间去图书馆整理图书，吃饭时就去学校的第一食堂刷盘子。当时武汉正处于最热的时候，温度在39度左右，他成天忙得一身臭汗，回到寝室累得像一堆烂泥，衣服不脱就倒在床上睡着了。

有一天中午，徐本禹正在厨房里刷盘子，主管人员说，有学生反映盘子没刷干净。当时，和他一起刷盘子的还有两个服务生，她们刷第一遍，他刷第二遍，只需要把盘子放在水里荡一下就可以了。刷不干净的主要责任是那两位服务员。

其中的一位服务生问他："怎么回事？"

徐本禹说："这也不能全怪我。"

主管批评了服务员，服务生就把受批评的怨气发泄到了徐本禹的头上。她故意把盘子狠狠地往水中一摔，洗涤水溅到了徐本禹的脸上和身上。

"当时我心里难受万分。为了能够在第一食堂继续打工，我选择了忍气吞声，一直坚持做到了最后。"

通过这件事情，徐本禹体会到，没有文化只凭自己的手去劳动，也只能从事一些最简单的劳作，而且还会受到别人的侮辱；同时他也深深地体会到了生活的艰辛和不易。

2001年寒假，徐本禹也没有回家，还是利用假期打工挣学费。春节前夕，他正在寝室里学习，父亲给他打来一个电话，说他的外婆想他，让他回家。大过年的，他也确实很想家，但想到下个学期的学费和生活费，也为了节约路费，他还是忍住了。他坚定地对父亲说："票也买不上，还是不回去了。"

大年初一，他在宿舍里吃了一包方便面，吃完才发现方便面当时已经过期了！就在这时，家里又给他打了一个电话，说外婆病重，让他务必回家一趟。他也知道外婆的身体不太好，担心外婆，便赶紧买票回家了。大年初三到家时，外婆已经不行了，处于昏迷状态。他走到外婆的床前，忍不住大哭起来。外婆已经得了白内障，双目失明了，没能看他一眼；也没能恢复知觉，用手来摸一摸他。不久，外婆就去世了。

大三开学时，徐本禹手里没有一分钱，奖学金还没有发，在经贸学院当机房管理员的700元也还没发，简直到了走投无路的地步。当时功课很多，一天要上8节课，不可能去校外打工做兼职。为了能够吃饱饭，他去了学校的几个食堂，想勤工俭学挣口饭吃。食堂的主管人员都说经济效益不好，不能再要勤工俭学的学生了。最后，好说歹说，教工食堂的主管把他留了下来，让他和另外一位老伯一起端盘子。在教工食堂，他经常看见同学和老师在那里吃饭，心里很不是滋味，感觉很难堪。后来渐渐想通了："我又没偷没抢，是用自己的双手来劳动，有什么羞愧的呢？我比那些饭来张口、钱要到手的人强多了。"

徐本禹在食堂洗盘子，在图书馆、计算机房当管理员，节假日就去做家教，尽管收入微薄，他仍不断地传递爱心，帮助那些更需要帮助的人。学校发的奖学金、特困补助，除了留下基本生活费，偶尔寄给家里一点，其余的都用来接济那些更困难的同学和陌生人。大学 4 年里，他用自己勤工俭学挣来的工资和奖学金，悄悄资助了 5 个比自己更困难的孩子！

2001 年 3 月，徐本禹因向"保护母亲河绿色希望工程"捐款，成为湖北电视台《幸运地球村》节目的嘉宾。香港凤凰卫视的主持人许戈辉了解到他是特困生，就在节目录完后给了他一个信封。坐在回校的公交车上，他打开一看，里面有 500 元钱。回到学校后，他把其中的 200 元钱给了班上一名家庭条件很差的同学，100 元寄给了山东聊城师范学院那个他曾资助过的特困生，100 元钱寄给了湖北沙市孤儿许星星。

许星星曾获得过全国十佳春蕾女童的称号。徐本禹说，他一直没有间断过对许星星的资助。后来，他因学习成绩优异获得 6000 元国家甲等奖学金，他从中取出 2400 元留给系党支部的老师，作为许星星两年的生活费，每月 100 元。

有一次，徐本禹在报纸上看到一篇"骨癌患者自强不息"的感人报道。当时他身上只有 10 元钱，就给患者写了一封信，并把 10 元钱放在了信封里。

还有一次，他到中国地质大学参加计算机程序员考试，身上只有两块多的车费钱。他看见路边一个残疾人，就毫不犹豫地把两块钱掏出来给了那个人，打算走着回学校。好在考完回校时，一个同学帮他买了车票。

这个多次获得各种奖学金的经济学专业优秀学生，从来没学会如何计算自己的经济利益。他对别人的帮助方式十分简单：倾其所有。

从岩洞小学回到学校，徐本禹继续自己的学业，成天埋头复习，准备考研。他强迫自己不再去想那些孩子，但那些孩子的音容笑貌时不时就会从记忆里跳出来，让他难以自制。

"记得有一次，马上就要开学的时候，我们几个非常好的朋友在一起聊天，后来又出去吃饭。吃饭时，我看到我们桌上的饭菜，就是城市里吃的最普普通通的饭，却想起了那些生活艰苦的孩子，顿时觉得很惦记他们。当时，我的眼泪就落了下来。我同学说，你不要想太多，我们尽一份力就可以了。"徐本禹回忆说。

于是，他组织了对"为民小学"100名贫困学生的"一帮一"活动，有的在校大学生把每个月省吃俭用的10元钱给他们寄去，有的寄去了学习用品和衣服等，学生和家长纷纷写来感谢信表示感谢。

徐本禹心里装着狗吊岩的孩子们，那里的孩子们也在牵挂着他。他经常收到孩子们的来信。有一个叫郭家勇的学生来信说："徐老师，你走了以后，我每次做梦都梦见你，梦见你陪我们唱歌、做游戏、做数学题，但等我醒来，却发现没有你，只有我一个人……"他看着学生的信，自己也忍不住泪落潸潸。

2002年秋，徐本禹的社会实践活动受到了学校乃至团省委的认可。他作为华中农大唯一的学生代表，出席了共青团湖北省第十一次代表大会，并被评为湖北省大学生社会实践先进个人。这些荣誉，更让他的心屡屡回到那个半山腰的岩洞。

2003年春天，徐本禹如期参加了研究生考试，并以372分、专业第二名的好成绩考上了本校农业经济管理专业硕士研究生。梦寐以求的愿望终于变成了伸手可及的现实！

这天晚上，他平生第一次失眠了，因为他发现自己面临着两难的选择。他想起了与那些孩子们告别时的承诺，到底是满足自己和父母的愿望留在学校读研究生，还是实践自己向孩子们许下的诺言去贵州支教？

就在徐本禹为读研还是支教艰难选择的时候，有一个人已经完成了两次支教任务，刚刚作为首批国际志愿者赴老挝支教归来。

7. 深圳支教第一人

这个人叫李泓霖，曾作为深圳市首批青年志愿者赴贵州长顺县威远中学扶贫支教一年，又作为中国首批国际志愿者赴老挝支教半年，被誉为"支教第一人"。

深圳晚报曾以《中国支教第一人在深圳炼成》为题，报道了他的事迹。由于两次支教工作的突出表现，他荣获首批"中国青年志愿服务金奖"，期间两次受到团中央第一书记周强同志的接见。2003 年 3 月，他又被评为全国学习雷锋、志愿行动先进个人，受到李长春、王兆国等党和国家领导人的亲切接见。

李泓霖 1989 年毕业于深圳师范专科学校（现为深圳大学师范学院），起初在深圳市福田区上步小学当老师，后到景龙小学做大队辅导员。

1998 年 1 月 26 日，时任中共中央政治局常委、书记处书记胡锦涛等先后对团中央关于《实施中国青年志愿者支教扶贫接力计划的报告》作了重要批示，对从城市招募青年志愿者到贫困地区从事中、小学基础教育的支教扶贫方式给予了充分肯定。

1998 年 5 月，共青团深圳市委就与大连、青岛、宁波、厦门等城市的团市委一起参与到团中央的扶贫支教工作中。深圳的任务是招募 20 名志愿者，赴贵州省的黔南布依族苗族自治州和毕节市参与扶贫支教。接到这项任务后，时任共青团深圳市委书记的林洁和团市委权益部相关负责人商量，认为要做好这件事，有必要面向全社会公开招聘志愿者。于是，大街上贴出了海报，媒体上刊登了消息，公开招募扶贫支教活动的志愿者。

1998 年 7 月，李泓霖偶然看到了团市委的宣传海报。海报用的照片就是那个非常有名的大眼睛小女孩，让人看到就有种想去帮助的冲动。于是，他萌生了要去支教的想法。

放了暑假，李泓霖就到团市委报名了。当时一共有 3600 人报名，涉及社会上各行各业。后来经过现场面试、体能测试等流程，从中挑选出 20 位扶贫支教志愿者，他成为其中之一。

李泓霖和另外 5 名志愿者要去的地方是贵州省黔南布依族苗族自治州长顺县。1998 年 8 月，经过一段时间的准备、培训，他来到长顺县威远中学，带毕业班的语文课。

开始上课后，李泓霖组织了一次摸底考试，借以弄清学生的学习情况。考试的结果令他大吃一惊：初三的孩子，作文几乎写不通顺一个句子，错别字还很多，全班 40 多个学生，只有一人及格，全班平均分才 21.9 分，简直不敢想象。为了扭转这种局面，他晚上备课到凌晨一两点，找很多教辅资料作比较，上课很有激情，孩子们也很认真。批改作业时，他在每个孩子的作业后面，都写上鼓励性的评语，孩子们的积极性都提高了。有个孩子告诉他："李老师，如果之前有老师这样教我们的话，我们的成绩不会这样差。"

在李泓霖与孩子们的共同努力下，第一学期末，孩子们的平均分达到了 49.8 分，有 12 个孩子考及格了。

一年后，李泓霖教的初三学生毕业考试时，有 6 个孩子考上了中等师范学校，两个考上了高中。他辅导一位学生的作文，获得了全国二等奖。这些成绩不光是这所学校，在整个长顺县也是破天荒的事。

1999 年 7 月，支教活动结束。李泓霖回到深圳，仍忘不了他的学生们，经常与他们保持着联系。两个考上高中的孩子，由于家庭负担比较大，他还资助他们上学。

2002 年 3 月，团中央发出通知，要招募 5 名国际志愿者前往老挝支教。李泓霖正好符合招募的要求，便又踊跃报了名，并顺利通过了考试和选拔。

这个项目的目的之一，是给老挝团中央的青年干部培训汉语，给老挝学生、工人提供学习汉语的机会。他到老挝后，老挝团中央给配了一辆自行车，让他骑自行车上班。每天上班，他都要从招待所骑车到老挝青少年发展培训中心，大约 6 公里，他从来没迟到过。东南亚比较热，骑一次自行车出一身汗，他总是提前赶到教室，先打开电扇把衣服吹干，边吹边等学生来……

为期半年的支教进展很顺利。年底，他们出色地完成了任务，回到了祖国。

支教结束后，李泓霖又去了一趟贵州，继续资助困难学生读书，和贵州的孩子以及老师建立和保持着深厚的感情。"我希望退休之后能再回去支教，帮助更多的孩子。"李泓霖说。

谈到志愿支教服务的原动力，李泓霖说："我想锻炼自己，改变自己，用现在流行的话说，就是让自己充满'正能量'，去帮助更多有需要的人。"

其实，2003 年夏天的徐本禹虽然没有这么说，应该也是这么想的。

8. 抉择

　　窗外繁星闪闪，初开的春花散发着淡淡清香。徐本禹躺在床上，翻来覆去睡不着，心头的天平上放着支教和读研，二者的分量都很重。

　　晨曦进入校园时，徐本禹终于做出了决定。

　　当天上午，他找到学院领导："我想申请保留研究生学籍两年，去贵州义务支教。"

　　学院领导望着面前这个神情恳切的山东小伙子，不知该如何回答，半天才说："在华中农大历史上，还没有过这样的先例。"

　　领导的意思显而易见，徐本禹继续请求："很多大学都有这样的做法，学校就不能破个例吗？"

　　学院领导见徐本禹很执着，也推心置腹地帮他分析了此事的利弊得失："你的家庭条件不好，早点读完研究生可以早点工作，帮帮家里。推迟两年入学，就意味着你将推迟两年就业，少两年工龄和工资，经济损失至少四五万元。而且，我听说，两年后很可能会实行交费政策，你还得额外支付一笔数额不小的学费。你是学经济学的，难道就不算算这个经济账？此外还有一个问题：团中央西部志愿者计划并没有给学校分配贵州支教的指标，你如果到贵州，是拿不到'体制内'志愿者每月的生活补助的，你将成为一个毫无生活来源的'体制外'的志愿者。这一切，你认真想过吗？"

　　领导的话不是没有道理，徐本禹刚刚下定的决心又动摇了。当天晚上，他沿着运动场跑了一圈又一圈，跑累了，就在草坪上躺下来。他看着缀满星星的天空，又想起了在狗吊岩的日子。他给孩子们上课，教孩子们唱歌、踢球、做游戏；孩子们把他拉到家里做客，家长给他做当地最好吃的饭菜；他走时，孩子们哭呀哭……他想到这些，心就飞回了岩洞小学。

　　天上的星星一闪一闪的，恰似孩子们渴望的眼神，他心中的天平又往孩子们那边倾斜了。读研生机会很多，即使学籍不保留，两年后可以再考，而那些孩子等不得，随时有可能辍学。再说了，自己已经答应了他们，不能言而无信。他握紧双拳，暗下决心：即使读不成研究生，也要去岩洞小学当一名支教老师。

下定了决心，徐本禹有种如释重负之感。他一跃而起，小跑着来到电话亭，拨通了家里的电话。他鼓足勇气对父亲说："我想暂时不读研究生了，去贵州当一名志愿者！"

父亲没说话，只是很失落地叹了口气。

"我想当个支教老师，去帮助山里的孩子。"徐本禹说。

父亲还是没说话。

徐本禹继续说："爸，您也是个老师。我希望您能够理解我，支持我。"

父亲仍然没有表态。

"希望您能够理解我，支持我！理解我，支持我！！"

这句话徐本禹一连说了好几遍。父亲一直沉默，最后默默地挂上了电话。

徐本禹回忆这段往事时，这样写道："我非常理解父亲当时的心情。我的大学学业是靠特困生补助、奖学金和自己勤工俭学完成的，很不容易，望子成龙一直是父亲最大的愿望，能够读研究生也是他最期望的，当然接受不了我的放弃。但我想，父亲一定会支持我，因为儿子的选择是正确的。我对山区的孩子许下过诺言，我说了就一定要做到！贵州山区太贫穷了，孩子们对知识的渴求化作一种力量，驱使着我无论如何要再一次走进岩洞小学。"

老师和同学也不赞成徐本禹的选择。有同学劝他说："你要是实在想去，读完研究生再去呗！"

"我读完研究生后，年龄就大了，我更需要工作，需要照顾我的家人，也就更难以放下，更难以去支教了。再说了，如果我现在不去，心里也放不下。"徐本禹说。

徐本禹做出了最后决定，不再动摇。他给家里写了一封信，详细解释了他的想法和决定，有一点"先斩后奏"的意思。他还在信里"骗"父亲：去贵州支教一个月有 400 元的补助……

父亲收到信后，很快就给他打了一个电话。

如今，徐本禹还能依稀记得电话的内容。他回忆说："父亲在电话里没有说支持也没有说反对，只是对我支教的看法表示了赞同，也算是做出了'妥协'。

〈第一章 星星之火

当时我的心里暖暖的，由衷地感激父亲对我的支持，觉得只有做好支教工作，才是对家人支持的最好回报。"

9. 支持与动力

2003 年 5 月的一个夜晚，徐本禹把他想去支教的事写了一篇文章，名为《信念永恒》。他在文章里写道——

> 今天是一个让我难以忘记的日子，当我得知今年我校不能保留研究生入学资格时，我做出了一生中最重大的决定，放弃读研究生的机会去贵州贫困山区当一名支教老师。
>
> ……
>
> 对自己做出的这个决定，我无怨无悔。因为这是为山区孩子所做出的牺牲，同时也是给自己一个新的起点向更高的目标冲刺。或许在贵州的两年是孤独而寂寞的，但这只能化作一种动力，让我用自己 200% 的精力投身于这个贫困山区，这所小学。虽然我放弃了很多，但我相信在未来的两年里，我会得到使我一辈子都受益无穷的东西。

文章写完后，他直接发在了网络上，立即引发了众多网友的关注和评论。《楚天都市报》的一位记者看到后，给他打来了电话，让他去报社做了一次访谈。

《楚天都市报》"讲述"版是一个以情感倾诉为主题的版面，2003 年 5 月 20 日却首次出现了一个"与爱情无关"的人物——徐本禹。《楚天都市报》在武汉影响很大，"讲述"版更是拥有大量的青年读者，尤其是在校大学生，徐本禹的事迹一见报，立即在校内外引起了强烈的反响。

见报当天，徐本禹寝室的电话铃声不断，几乎被打爆了。同寝室的同学说："你别去上自习了，在宿舍接电话吧。全部是你的电话，让我们写毕业论文都写不成！"

徐本禹嘿嘿一笑，表示抱歉，之后就专门坐在电话旁等电话了。

打来电话的有学生有老师，也有官员有平民，社会各界人士纷纷向他表示钦佩和支持，并踊跃为山区孩子捐赠衣物和文具。武汉理工大学一个贫困生用 200 元钱生活费买了图书和玩具，托他捎给山里的孩子们；武昌一位年仅 17 岁的保姆把身上仅有的 200 元钱捐了出来。一位家住筒子楼没有电话的阿姨为了能够联系上他，特地买了一张电话卡，托他帮自己带些衣物给山区的孩子；还有一个武汉另一所高校的大学生，竟然来到华中农大的校园，张贴了一张寻找徐本禹的"寻人启事"，要同他一起奔赴贵州支教。

更让徐本禹意想不到的是，华中农业大学和经贸学院领导也被他感动，专门开会对他的申请进行了研究。领导们一致认为，徐本禹的选择体现了当代大学生自觉承担社会责任的可贵精神，应该支持他、帮助他。于是，学校决定为徐本禹保留两年研究生入学资格，并在他义务支教期间为他提供必要的经济资助。当辅导员把学校的决定告诉他时，他忍不住流下了激动的泪水。

2003 年 7 月初，徐本禹又一次来到华中农业大学附属小学，为狗吊岩为民小学进行募捐。他给华农附小的学生讲了山区条件如何的艰苦，讲了山里的孩子们在艰苦的条件下坚持学习的情况，很多小学生被感动。他们纷纷捐出自己心爱的图书，有的学生还捐了钱，要与山区的学生结成对子。在不到一个小时的时间里，募捐到儿童图书 3000 余册。

那段时间，由于日程紧张，徐本禹无暇顾及自己的生活。他的一位山东老乡送给他的一双凉鞋已经开胶，他仍一直穿着。在华中附小募捐时，一名叫程雨薇的小妹妹发现了这个情况，给徐本禹写了一封信。信中写道："虽然您相貌平平，但有一颗宽大、善良的心。今天，我观察您的衣着，一件普普通通的 T-shirt 和一条 jeans，一双已经开了胶的 shoes，就从这一点，就说明您是一个勤俭节约的人，是世界上最可爱的人！"徐本禹看完这封信，不由百感交集，眼泪夺眶而出。

徐本禹要去支教了，华中农大的离退休老干部给他开了一个欢送会。一位没有留下姓名的老党员，把自己的优秀党务工作者的全部 500 元奖金捐了出来。学校的各个部门也纷纷给他开绿灯：打印室免费给他打印资料，照相馆的师傅义务为他冲洗胶卷，毕业生离校后宿舍原本要停电的，水电管理科特地等他走了以后才停电……

7 月 16 日，徐本禹带着社会各界捐赠的图书和衣物，再次登上赴贵州的火车。一同前来的，还有另外 7 名大学生。

徐本禹又来了，还带来了 7 名同学……他们在异常艰苦的条件下，如何为当地贫困孩子送去光明、温暖和关爱支撑起山里孩子们沉甸甸的梦想呢？

▷ 相关链接

　　1996 年 11 月，共青团中央联合中央文明办、教育部、卫生部、科技部、农业部、人事部、国务院西部开发办等部门，开始试点"青年志愿者扶贫接力计划"，采取公开招募、定期轮换、长期坚持的接力机制，组织动员青年志愿者为贫困地区提供每期半年至 2 年的基础教育、医疗卫生、农业科技推广等方面的服务。首批 22 名志愿者离开繁华的都市，来到了地处晋西北的山西省静乐县，从事为期一年的基础教育、医疗卫生、食品加工等志愿服务。其中 5 名志愿者进了距县城 30 余里的辛村乡故宫希望学校，成为首批支教老师。

　　1998 年 10 月，为了使支教扶贫接力计划扎实有效地实施，根据中央领导的指示，中央文明办、共青团中央开始在全国推广"青年志愿者支教扶贫接力计划"。这项计划以公开招募、定期轮换的方式组织具有一定文化水平的青年志愿者到贫困地区从事 1 ~ 2 年中、小学教育和科技、文化、医疗等方面的志愿服务。

　　1999 年 6 月，团中央与教育部联合下发了《关于做好青年志愿者扶贫接力计划支教工作的通知》（中青联发 [1999]46 号），将研究生支教团作为青年学生参加扶贫接力计划的有效形式长期固定下来。

　　1999 年 8 月，共青团中央、教育部联合组织实施了中国青年志愿者扶贫接力计划"研究生支教团"，按照公开招募、定期轮换的"志愿加接力"方式进行扶贫支教活动。北京大学、清华大学等国内众多高校纷纷成立研究生支教团，赴西部开展志愿支教服务，标志着大学生支教开始以自己独立的身份出现在我国支教的舞台上，也体现出我国对大学生支教的不断重视。

　　2002 年 4 月，为贯彻落实教育部和团中央领导的批示精神，团中央青年志愿者行动指导中心向全国 25 所具有免试研究生推荐资格的师范高等学校下发《关于做好第四届研究生支教团有关工作的通知》，计划增招 115 名师范学校研究生加入第四届研究生支教团，使第四届支教团规模达到 300 人。

　　2003 年 6 月，共青团中央、教育部、财政部、人事部《关于实施大学生志愿服务西部计划的通知》（中青联发 2003126 号）规定，按照公开招募、自愿报名、组织选拔、集中派遣的方式，招募 5000 ~ 6000 名普通高等学校应届毕业生，到西部贫困县的乡镇从事为期 1 ~ 2 年的教育、卫生、农技、扶贫以及青年中心建设和管理等方面的志愿服务工作。此政策一经提出，就引起了广大在校大学生的关注，并在全国掀起了"志愿西部，服务西部"的大学生支教高潮。大学生支教开始成为社会的流行语之一，受到了越来越多的关注和重视。

第
二
章

艰难的日子

当地人吃的是玉米面、土豆和酸汤，每天都要吃辣椒，他的胃很难接受。加之苍蝇到处乱飞，吃饭时经常发现碗里有苍蝇，卫生条件实在太差了。开始他吃不下饭，后来饥不择食，便不管三七二十一了。他知道，只有吃饱了，健康才有保障，才能在这里支教下去。

1. 他们来了又走了

2003 年 7 月 17 日，徐本禹一行抵达贵阳。在武汉和贵阳两地新闻媒体的帮助下，他们顺利来到了大方县猫场镇狗吊岩村。

尽管徐本禹曾经来过，但上次只是匆匆一个月，对当地的了解很不够。这次，准备长住了，很多问题也便来了。就像恋爱中的男女发现不了对方的缺点，一旦结婚便都暴露了出来。

七位同学的感觉比徐本禹更甚。他们虽然也都听徐本禹不止一次讲过，但来到这里以后，都觉得这里的条件比他们想象的要严酷得多。没有电、不通车、不通电话，寄封信也要跋涉 18 公里崎岖山路，简直是一个信息孤岛，这让信息时代的大学生们无法适应。

无法适应的还有饮食习惯。当地人吃的是玉米面、土豆和酸汤，每天都要吃辣椒，他们的胃很难接受。吴道江怕这些大学生吃不消，特地买了两担米，让他们"享受"土豆、茄子、西红柿和火腿肠做成的饭菜。这已经是很"高级"的待遇了，但他们七人还是吃不消，一个接一个地病倒了，其中两位病得还很厉害。

徐本禹后来回忆说："他们七个人的病倒给了我一个警示。我也开始担心起

045

<第二章 艰难的日子

自己的身体来了。我怕我的身体也会和他们的一样不听使唤。还好，我的身体没有出现大的毛病，只是胃不怎么好，吃的东西不怎么消化，有几次胃疼，疼得睡不着觉。幸亏我带了两年用的药物，是武汉的三位好心人捐给我的。"

仅仅过了十多天，同学们陆续踏上了返校的路，最后只剩下徐本禹一人。

8月1日这天，最后一个同来的志愿者也坐上了返回武汉的长途车。车窗内外，去送行的徐本禹同他对视着，依依不舍。

同学对徐本禹说："这里条件太差了，如果坚持不下去，也别硬撑，跟我一起回学校吧！"

"放心。我会坚持下去的！"徐本禹说。

同学说："这里的饭没有营养，也不卫生，十天八天的还可以，时间长了怎么受得了？"

"我吃着感觉还可以。没事。"

"要坚持留在这里，你还是自己开伙做饭吧……"

徐本禹答应着，与他挥手告别。他的决心丝毫没有动摇，也坚信自己能够坚持下去。

他不知道，返校的同学们自此有了一个讨论的话题：我们的团长徐本禹到底能不能在那不通车、没有电的地方挺过两年？大家都认为，很难。

2003年8月1日晚上，曾因志愿者的到来飞扬着欢声笑语的狗吊岩，又因他们的离去变得寂静。送走同学，返回山寨，徐本禹回到自己的住处，形单影只，像那山间翱翔的鹰，又像独自出水的鱼。

徐本禹住的那间堆满了书的10平方米的小屋，因为同伴的离去显得空荡荡的。他呆呆地坐在桌前，看着孤灯的微光，想着离去的同学可能到达的位置，应该是越走越接近繁华的城市。他强烈地意识到，大山里就只剩下他一个外乡人了。

吴长荣村长在门外喊他去吃饭，才把他从幻想中喊回来。

来到不远处的村长家，玉米渣糊糊和酸汤都已经摆上了饭桌，苍蝇在饭碗上方飞舞着，时而俯冲下来，落到碗边。他学着村长的样子，挥手赶着苍蝇，却没

徐本禹在给学生们上课

能像村长一样端起饭碗。玉米渣他吃不惯，苍蝇吃过他更吃不下，但只有这个，不吃就得饿着，也让主人过意不去。

端着饭碗，徐本禹转念一想，别人能吃，我为什么不行？于是，狠狠心把碗送到嘴边，一口气喝了进去。

徐本禹是山东人，原本是不吃辣椒的，可是来到这里以后，每天都要吃辣椒。起初他受不了那辣，吃了就想吐，但他坚持吃，慢慢去适应。不久，他就和当地人一样，不仅可以吃玉米糊和酸汤，也可以吃点辣椒了。

"那里的卫生条件很差，苍蝇到处乱飞，吃饭的时候经常发现苍蝇在里面。开始觉得很恶心，后来心想：这里的条件就是这样，就当没有看见罢了。饿的时候，一顿可以吃三碗玉米饭，平时都是吃两碗。虽然不好吃，但饥不择食呀！身体是革命的本钱，不管三七二十一，吃！只有吃饱了，能吃了，身体才有保障，才能在这里支教下去。"徐本禹说。

虽然学校已经搬进了新校园，有了新的教学楼，条件比当初的"岩洞"好多了。但是，徐本禹住的房子背阳，很阴暗，很少见到阳光。晚上睡觉时，成堆的跳蚤和臭虫不停往身上爬，咬得他浑身疙瘩，无法入睡……

生活十分清苦，教学也不轻松。徐本禹教五年级的一个班的全部课程，白天要全天上课，一天有时要上七八节。五年级学生年纪稍大，除了教他们常规的语文、数学，还要教英语、体育和音乐。

他试图在最短的时间把自己知道的东西一古脑儿都倒给孩子们，但山区信息闭塞，孩子们一点也不了解外面的世界。没有学生听说过焦裕禄，大家也不知道孔繁森是什么人，全班40名学生只有4个人听说过雷锋，要"讲明白"谈何容易！一篇200字的作文，找出20多个错别字都算正常。一时间，他也不知道从何教起了。

学生的记忆力和理解力都很差，加上徐本禹的普通话他们听不太懂，他们的方言徐本禹也听不太懂，很难在课堂上互动。于是，一个很简单的问题讲了十几遍，再问，还是不知道。有几次，他气得把书一丢，走出教室，可一会儿还得回来继续讲……

徐本禹在吃饭

"当时我非常急，把书一丢就走了。心想，不教了，不教了。可冷静下来，又觉得我不应该这样。因为我就是为了改变他们而来的，还要和他们相处两年，只能更耐心一些，慢慢地去改变。"徐本禹说。

徐本禹的内心有过挣扎，但他始终坚定一个目标，那就是让这些山里孩子获得更多的知识，改变他们的人生观和价值观，进而改变他们的人生。这渐渐成为他的一种信念，既能在阳光下熠熠生辉，也能在黑夜里闪闪发光，照耀并推动他坚持不懈，不断地前进。这种信念还转化成毅力，让他坦然面对寂寞和无助，帮助他克服一切困难！

很多人来了又走了，徐本禹坚持着。

这时，在千里之外的河南三门峡，有一个支教者正准备出发。她也要来贵州支教，目的地是紫云县大山中的一个洞穴。

2. 穴居部落

穴居部落，指的是住在天然洞穴的一种居住方式。从早期人类的周口店、山顶洞穴居遗址开始，原始人都是居住在天然岩洞里。如今，这种居住方式基本绝迹，整个亚洲仅存一个，就是贵州省安顺市紫云县水塘镇塔井村。

这个村的居民住在接近山顶的一个大洞穴里，海拔 1800 多米，洞深 230 米，宽 115 米，高近 50 米，居民有 19 户、87 口，全部是苗族人。

当地人把他们的栖身之地称为"中洞"。他们的祖先为躲避战乱而来，在这里已经居住了 150 年。他们把房屋建在冬暖夏凉的洞穴中，饮用水源来自洞顶的滴水，谷物则种植在洞口附近的山坡上。洞中人仍保持着明显的原始特征：结穴而居、挖坑为灶。竹篱笆就是屋子的墙壁，透风透光；厨房和卧室也是用篱笆分割开来，所有的房子都没有顶。洞中人终日起早贪黑默默劳作，人均年收入才200 元。每年有 10 个月吃玉米饭，断粮之后，主要靠政府救济，或者用红薯和土豆解决温饱。贫困伴随着陋习，人及猪牛羊等的吃喝拉撒都在洞里。

2003 年 5 月 3 日，中央电视台"西部频道"播出了一部纪实专题片，详细介绍了部落的情况。山洞里有一所小学，小学有两个年级，40 多名学生，两名教师。

学校没教室，房子是借的，课桌是用玉米秆捆扎成的垛子……一幅幅画面，深深震撼了电视机前的王东灵。

王东灵 1973 年 12 月出生在河南省三门峡市一个军人家庭。曾随着父亲在西藏、山东、北京等地生活，后来从三门峡市卫生学校医士班毕业，分配到秦岭金矿职工医院当化验员。此后的十多年里，她的生活平静如水，但这天的一个电视节目，改变了她的人生。

第二天，王东灵给山洞小学的校长写了一封信。她在信里说，她想去那里做一名老师，只求传播一点儿知识，不要一点儿报酬。不久，她就收到了校长杨正学的回信。杨校长在信中提醒她："这里山高坡陡，生活极其困难，请谨慎考虑。"

杨正学善意的提醒没有让王东灵畏缩，反而更坚定了她支教的信念。她说："我相信那里的孩子需要我。作为一个生活比较安逸的人，我有责任帮助那些几乎与世隔绝的孩子。"

洞中的孩子们在玩耍

8月20日，王东灵向单位请了半年长假，代价是工资停发，每月还要向单位补交20元的社会统筹金。她没把她的打算告诉单位，也没有告诉家里，就收拾行李，带着全部积蓄，乘火车赴贵州了。

9月2日，王东灵到达了紫云，才给家里打了电话。母亲得知已"失踪"多日的女儿去了贵州时，在电话中哭了。母亲哭着一个劲地叫她回家，可她还是硬着心肠没同意。她说她是来支教，又不是干别的，不用担心，只希望家里给她寄一些换洗衣服和生活用品。

当天中午，她就在水塘镇教辅站站长及镇上两位老师的陪伴下，攀爬两个多小时的山路，来到了中洞，住进了村民王凤国的家里。

学校在洞子的最里面，只有一二年级两个班，王东灵负责教两个班的数学、自然和体育课。她没做过老师，最初连教案都不会写。为了上好课，她向校长请教，还跑下山到镇上向当地老师请教，才慢慢好起来。

山里的孩子基础差，上课不专心，也不积极主动发言，王东灵就尝试着游戏式教学，通过做游戏，让孩子们轻松接受新知识。上数学课时，她将验算题写在黑板上，让孩子们充当医生，看谁能把黑板上题目"小树苗"医好。这种方法极大地调动了孩子们的学习积极性。

王东灵和村民吃住在一起，每天吃水煮菜和玉米饭。煮菜时放点盐巴，在锅灰里烧几个辣椒，放进菜里算是仅有的佐料。很多时候，菜只是几个芋头或一碗素南瓜。

洞内缺少阳光，也没有电，每晚村民们早早睡了，王东灵没事干，也只得早早钻进被窝。被子潮湿，跳蚤又多，想入眠实在不太容易，她经常睁着一双大眼，在黑漆漆的夜幕中等待着天亮。

这样的伙食，这样的居住环境，王东灵非常不适应。因营养缺乏，加上休息不好，她竟晕倒了。那是10月份的一天下午，王东灵和房东的女儿秀珍放牛回来，刚一进屋，突然一阵旋晕，两眼一黑便栽倒在地……

王东灵的到来，在紫云县上上下下掀起了不小的波澜。紫云县县委副书记杨开华听说后，一定要见见这位什么都不要的青年。见到王东灵，他感慨地说："没有一种精神，她是呆不下去的。我们紫云的干部不缺乏吃苦精神，不缺乏肯干精神，但与王东灵相比，我们的奉献精神又有多少呢？"

3. 来自母亲的压力

彭向阳终于找到了驿马小学，迎接她的却是想象不到的困难。

校长带着彭向阳来到一座旧庙前，告诉她这就是教师宿舍。她打量着这破旧的房子，简直不敢相信自己的眼睛，这样的房子怎么住呀？！

毕竟太累了，终于有个可以睡觉的地方了，她只能将就。可是，晚上睡觉时，老鼠在房间里蹿来蹿去，吱吱地叫着，害得她实在难以入眠。那一刻，她真有点怀疑自己能不能在这里待下去了。

天亮之后，即将面对山里的孩子们，她又坚定了自己的信念。她暗暗告诫自己：既然来了，不管条件多艰苦，都要坚持下来，不能放弃！

驿马小学代办的初中部多年没有英语老师，学生们英语基础比较差。彭向阳作了有针对性的准备，试讲时发挥得也很好，颇受孩子们欢迎。

试讲很成功，校长便安排她代初中的英语课。初中三个年级，一共三个班，每班一周有 6 节课，她立即进入忙碌的状态中。

刚来不久，彭向阳患上了腮腺炎，高烧 40 度不退，输液也降不下来。一个学生家长找来草药，给她敷在脸上，持续几天的高温才慢慢退了。

紧接着，班上学生你一毛、我两毛地凑了钱，买了一些水果、白糖到宿舍来看望她。看到学生们关切的眼神，她很受感动。

"我当时一下子就哭了，就想着无以为报这些孩子和家长，只有好好教书。"彭向阳说。

由于不敢面对父母，来到贵州 40 多天，彭向阳也没敢给家里写信。有一天，她母亲突然出现在了她面前。

看到学校如此差的条件，看到吃住都很艰苦的女儿，母亲苦口婆心地劝，劝她一起回老家。

彭向阳态度很坚决："既然来了，就要坚定干下去。条件再差也可以克服，半途而废我死活不干。"

母亲知道女儿的性格，只好自己先回家了。

又过了一些日子，彭向阳收到了一封母亲写来的家信，内容是父亲病重，让她速回。

父亲病重，彭向阳沉不住气了，只得赶紧请假回家。可是，回到衡阳一看，父亲身体好好的，一点问题也没有，才明白自己上了母亲的当。她知道母亲是为她好，即使骗她也不能责怪母亲，相反，母亲因为担心她，动不动伤心落泪，视力下降得厉害，一只眼睛都完全失明了，她觉得很对不起母亲。

母亲骗她回来，在家乡给她找了一份教师的工作。母亲说："你喜欢当老师，回来也可以当，就别再去那个兔子都不拉屎的地方了。"

彭向阳没反驳母亲，但她心里有自己的主见。她觉得，虽然都是当老师，但城里和山里还是不一样。山里的孩子找个好老师很不容易，自己离开了，他们怎么办？再说了，她也割舍不下相处了一个多月的学生和淳朴的乡亲。

"那次我在家呆了10多天，每天都觉得心里空落落的。"最后，她还是选择回来，回到了贵州，回到了"驿马小学"。

彭向阳去贵州支教，不仅没得到家人的支持，还受到了强烈的反对，甚至想方设法让她回去。就在这样近乎众叛亲离的情况下，她仍坚持自己的信念，义无反顾。她要用自己的未来，带给山里孩子不一样的明天。

4. 久病不愈

两河是一个乡的名字，是盘县的一个纯农业小乡，下辖13个自然村，驻地在两河村。两河村离盘县不远，因村的两头都有河而得名。村子里有一个大溶洞，平常河水从溶洞流到地下，而遇到大雨时，洞里又会往外冒水，常常把村子淹成一片汪洋。与夏季河水泛滥相反，冬春两季河里又干旱无水，经常连续一个月吃水困难。

李广宇和另两位支教老师一起，来到了两河乡，在全乡唯一的初级中学——两河中学任教。

刚到盘县时，他先在县教育局的安排下进行了调研，了解了当地的教育情况。盘县当时还没能实现"普九"义务教育，教师严重不足是主要原因。教师缺口竟然达到 4000 多人，在职的教师素质也普遍不高，只有 36% 的中学教师、56% 的小学教师有合格学历，教育质量自然也上不去。两河乡的情况更加严重，所以他选择了两河中学。

　　与彭向阳遇到的情况类似，李广宇的住宿条件也相当艰苦。他的宿舍是西南"三线建设"时期某部队建的楼房，历经 30 多年的风雨，很多地方已经剥蚀得不像样子。房间里很潮湿，阴气逼人，墙上的白灰都起了泡，夜里"扑扑"地往下掉。书籍被湿气弄得软塌塌的，被子则很快长出黑色的霉斑，湿得黏手……

　　与徐本禹遇到的困难差不多，李广宇也遇到了吃饭的问题。刚到两河时，他受不了菜的辣，坚持吃下去，胃里又一直不舒服。米饭做得很硬，用他的说法是"像沙子一样"，简直没法下咽。没办法，他只得同另两位支教老师一起，自己做饭吃。

　　由于学校很缺老师，李广宇接受的任务比较繁重。他要做初中一年级四班的班主任，还要教两个班的语文以及初中二年级的历史，合起来的课时有 15 节之多。这个工作量对一名老教师都不算小，更何况完全没有教育经验的李广宇。他觉得压力很大，不仅身体吃不消，精神上也难以承受。

如今的盘县两河中学教学楼

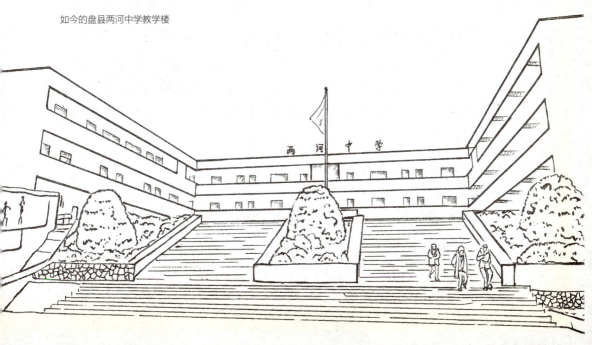

第一天面对学生，李广宇很紧张，说话都有点结巴，讲完上一句，不知道下一句该如何讲。而且，学生们听不懂他带着天津味的普通话，只是瞪着一双双大眼睛看着他，充满了好奇的样子。一堂课下来，他的嗓子都哑了，腿也软得像面条一样。

这天晚上，李广宇躺在床上，不由想起了父亲做老师时的一些事。父亲曾经在中学教毕业班，天天忙碌到晚上九点多，顾不上做饭，一家人经常以煮玉米做一日三餐的主食。他曾经不理解自己的父母，直到像父母一样站上讲台，他体会到父母作为老师的高尚。他们一直在用自己孩子的牺牲，换取更多孩子的美好未来。

可能是由于劳累，开学不久，李广宇就患了感冒，咳嗽、头晕还伴有耳鸣。起初他没当回事，只是吃些药，坚持着继续上课。后来咳嗽越来越厉害，逐渐加重起来，他不得不接受了输液治疗。

输液的时间很长，李广宇只得把有些课调换出去，安心养病。学生们纷纷来看他，但大多羞涩得不知道说什么，只是站在门口怯怯地表达关心。

有一次，他去一个私人诊所输完液，冒着小雨赶回宿舍。快到楼前，模模糊糊地看到一个人站在台阶上，没打伞，衣服都被淋得湿透了。他警觉地问："谁？"

"是李老师吗？"那人反问。

李广宇听出是他的学生吴周林，便和蔼地问："你在这儿干什么？衣服都淋湿了。"

吴周林瓮声瓮气地说："老师，我来看您。"停了停，又解释说，"我刚才去乡里医院找您，没找到，回来后就一直在这里等，终于等到了。"

李广宇听说他冒雨跑了很远的路去乡医院，回来又在雨里等，不由心头一热。他赶紧让吴周林回宿舍换衣服，吴周林抹了一把脸上的雨水，又问："老师，您好些了吗？"

"好多了。你放心。赶紧回宿舍吧。"

吴周林迟疑了一下，才转身往宿舍里走。他的脚步踩在雨水里，显得很沉重。

此后的很长一段时间，李广宇被病痛困扰着，不得不一直输液。乡下医生输液时操作不规范，消毒不严格，扎针还经常扎不上。有一次，扎的针偏离了血管，使他的手肿得像馒头，笔都握不住。

李广宇一直坚持带病上课，周末还要给学生们补课，经常连续工作四五个小时，甚至在输液的时候批改学生的作文……他的心里只有一个念头，不能因为自己有病耽误学生们的课程。

李广宇遇到了很多困难，但他作为天津开发区青年志愿者分队的一员，有一些生活补贴，比徐本禹还是好多了。

5. 不在"体制内"

徐本禹来到狗吊岩义务支教，属于自发的"个人行为"，并没有被列入团中央的西部志愿者行动计划。也就是说，他不在"体制内"，无法拿到国家给青年志愿者提供的每月 500 元生活补助。

初到狗吊岩，徐本禹是一个完全没有生活来源的人，衣食住行仍要靠他勤工俭学省下的一点钱，还有好心人的一些捐助。而且，他的行动也不可能被主流媒体按"报道方针"进行宣传报道，很难得到社会的关注，只能做一个贫穷而孤独的志愿者。

"来到这里，我没有买过一件衣服、一双鞋袜。"徐本禹说，"在我所带的衣服中，有一些是好心人捐给我的，其中包括我的两双鞋中的一双。"

徐本禹穿的袜子全是窟窿，被同来支教的杨倩同学看到了。杨倩把她的三双袜子送给徐本禹，徐本禹不好意思收："你们女生的袜子，我穿不了。"

杨倩执意给他："男生女生的袜子一个样，你就穿吧！"

徐本禹节俭惯了，新袜子还是没舍得穿。不仅新袜子不穿，好点的衣服也不舍得穿。他觉得，在山里教书，就要穿得和山里人差不多，没必要穿好的衣服。他甚至告诉在华中农业大学读书的同学，请同学把他的两件最好的衣服捐给新一届的学生。

"我穿不着还不如捐了它，让家庭条件差的同学穿，其中有一件西服是我的大学老师送给我的，我舍不得穿；另一件是我的母亲给我买的，我也没有舍得穿。"徐本禹说。

穿的问题好解决，有件衣服就可以对付很久。吃的问题就有些不容易了，因为每天都要吃，很多吃的都需要钱来买。几年勤工俭学节约的 2000 元钱，在武汉时存到银行里了，来到贵州却取不出来，手头带的一点钱很快就花得差不多了。到 2003 年 9 月 10 日，他身上只剩下了 50 元钱。

9 月 11 日是中秋节，徐本禹来到 18 公里外的猫场镇，打算给父母、老师打个电话，问候节日。但是，为了省钱，他没舍得给父母打，只给老师打了电话，并请老师帮他转达儿子对父母的思念。剩下的则给学生们买了月饼。

"那年中秋节，我只剩下 50 元钱。狠狠心到猫场镇买了 5 斤月饼，自己吃了 3 个，其余的分给了学生。"徐本禹回忆说。

当然，他没给家里打电话还有一个原因。在来贵州之前，他怕家里不同意，曾骗家里说来这里每个月有 400 元钱的补贴，而事实上一分钱也没有。他不知道该怎么跟父母解释，担心父亲知道后会骂他，便干脆不打电话。后来，父母知道了他的真实情况，表示了理解和支持，让他感到很欣慰。

不久，《楚天都市报》的记者了解到他的情况，准备把一篇文章的稿费给他寄过来。他没同意，直接让记者把那笔稿费捐给了贫困学生。

稿费没要，却有一位叫施琳的读者给他寄来了 100 元钱，说是让他买些鸡蛋。他很感动，因为这是"雪中送炭"般的 100 元钱。

为了省钱，徐本禹 20 多天没有买蜡烛，靠煤油灯照明。因为蜡烛要 2 毛钱一支，一天要点两支，一天就是 4 毛钱。当时他算了一笔账：点煤油灯一天只需要不到 1 毛钱，一天可节约 3 毛钱，一个月可以节约 10 元钱，一年就可以节约 120 元钱，是三个学生的学费！由于长时间在煤油灯下看书，他的原本 450 度近视的眼睛视力进一步减退，看东西更加模糊了。

尽管生活困难，徐本禹还是很乐观，因为他的学生、老师和朋友是他的大后方。他们给他寄来英语书、学习磁带，还有邮票。狗吊岩离邮局太远，买邮票很不方便，同学知道后，就在写信时顺便给他寄来邮票，有时三五张，有时一二十张。他们寄来的这些东西，像滴滴爱心之水，浇灌着他的心田，让他幸福，让他快乐！

6. 孤独与寂寞

随着时间的推移，徐本禹越来越快乐不起来。文化差异造成的心理隔膜和语言障碍，让他难以融入当地的环境，就像一只无助的蚕蛹，被孤独和寂寞紧紧包裹着。生活的艰苦可以忍受，但内心的孤独和寂寞却令他痛苦万分。没有人交流，没有人倾诉，每当夜深人静，他只能拿出山外的来信和贴着亲人、同学照片的相册，一遍遍地翻，一次次地看，常常不知不觉流下眼泪。

徐本禹最高兴的时候，就是拿到山外来信的时候。书信里有从外界传递进来的信息，有亲人对他的关心和问候，还有朋友与他的交流和探讨。由于离猫场镇太远，加上一星期只有一天的休息时间，他去镇上的机会很少。只能遇到星期天，又正好是赶场的时候，他才去一趟镇上。他手里没多少钱，又很节俭，平时赶场很少买吃的东西，办的最多的事就是取信和发信。

"每5天收一次信，是当时最让我快乐的事。"徐本禹笑着说，"尽管有时候会落空，但我有期待，感觉会好一些。"

很多时候，他不能亲自去猫场取信发信，就把这件事委托给经常赶场的吴叔。每当吴叔赶场回来，他总要问："吴叔，有信没？"吴叔把信递给他，他就高兴得连声感谢；没有来信时，他的情绪就会低落而伤感，心里也会多一层孤独与寂寞。

"让我感动的是，在这半年的时间里，我收到了来自全国各地热心读者的来信100多封。虽然我的工作任务很重，但我还是每一封信都回，我不想让别人苦等着。"徐本禹说。

2003年10月底，贵州民族学院通过贵州省团委和《贵州都市报》的记者联系上了徐本禹，让他给学院的学生作个报告。他原本不想答应这个邀请，但想到可以通过这个窗口让更多的人了解贫困山区孩子的生活和学习状况，让更多的人关注这些可怜的孩子们，便答应了。

11月11日晚，贵州民族学院的报告厅内坐满了学生，徐本禹开始作报告。报告中，他讲到了山里那些穷苦的农民和可怜的孩子，讲到了自己的困难和无助……他讲道，他有太多的苦闷、太多的难处无人倾诉，太多的孤独与寂寞无法排解，还有对家人的日夜牵挂……讲着讲着，他便无法控制自己的感情了，不由

徐本禹购物归来

自主地流下了热泪。在座的学生和老师都受到了感染，很多人也泪流满面。他还讲道——

> 在那里，我最想念我的家人、同学和老师。但为了省钱，我半年的时间里只给家里打过一次电话，而且还是在18公里外的镇上。特别是在我孤独寂寞的时候，我更想念我的家人、同学和老师。每当我了解到我的同学都已经工作了，读研究生了，在信中讲述他们的美好生活，这是我总会热泪盈眶。
>
> 国庆节的时候，我的同学告诉我说，他要到杭州去看我的同学了，心里太高兴了。那时，我的眼前就浮现出老同学泪眼相别时的情景，想到自己没有人相伴，心中总有说不出的滋味。我多么希望能有个伴，和我一起走过这两年的历程，帮我排解孤独与寂寞……然而，这里的生活条件让我明白，这只是一个难圆的梦。

徐本禹的报告作了79分钟，热烈的掌声响起了37次，平均每两分钟一次。报告作完后，贵阳公交出租公司工会的陈主席给他买了两年所需的生活用品、学习用品，还送给他200元的车费钱。

寒假里，徐本禹回武汉打工，又经历了一次灵魂的释放和洗礼。

"在没电的地方呆了半年，太向往武汉，一下火车就像到了天堂，高兴得喝了一瓶劲酒。放假前20天很高兴，后20天很忧郁，一想到又要去那边，就发愁。我也是人，有七情六欲。我有缺点，很急，有次看小孩学不会，就摔书。后来知道是自己说话太快的原因，就尽量注意。你看，我现在说话就慢多了！"徐本禹说。

徐本禹回母校华中农业大学作了一场报告。他在台上讲的第一句话是："我很孤独，很寂寞，内心十分痛苦，有几次在深夜醒来，泪水打湿了枕头，我坚持不住了……"

本以为会听到激昂的豪言壮语，却听到了徐本禹这样的心灵之声，大学生们谁也没有料到。许多人先是被惊呆，既而沉默，最后是眼泪夺眶而出。

他在报告中说的是心里话，其实他心底深处那个坚强的内核，他是不愿在大庭广众面前表达的。

"我是一个坚强、自信而又不甘寂寞的人，条件越差，生活越苦，我的意志就越发坚定。"徐本禹说，"我知道我一个人的力量很小，但我不会放弃抗争，不会放弃改变这个贫困小山村的决心。我知道这需要付出多么大的努力和心血，但为了这些山里的孩子们，我会坚持到底，义无反顾地走下去，直到奇迹发生！"

报告会后，徐本禹又返回了狗吊岩村，依然沿着崎岖的山路，每天去给孩子们上课。

7. 各有各的难处

安顺市普定县素有"黔之腹，滇之喉"的说法，地理位置比较偏僻。

来自青岛人民广播电台的记者王文科，支教的地方就是普定，而且是这个县最偏僻的鸡场坡乡。

从普定县城到鸡场坡的路上，王文科受了不少惊吓，甚至可以用"心惊肉跳"来形容。沙石公路很窄，只能勉强容纳一辆车通过，而且凹凸不平、弯弯曲曲、忽上忽下、左右盘旋。车辆穿行于连绵的山岭之间，两旁许多地段深不见底，就在他浑身发紧之际，又碰上了一场车辆事故。前面有辆吉普车翻到了沟里，附近的农民正用铁链套住车身，一点点往上拉……

来自团中央的张建为、张伟，另两名青岛小伙宫善纪、刘涛，一起在普定县马官镇支教。这个镇交通、经济条件都比鸡场坡乡好一些，但他们遇到了另一个更大的难题——缺水。由于当地持续干旱，好几个月，他们的饮用水源几乎都是镇中学一个屋顶水池。长期积在水池里的水简直没法喝，里面都长满藻类植物，绿茵茵的，盛在桶里两天不见清亮。可是，如果不想喝这个水池里的水，就要跑到 1 公里外的水井去担，那又极其考验他们的体力……

生活上的种种"没有想到"，严酷地考验着志愿者。在织金县后寨苗族乡，深圳志愿者郭祥萍、毛凯、沈宇岚、张济波最受不了的是吃饭问题。当地农民不种不吃蔬菜，平日饭食都是"辣椒水拌苞谷饭"，他们不得不经常走上一两个小时，到邻近条件稍好的乡镇买菜。

在长顺县威远中学支教的李泓霖谈起当地艰苦的条件，回忆说："在那里，冲凉房都没有一个。"

深圳姑娘温慧琴是地道的广东人，她初到威远镇时，第一印象是"失落得不得了"。从镇东到镇西，一眼望个穿，一间破烂的餐馆是镇上最"奢侈"的消费场所，与家乡的"镇"完全是两个概念。

不过，失落归失落，志愿者们还是咬牙挺了过来。"条件艰苦，应该有心理准备。如果啥都好，我们还来干嘛？"毕业于青岛大学的宫善纪如是说。

每一个志愿者支教扶贫点，都像是个温馨小家，越是艰苦，人们便越精诚团结、互帮互助。威远中学的5名深圳志愿者李泓霖、伍时沛、王冰峰、薛恒、温慧琴，从一开始就按年龄大小排行，33岁的李泓霖排名"老大"，每当小弟小妹力不从心，他就会把温暖的手伸过去。

久而久之，艰苦也就"退化"成了他们幽默的对象：普定县城到马官镇相对较好的公路被称为"普马高速公路"，发绿的水叫做"富营养水"，"晴天一身灰，雨天一身泥"的道路冠名"灰泥路"，威远镇的小餐馆干脆成为"咱们的五星级酒店"。

幽默的志愿者有一个共同感慨：生活的艰苦还是次要的，工作的艰难才是最大的挑战。

8. 摸着石头过河

志愿者的"主攻"方向是教书育人，可是，他们大多没有从教的经历。

在普定县马官中学教英语的刘涛说，大家都有点"摸着石头过河"的想法，主要方法是模仿学生时代老师的教学模式，诸如上课抓重点，下课布置作业，要求学生复习、预习等。

然而，城里行得通的东西，到了山里，常常一点儿不奏效。期中考试，马官中学几个志愿者带的学科、班级，成绩并不理想。

好几个夜晚，大伙辗转难眠。他们找来当地青年教师一起座谈讨论，又挨家挨户家访，终于弄清了症结：农村孩子负担普遍很重，放学回家后一般都要帮家长放牛、割猪草或带弟妹等，根本没时间再拿课本。

接下来，他们的教学便注重"因地制宜"，注重扩展课堂教学的"容量"。虽然进度慢了一点，但按当地话说，"管用"。身材高大的黑龙江小伙张建为讲授历史，除了尽量使书本内容故事化、精彩一些，还时常与学生分享自己的成长历程，穿插讲述外面的世界。每当这时，孩子们都听得有滋有味，眼里充溢着朴实的憧憬。

与张建为一样，王文科喜欢在课堂上展示从青岛带过来的图片、画册，从地理、经济的角度浅显地讲述孩子们脚下的土地与沿海的异同。

刚到校的第二天，乡干部用一个故事向他解释什么叫封闭：乡里有个村通了电，请来电影队放电影，屏幕上一颗炸弹"爆炸"了，竟吓得看电影的人跑了个精光。第二天一群小孩跑到原地四处寻找，一问，原来是在"找弹壳"……

这个故事让王文科感觉既好笑，又酸楚不已。他与原在青岛有线电视台工作的路修全一起，发挥他们的专业优势，捐款建起了学校广播站。

广播由学生自己主持播音，节目也由老师和学生共同自办，每天中午播出半个小时。很正规的"开头曲"之后，是新闻、作文园地、跟我学英语、专家讲座、每周一歌等栏目。其中，本地新闻由学生采写，国际国内新闻由王文科和路修全摘编。于是，播完"北约轰炸南斯拉夫"的消息，他们忧喜交加地迎来了学生们"北约是什么国家"等好奇的询问。

放牛的小学生

大山锁闭了孩子们的视野，王文科用这些别具一格的方式帮他们打开。

王文科的到来，使鸡场坡乡有了史上第一位本科毕业的老师。在他看来，自己不仅代表着"自己"，更代表着"文明"。要改变孩子们散漫、拖沓及随地吐痰、抹鼻涕等不良卫生习惯，得从点点滴滴的小事施加影响。每天上课，他都要精心"打扮"一番，以作示范。在他的要求下，孩子们懂得了应该在课前叫一声"老师好"，而他，总是还以一个深深的鞠躬。

面对山外来客，山里的孩子是自卑的。为此，王文科翻遍了普定县的文史资料，将该县历史上出过的名人故事搬进了课堂，教育孩子们要有自信和理想，切莫妄自菲薄。

在习水县官店镇中学支教的杨廷江发现，教学中主要的困难是培养品质和调动积极性。为此，他花了大量的时间在书报、网络上求教，尝试创新教学方法，培养学生良好的品质，激发学生的学习兴趣。

在一次备语文课时，杨廷江发现第二天要讲的是法国作家都德的《最后一课》，便决定来一次"情景教学"，让学生真切体验主人公小弗朗士在最后一课上的心情，更好地理解课文。

第二天，杨廷江走进教室，用微笑先让学生们心情放松，才正式开讲。后来，他在一篇名为《一切都迫在眉睫》的文章里写下了讲课的全过程——

"同学们，你们相信缘分吗？"

"信。"学生们异口同声地回答。

"相信巧合吗？"

"信。"学生们还是异口同声回答。他们显然还没弄清我要葫芦里卖什么药。

我转身在黑板上重重写下了"最后一课"四个大字，说："老师也信。今天是我给你们上的最后一课，巧合的是今天学习的恰好是名篇《最后一课》。因为学校提升我去当副校长，搞管理工作——所以不能担任你们的班主任了，也不能再和同学们一起学习语文了……"

顿时，欢快的场面一下子变了味。六月天，孩子脸，说变就变，前排的一个女生立即流下了泪水（一节课下来，她一直泪流不止）。紧接着，好几个女生也伏在桌上，发出了抽噎声……

45分钟很快过去。铃声一响，我清楚地看到，多数同学不由自主抽搐了一下，好像意味着永远的离别。我合上书本，说："同学们，前两天你们的确让我不太愉快，但在我们相

〈第二章　艰难的日子

处的大多数日子里，我还是很高兴的……"

我还没说完，几个男生也哭了，而我自己也哽咽得说不下去了。我被学生深深感动了，泪水也从我这个导演兼演员的眼里流了下来。我赶紧走出教室，在教室外擦去眼泪。

我深吸了几口气，又回到教室，把事先准备好的信纸发给学生。我说："下节课你们就写作文吧，题目就是《给杨老师的一封信》，我给你们改最后一次作文……"

我说不下去了。教室中的气氛也不让我说下去。当我"逃"出教室门时，我听到教室里断断续续的抽噎声变成了嚎啕大哭……我实在不敢回头看，也不忍心回办公室。我真的不知道该怎么"收场"了，因为我没想到会是这样……第四节课过去了半小时，全班哭成一片……离下课还有十多分钟，我该回去收场了。

回到教室，我把学生的作文收好，在黑板上写下"情景教学"四个字，解释一通。几个听懂的学生破涕为笑，但多数学生还在伤心之中，不敢相信我说的是真的……

我回到宿舍顾不上吃饭，一口气读完 54 个学生的作文。读着读着，我的泪夺眶而出，读完已是泪流满面，泣不成声了。

有一个学生在信中写道："我最敬爱的杨老师，你说你要离开我们，我很伤心。你不是说过要带我们毕业吗？你不讲信用，你骗人……上个月我爸爸因为犯错误被警察抓了……爸爸被带走的那天我没有哭，但今天我却控制不住我自己了……"

在威远镇，薛恒试图改变学生的散漫，便想到了军训。她跑到长顺县城"泡"来两名武警战士，给孩子们和自己当了整整一周的老师。此举，开了威远中学军训的先河。

威远小学班主任王冰峰也屡出新招：学生害羞、发言声音小，他就还以其人之道，上课只做口形不发声。学生们说："老师，您这样讲，我们听不见。"

于是，他便有了可钻的"空子"："你们听不见，老师同样也听不见啊！"

从此，孩子们的声音渐渐大了起来。

他把作文课当成"采访课"上，带孩子们走出校门，一路讲解沿途所见。孩子们手拿小本记个不停，一副小记者模样，回来写的作文都有很大进步。

王冰峰与温慧琴联手，开展了同样创下"威远纪录"的野炊活动。那天，孩子们兴奋得像过节一般，说定 10 点出发，6 点钟就有人来到学校。

一个学期很快结束了，志愿者们所带班级的成绩都大大提升，名列各校前茅。温慧琴带的班进步最大，35 名学生的数学成绩，及格人数竟奇迹般由 1 名升至 28 名。

9. 课堂以外

徐本禹也是一样，没有从教的经历，而且没接受过"体制内"志愿者接受的培训。他的教学实践完全靠自己摸索，并没有多少独特的地方，倒是他在教学之外对学生的关爱，有效地促进了教学的开展。

去贵阳做报告耽搁了五天的时间，徐本禹带的五年级耽误了一些课。从贵阳回来后，他要赶课程进度，还要迎接即将到来的期末考试，便把原来每周的一个休息日取消了，天天上课。一周上42个学时的课，他比以前更累了，但他干劲十足。

为调动学生的学习积极性，徐本禹把好心人捐的本子全部存起来，当作奖品发给那些学习成绩好、学习进步快的学生，借以鼓励。

为提高学生的作文水平，徐本禹注意引导学生翻阅课外图书，扩展他们的知识面。每天下午，他总是比其他年级的老师提前半个小时到教室，陪孩子们一起读课外书。这些五年级的学生原本只会写200多字的作文，还有不少错别字句，经过这样的阅读，他们很快就可以写500字的作文，错别字比以前少了，句子也比以前更通顺了。

就在复习迎考的紧张时刻，班里却出现了一些"小情况"。

2003年12月7日，狗吊岩下了一夜的雨，崎岖不平的小路变得更加泥泞了。第二天早晨，徐本禹走进教室，发现有5名学生没来上课。

徐本禹问学生们："谁知道，他们为什么没来上课？"

学生们七嘴八舌地回答，有的说天气太冷；可能穿的衣服太少，回去穿衣服了；有的说下了雨路不好走，走到半路又回去了。徐本禹觉得，如果不搞清楚其中的原因，以后会有更多的学生以他们为"榜样"，想来就来，不想来就不来。

当天上午，徐本禹没有上课，带上两名学生，分别去旷课的学生家了解情况。他们来到黄绍超家，远远地听到了电视的声音，黄绍超正在家里看电视。在黄家门口，两条凶狠的狗不停地狂吠，不让他们进门。

听到狗叫声，黄绍超乐呵呵地从屋里跑了出来。看到徐本禹时，他不笑了。

"黄绍超，你怎么没去上学？"徐本禹表情严肃地说。

黄绍超没有回答，而是低下头，悄悄地抹起眼泪。

徐本禹知道，黄绍超说不出正当理由，害怕老师会批评他，便换了一种语气，和蔼地劝道："别哭了，跟我上学去。老师不会批评你。"

黄绍超摇头，执意不去。徐本禹没办法，只好找到了他的叔叔，让他叔叔劝他。他叔叔也劝不动，就准备来硬的，把他拖出家门，让他回学校。可是，还没出家门，他就把书和本子全部丢到了泥水里，哭着闹着坚持不去。

徐本禹问："你说说，为什么不想去上学？"

"就是不想去！"黄绍超哭着说。

徐本禹又劝了一个多小时，黄超超还是无动于衷，他叔叔也没办法。在家玩的还有他的弟弟，也已经半个月没去上学了。他弟弟也不想再读书，理由是他还没有玩够，哥哥不去，他也不去。

无奈地走出黄绍超家，徐本禹的心情像当时的天气，一片阴霾。后来，他回忆说："当时，我深深地自责：是我没有教育好我的学生。后来我才知道，他的爸妈都去打工了，家里只有他的爷爷奶奶和叔叔，他们很少过问孩子的学习。像这样的家庭，在这里还有很多。这样一来，督促学生学习的任务全都落在了老师的身上，无形中给老师增添了很大的压力。怎样才能教好这些学生？怎样才能提高这些学生的积极性？以前是不是管得太严了？还是教育不得法？我思考着……"

我们不禁想起本文序章中提到的喝农药自杀的张启刚。他的父母也是在外打工，缺少关爱，因而辍学在学，还带着几个妹妹辍学在家，最后酿成了悲剧。如果黄绍超不是碰到了徐本禹，类似的悲剧会不会提前很多年，难以想象。

离开黄绍超家，徐本禹又在两名学生的带领下去了何福洋家。

何福洋和他的弟弟何伟都没来上课，又是兄弟俩。

徐本禹到他们家时，他们的父母都不在。他汲取在黄绍超家的教训，一见面就注意了自己的表情。他和颜悦色问："你俩为什么没有去上学？"

"没有鞋穿！"何伟说，"我妈帮我们到镇上买鞋去了。"

何伟还没说完，何福洋先哭了。何伟也跟着哭了。

看着哭泣的两个孩子，徐本禹把目光投向那两双沾满泥巴的小脚，心里一阵刺痛：他们怎么能够受得了？我穿着皮鞋脚还冷，而他们却打着赤脚！

徐本禹看望贫困学生

天冷了，下着雨，没有合适的鞋穿，没法上学了，这是客观原因。徐本禹给他俩进行了简单的辅导，布置了作业，让他们在家里学习。

"那天，在回来的路上，心里越想越痛……回到住的地方，我立即拿了50元钱给他家送了过去，让他妈再给他们买双鞋。"徐本禹说。

我国古代第一本教育专著《学记》中有这样的古训："夫然，故安其学而亲其师，乐其友而信其道，是以虽离师辅而不反也。"一语道破了良好的师生关系对于学生的重要影响。

关爱对学生的影响是潜移默化的，能使学生拥有良好的情绪去面对学习。这种爱是教师教育学生的感情基础，学生一旦体会到这种感情，就会"亲其师"，从而"信其道"。

然而，关爱学生也不是一件容易的事，让学生体会到老师对他们的关爱更困难。尤其像黄绍超这样的"留守儿童"，他们的父母外出务工，他们缺少父母的温暖和教育，得不到正确的引导和帮助。这对他们的心理产生极大影响，导致他们性格内向、自卑、敏感、脆弱……

徐本禹是怎样关爱、帮助黄绍超的？黄绍超能不能重新走回课堂？

　　保定学院 2000 届的学生辛忠起支教的地方是新疆且末县。那里有一望无际的茫茫戈壁，浩瀚无垠的漫漫沙海，永远不变的景色。干燥呛人的空气中弥漫着塔克拉玛干的沙尘，让一直在北方生活的年轻人备感不适，嘴唇干裂，手掌全都蜕皮，饮食不适又导致肠胃出现症状……他在那里留了下来，并在那里成了家。他的母亲在保定老家，已瘫痪多年，他心中最大的遗憾是不能在母亲床前尽孝。每当想家时，辛忠起就会在电脑上反复翻看老人的照片，以解思念之情。

　　中国海洋大学的丁亮在位于拉萨的西藏职业技术学院建筑系支教。拉萨海拔 3700 多米，氧气含量只有青岛的一半，因为缺氧，他夜里要醒很多次，再就是吃不好，没有食欲。缺氧使人特别容易疲劳，快速爬到二楼是一件苦差事，经常气喘吁吁。每天要承担繁重的授课量，再加上大量的行政工作，他每天都要到凌晨才能回到寝室休息。

　　保定学院 2002 届徐建旺支教的地方是西藏南木林县一中。南木林县城海拔 4000 米，空气稀薄，气候干燥，自然条件特别恶劣。县城只有一条街道，两边是低矮的土坯房，最好的建筑就是学校三栋两层的楼房。学校里没有宿舍，他们只能住在废弃的车队库房里。一扇铁栅栏门，三排房子，院内蒿草有齐腰高。房间是木条编扎，黄泥糊住，最多五六平米，两人一间，不仅要放床铺，还要摆放炊具。

　　本章第三节提到的彭向阳，后来调到了安顺市西秀区蔡官中学，并一直坚守在那里，做着一名普通的代课老师。如今，她已经坚守了 25 年，培养了一批又一批学生，获得近 30 个市、镇、校"优秀教师""三八红旗手""先进班主任"等荣誉称号。

第三章 | **不仅仅是教学**

很多学生家庭困难，处在辍学的边缘，他不断地慷慨解囊，为学生们交学费，资助学生们继续读下去。他发起成立了"恒爱"基金，专门用于资助贫困孩子，让更多孩子接受教育。他还充分发挥桥梁纽带作用，促成母校援建希望小学。

1. 播洒希望

　　乌蒙山的六月气候宜人，也是插秧的好时节。正在盘县双河中学支教的李广宇闲不住，便与当地老师一起，来到乡下的稻田，帮助乡亲们插秧。

　　稻田在山坡上，一块一块的，像一个个大水盆，一阶一阶地散落在山前。走了一个小时的山路，终于上到半山腰的稻田边，李广宇已经累得气喘吁吁。

　　作为一个北方人，李广宇是第一次进稻田，体验自然是不一般。稻田里的水已经施了农家肥，看上去黑乎乎的，还有一股浓重的臭味。更让他想不到的，水里还有各种各样的虫子，尤其蚂蟥让他恐惧。

　　既来之，则安之。李广宇虽然没干过农活，但在一位老妈妈的指导下，很快掌握了基本要领，干起来也蛮像回事。不过，他很快就感到吃不消了，不仅腰酸背疼，还屡屡被蚂蟥"袭击"。蚂蟥一吸到他的腿，他就害怕得心惊肉跳，赶紧去拍打。后来，他甚至有点杯弓蛇影了，一根草棍碰到他的腿，他也要去拍打一下。

　　这次劳动让李广宇切实体会到了山里农民的艰辛。他们为了生存，世世代代在这里耕种和收获，自家产的稻谷却不够一家人吃的，温饱问题都解决不了，更别谈挣出子女教育的钱了。

为了山里的孩子 >

072

在乌蒙山的稻田里插秧

那天晚上，李广宇躺在床上，久久不能入眠。他决定把他在山区的体验写出来，在《大连开发区报》开一个专栏，让更多的人关注贫困山区，关注山里的孩子，吸引更多的人来资助贫困学生读书。

为了把这个想法落到实处，李广宇叫来了在英武中学支教的何文，与他一起商量如何操作。何文支教前曾在报社工作，对宣传比较内行，两人聊得很投机。他们讨论宣传的细节，决定每期搞一个话题，并初步确定前几期的话题。第一期叫"开学第一天"，第二期叫"志愿者一日"，第三期叫"家访"……他们讨论得热血沸腾，被未来的前景激动得毫无睡意。

清晨，山风微起，湿雾弥漫，但暖意融融，李广宇和何文各拿了个板凳，坐在宿舍楼前的枇杷树下，迎接希望的曙光。

1997年7月25日，《大连日报》发表了李广宇的文章《分一点希望》，在大连引起了强烈反响。很多读者来信，也有人直接汇款来，希望通过他去资助贫困学生。

一位广告公司职员在信里写道："虽然我没有太高的收入，但帮助几个孩子实属举手之劳。生活在大城市里的我们，省几顿饭钱，少买几件衣服就可以了。"

一位在银行工作的年轻妈妈写信说："我女儿已经三岁了。我希望通过资助贫困学生，让我的孩子多一些爱心，做一个有良知、有责任感的人。"

朴素的话语，真挚的感情，让李广宇激动不已。他没有想到，他投出的这一粒小小的"石子"，竟然会激起这么大的浪花。兴奋之余，他想出了一个更宏伟的计划，并命名为"百名儿童捐助计划"，得到了李德俊、杨德春一致赞同。他们共同给读者回信，共同处理好心人的捐款，很快让三十多名学生拿到了捐助。

读者的来信和汇款促使李广宇又拿起了笔。这次，他的文章题为《我的心跟着希望在动》，他写道——

在这几天的时间里，我们收到了来自大连的近千元汇款。这些汇款从十元到百元不等，许多汇款者留的都是善举、郝运等假名字，让我们对这种决无索取的义举钦佩不已。因为体会到了所有热心者的期望，我和我的同伴们花了很多时间，给每位来信的朋友回信，对于那些希望通过我们参与资助贫困学生的热心人，我们还在信中做了详细的说明。我们觉得必须这样做，因为我们身在盘县，无论怎么说都应该把这份关心希望的热情传递出去，如果说我们因此而被时刻感动着，那是源于许多大连人的慷慨与爱心。

为了把这个计划落实好，李广宇决定做一次调查，详细了解当地儿童的失学情况。他与盘县团委取得了联系，团委书记陪他走进了山里的几个村子。在两河乡南面的最高处，有一个叫城关箐的村子，学生上学要走三个小时的山路。村里没有通电，又严重缺水，吃的是被称为"望天水"的自然降雨，生活非常困难。

在一个叫董小考的四年级小学生的家里，李广宇看到了一幢破旧而简陋的木结构房子，闻到了浓重的猪粪的味道。屋里只有一张铺着破烂棉絮的竹床，床对面就是一个用木板隔开的猪圈。一头猪正在睡觉，许多苍蝇在它的上方盘旋，"嗡嗡"叫着，阳光透过木屋的缝隙照在猪身上，屋里的异味似乎更强烈……

与猪同室而居，李广宇曾听人说过，但他还是第一次见到。董小考家一年能收入千余斤玉米，不到一千斤水稻，合计折算年收入不足 600 元。董小考有一个哥哥一个姐姐，哥哥初中没毕业就外出打工了，姐姐考上了初中却没钱去上，他自己也随时面临辍学的危险。

另一位董姓小学生的家是新盖的房子，却只有一面石头墙，另三面都是木头支撑的，房壁是以玉米秆扎成。这样，漏雨是自然的，风也自然地从玉米秆之间的缝隙吹进来。然而，盖一座这样的房子，就已经花光了他们家多年的积蓄，并导致两个孩子读不起书，辍学在家。

还有一位叫冯丽萍的女孩，刚刚考取了六盘水市第一中学，但她高兴之余又有很多无奈。去六盘水读高中，一年需要支付 2000 元钱的生活费。她到过几乎所有亲戚家借钱，大多是空手而回，根本不可能凑齐这笔"巨款"。

回到两河中学，李广宇久久不能平静。他清楚地看到，在山区孩子的成长过程中，缺少了勇气可以去鼓舞，但缺少了金钱的支持，一个孩子的才智可能永远被耽误，这是最让人痛心和无奈的。从这个角度看，资助生活在山区的贫困学生，意义远远超越善举本身。

李广宇用收到的捐款资助了一些贫困学生，当然包括上述的三个。冯丽萍最后没去六盘水读高中，而是选择了复读，准备来年参加师范考试。

<第三章 不仅仅是教学

把捐款分发完，李广宇和李德俊、杨德春又各自拿出 500 元，为两河中学添置了单杠、双杠等体育器材。在英武中学的何文和郭鸿跃也行动起来，拿出他们自己的一些钱，为学校办起了图书室，订了一些杂志和报纸。

2. 用真心，动真情

秋去冬来，云贵高原的风渐渐变凉，渐渐吹走了志愿者们身上的"脆弱"，使他们变得越来越坚强。

在长顺县威远中学支教的李泓霖很快适应了高原的风，不仅能坦然面对一切困难，还努力去改善学校的条件。他不仅努力教好书，还热情地为学校建设出谋划策，受到校长和老师们的赞扬。

工作两个多月后，校长找到李泓霖："你做我的助手，当学校的副校长如何？"

"如果能为学校多做点事，当然可以！"李泓霖说。

于是，新春伊始，长顺县关于教育的一号文件里，正式任命李泓霖为威远中学副校长。一名支教不满半年的外来者，竟然做了学校的副校长，这在支教史上不能不说是一个特例。

此后，除了上课，满腔热血的李泓霖做了许多事情：在学校办起了广播站、团支部，出资捐建了一个水泥羽毛球场；为困难学生交学费、买文具，还资助班上两个孩子读完初中；从深圳募捐来两大箱书，办起一个阅览室……

"我们做的事有可能改变这些孩子的人生，所以我一定要努力做好。"李泓霖说。

李泓霖做副校长的第二学期，校长去参加黔南州组织的培训，学校的日常工作由他主持。他的干劲就更足了，相继推出了迟到处理、升旗仪式、学习之星等十项措施，整顿了学校纪律。

"印象最深的是我抓学生迟到。以前学生迟到很严重，我就亲自站在学校大门口，迎接到来的每一个学生。站了几天后，迟到的学生看到我都不好意思了。到第二个星期，就基本上没人迟到了。"李泓霖说。

十项措施之后，学校周边的家长反响非常强烈，都说这里现在更像是一个学校了。

在普定县鸡场坡乡支教的青岛电台记者王文科碰到了一个特殊情况。新学期开学时，他兴冲冲地从青岛赶回，却发现教室里有好些座位空着，就连元旦曾送过他贺年卡的"得意门生"也不见了踪影。课后一统计，全校竟有近百名学生未报到。

王文科知道，是无情的生活压力，让孩子们选择了辍学、失学。他觉得，再也没有这种情形更令人痛彻心扉的了。

马不停蹄，他和几个志愿者立即走村串寨进行家访，逐家了解情况，苦口婆心说服家长。遇到实在有困难的学生，他们二话不说就慷慨解囊。虽然他们并不是有钱人，但每人都包下了十余名学生的书杂费、学费。

与李泓霖一起在威远中学支教的王冰峰也资助了几名贫困学生，他在家长会上郑重宣布："我班的学生，只要考试进入前三名，上学的全部费用都由我支付；日后考上专业学校的，我资助一定的费用，直到毕业参加工作。我用我的人格保证！"

在普定县马官中学支教的张建为和宫善纪也"不甘示弱"。张建为回了一趟北京，特意给学校买回了10台飞利浦录音机和两套完整的英语教学磁带，价值4000多元；宫善纪主动与母校联系，募捐来一套体育器材……

志愿者们为当地学校及学生们做了很多，当地村民和孩子们也对他们付出了真挚的感情。

在威远中学支教的薛恒第一次下村，不小心踩上了青苔，跌倒在石阶上，跌脏了裤子。带路的村委会主任赶紧把她拉起，从家里拿来洗脸的毛巾，忙不迭帮她擦拭。"我们只不过是一名普通的支教老师，老百姓却把心都掏给我们。浓浓的人情味，寄托着他们多少朴实的期盼。"薛恒说。

学期结束前，张建为有事需要提前返京。听到消息，全校学生自己动手，制作了各种各样的纪念卡，带着真诚的问候堆满了床头。临走，同学们怕他不再回来，纷纷赶来送别。上车时，不知谁用浓重的"贵州普通话"轻轻唱起了："再见，再见，等到相逢的那一天……"张建为倚着车窗，看着挥手的孩子们，刹那间泪眼模糊。他身边的旅行袋里，啥都没有，全是纪念卡。他把这些纪念卡看作金钱无可计量的珍品。

在鸡场坡中学支教的尹之双病了，新学期不得不留在青岛。他请人给他教的孩子每人带上一只铅笔。孩子们从青岛电视台捎来的录像带上看到老师在医院里输液的情形时，顿时哭成一片，当晚就给尹之双发去了一封信："老师，我们要的不是笔，要的是您这个老师……"

最让志愿者们感动的，还是他们的学生艰苦求学的精神。这些带着浓烈汗臭味的孩子，家离学校大多较远，每天上学都是"两头黑"：天不亮就起床，打着火把走一段路才天明；下午放学回家，最后一段路又得点起火把。中午，他们一般吃几个从家里带来的烤土豆、煮红薯，简单裹腹了事。

王文科利用业余时间跑了鸡场坡乡 20 个行政村，作了大量调查，之后深有感触地说："从长远来看，这份支教的经历，必将随着时间的流逝，积淀为一生中最宝贵的财富。这是贵州大山给我们的最珍贵的馈赠。"

在"岩洞部落"支教的王东灵对此也深有体会。

有一天，王东灵从山下回中洞，天色已晚。走着走着，她发现不远处的一簇小树剧烈地晃动起来，不由吓了一跳，怕遇到坏人。她捡起一块石头给自己壮胆，并加快了步伐，走近了才看清是一群猕猴。当她小跑着赶到洞口时，孩子们已聚集在洞口，正准备打着火把下山接她。她激动得流下泪水，觉得自己更爱这些孩子了。

原定半年的支教时间一晃而过。2003 年 12 月 29 日，王东灵回到了家乡三门峡。为了不让家人担心，她撒谎说，中洞的条件并不差，否则村民们怎么会祖祖辈辈在那里生活呢？而且，那里还有她最喜欢吃的红薯。让她欣慰的是，家人都尊重她的选择。

王东灵的事迹引起了社会各界的关注，但对于是否再回中洞支教，她内心也有过矛盾。这时，对孩子们的牵挂和一位美国老人的支持，成了王东灵延长支教时间的动力。

美国老人胡兰克·博德从媒体看到有关报道后，只身来到中洞，考察了这里的情况。老人决定，从当年起，每年给中洞每家每户资助 800 元人民币，每月给中洞小学每位教师资助 400 元，同时投资 30 万元，架通从山下到中洞的输电线路。

一个外国人尚能如此，一个中国人还有什么不可舍弃的呢！再说了，她忘不了孩子们那一双双渴望的眼睛。

于是，2004年2月24日，新学期即将来临之际，王东灵背着行李又出现在了中洞。她在当天的日记中写道——

> 我想说的一句话就是，幸亏我又回来了。除夕晚上，爸妈告诉我，不要以为你去了几个月，会给那里的百姓带来什么，你一个人也不能彻底改变中洞孩子的命运，尽你所能就行了。是呀，我一个人是不能改变中洞人的生活，就好像一颗星不可能照亮整个黑夜，但一百颗，一万颗呢？只要自己是其中的一颗，那就足够了。

最高兴的莫过于孩子们。那天，送她的车到了中洞的山脚，她刚打开车门，眼前突然出现了几张熟悉的稚嫩的小脸。有她日夜想念的秀珍、王启荣和梁香，一边还站着正傻笑着的大叔和"九"。原来，他们得到王东灵要回来的消息后，已经连续在这里等待她三天了。

看到王东灵的身影，三个孩子欢呼着拥上来，一下抱住了她。孩子们有的拿行李，有的干脆把王东灵背了起来，随后又一路考她的苗语。一路上，大家叽叽喳喳讲过不停，秀珍家一头正在吃草的牛，也抬起头来附和。

"哞——哞——"牛的吼叫声久久回荡在山谷，仿佛在欢迎着王东灵的到来。

3. 空着的座位

淅沥的小雨一直下着，天阴冷阴冷的。不断有学生感冒发烧，李广宇忧心忡忡。

周一上课时，李广宇发现又有一个座位空着。吴周林病了，也是感冒发烧，在宿舍里躺着。

学生宿舍里很简陋，除了砖和木板搭起来的床，别的什么也没有。窗台上放着煤油灯，通常是几个学生挤在一个窗台前，在煤油灯下看书写字。宿舍里没有电和水，他们要从很远的山上打水来用，为了节省，手和脚都不洗，环境卫生和个人卫生都很差。

李广宇来到宿舍，发现吴周林脸色赤红，眼皮有点肿，嘴唇干裂，没精打采的。

他摸了摸吴周林的额头，果然很热，就让他起床，带他去诊所看病。

吴周林从床上爬起来，跟在李广宇后面往外走。可是，刚出了宿舍门，他就站住："老师，还是不去了吧？"

"怎么了？干嘛不去？"李广宇问。

吴周林低着头不吱声。

"怎么了？说话呀！"李广宇再问。

吴周林低头小声说："老师，我没事，不用看。"

"不行。你发高烧呢！"

吴周林抬头看了李广宇一眼，又低下头："老师，我没带钱。"

"你不用管钱的事，治病要紧。"李广宇严肃地说。

吴周林这才跟在李广宇后面，一起往诊所走。

到了诊所，医生给吴周林打了一针，还给他开了一些药，让他回家好好休息。李广宇当场给他批了假，并支付了他的医药费。

李广宇知道，吴周林家在两河乡最偏僻的哑嘧村，极端贫穷落后。上个学期，吴周林为了交学费，曾经到私人小煤窑去背煤。那么小的孩子，背一个和他差不多高的圆口背篓，从煤窑深处爬到地面上来，特别辛苦。他一个月的假期挣到了80元，还不够他读书的，他父亲又卖掉了家里还没养大的猪，才让吴周林再次走进课堂。十几块钱的医疗费，对吴周林家来说就是一笔"巨额"，这也是他宁愿在宿舍里难受着，也不愿去看病的原因。

因此，送他回家时，李广宇说："我给你买药的事，你就不要跟家里说了。那点钱对我来说算不了什么，不用你还。"

吴周林答应着，回家休息了。

一连几天，吴周林都没来上课。李广宇看着吴周林那个空着的座位，心里觉得空荡荡的。

班里的同学陆续有病倒的，李广宇都尽自己的所能帮助他们。在他眼里，钱不是重要的，能拿出一点钱来帮助学生们才是重要的。

吴周林回学校上课时，给李广宇带来了自家腌制的腊肉。他不善表达，话也不多说，放下就走。李广宇追了好远才追上他，让他把肉带回家。

几天后的一个晚上，李广宇正在煤油灯下备课，突然听到了敲门声。他打开门一看，吴周林站在门前，后面还跟着他的父母。

从吴周林家到双河中学，快走也要两个小时，他们不辞辛苦跑来，是特意来感谢李广宇的。吴周林的父母说了很多感谢的话，但他们浓重的盘县口音，李广宇听懂得不是太多。

明白了他们的意思后，李广宇有些激动。他说："作为吴周林的老师，我觉得吴周林就像我的孩子一样，做什么都是应该的。"

吴周林的父亲感慨地说："李老师，孩子交给你，我们就放心了。真的放心。"

4. 黄绍超回来了

黄绍超回来了，他的弟弟也回来了。一个决心辍学的孩子，在徐本禹的努力下，终于回心转意回到了学校，并渐渐成为一名守时勤学的好学生。

有人问徐本禹用的什么"绝招"，他的回答是：真情和鼓励。他刻意走近黄绍超，与其促膝谈心，不厌其烦地对其进行劝导，使他认识到读书的重要性。帮其分析他的特长优势，让他发现自己的闪光点，恢复信心。通过谈心，他拉近了与黄绍超的距离。黄绍超开始愿意接近他，并心悦诚服地接受他的教育和指导。

黄绍超回到学校后，徐本禹把他叫进了办公室，送给他两个本子。

徐本禹一改过去严厉的做法，用平和的语气对他说："以后要好好学习，不要再迟到、旷课了！"

黄绍超答应着，并实践了自己的诺言。从那以后，他总是早早地来到教室，再也没有旷过课。

"这件事让我明白：学生也有自尊心，他们需要老师的关心和呵护。老师应该诚心诚意地爱护他们，关心他们，帮助他们，让他们从老师这里得到一份爱的琼浆，从中汲取奋发向上的力量，更加自爱、自尊、自强和自信。"徐本禹说。

一次，班上的生活委员龙菊病了，一病就是一个多星期。她作为生活委员，每天放学总是先把地扫完，把窗关好，最后一个离开学校，是一个勤劳乖巧的好学生。徐本禹知道后，立即买了一些感冒药和一袋豆奶粉，让她妹妹带给她。后来，他又走了十多里的山路，专程去她家看她。

那天，徐本禹到龙菊家时，天已经漆黑。因为赶路急，他累得出了不少汗。汗水沾湿了他的衣服，把他的身体和内衣沾在了一起，显得湿漉漉的。进了龙菊家，他发现房间里除了一个柜子和一个盛放衣服的箱子，再没有任何的家具，连个坐的地方都没有。寒冷的北风透过用篱笆做的墙壁吹进屋，吹进他湿漉漉的衣内，竟然让他一阵冷颤。

龙菊的爸爸怕冻着徐本禹，就在地上生起了火。火苗在房间里窜起，让他产生了错觉，竟然一时分不清是在室内还是野外。由于家里没有桌子，龙菊写作业只能趴在床上，让他觉得一阵阵心酸……后来，他给龙菊和她妹妹交了学费，并且答应她们，只要成绩好，就一直资助她们上初中、高中。

班上还有一个男生家庭特别困难，处在辍学的边缘，徐本禹知道后，又主动帮他交了学费。

徐本禹自己囊中羞涩，还不断地慷慨解囊，全部家当仅剩区区的2000多元。这些钱，还要应付一年半的支教生活，他只能精打细算节约着花。

这些情况，他怕家里人担心，没有跟父母详说。春节前，他爸打来电话，问他还有多少钱，够不够用。他怕爸担心，故意把手头的2000元钱说成4000元。

让他预想不到的是，爸对他说："你二弟要盖新房，家里的钱不够了，你能不能给家里寄点来……"

爸的话音刚落，徐本禹忍不住鼻子一酸，落下泪来。还能说什么呢？家里有困难，自己责无旁贷，他立即给家里寄了2000元。

放寒假后，他没钱回家过年，只能放弃。但他也不能在狗吊岩呆着，因为来年的生活费还没有着落，必须利用假期挣一些。于是，他用仅剩的一点钱做路费，回到武汉打工。报社的毕云给他找了做家教的活儿，一个月1000块钱，半年的生活费就有了，还可以省下一些来资助学生。他还有一个设想，把他的国家奖学金全部拿出来，加上社会上的好心人捐给他的钱，成立一个"恒爱基金"，资助更多的贫困学生。

5. 睡在地上的老太太

第一次到狗吊岩时，徐本禹除了给孩子们上课，一有空就去村民家里走走。有时是家访，有时是特意的社会调查。

了解到当地的经济状况，徐本禹极为震惊。村里90%以上的农户都有欠债，没钱供孩子上学念书。即使上了学的孩子，大多数都要在放学后背上背篓，上山打猪草，用稚嫩的肩头为父母分担着艰难的生活。

狗吊岩最穷的是一个苗族老太太，人、猪、羊住在一间房子里，房顶是用塑料布做的，家里连张床都没有，她的侄儿睡在猪圈上面，她就睡在地上。徐本禹去她家看过一次，就再也放不下，一直记在心里。

回武汉后的一天，寒风刺骨，他突然想起那个苗族老太太。那样的房子，漏雨透风的，老太太又没有煤取暖，怎么过冬呀？这样想着，他的眼泪就流了下来，立即决定帮助老太太买些煤。当时他身上没钱，就向同学借了400元，寄给吴道江，让吴道江帮忙给老太太买些煤。后来，吴道江给他写来信，说钱已收到，帮老太太买了6000斤煤。

再到狗吊岩时，他又专程去看老太太。尽管他买的6000斤煤还没烧完，但他惊讶地发现老太太冬天一直没有被子盖。当时，他身上穿着一位姓刘的阿姨送给他的皮大衣，立即脱下来送给了老太太，让她晚上睡觉时盖上，暖和一些。

后来，一位好心的读者从杂志上了解到老太太的情况，寄来了150元钱。徐本禹帮老太太买了一床被子和一个锅，剩下的60元又给她买了些生活用品。

除了这个老太太，徐本禹还给两位孤寡老人各买了5斤油，让他们过年有油吃。他吃住在村长吴长荣家，怕给吴家带来生活上的负担，每个月总要交100元的生活费……

"由于我没有工资，不能在物资上帮助更多的人，只能尽自己一点微薄之力。"徐本禹说。

2004年春，贵州团省委将徐本禹补入本省志愿者名单，每个月发给他500元生活补助（列入团中央的每月800元）。他终于成为了"体制内"志愿者，从衣食无着的困境者解脱出来，但他依然节衣缩食，每月将这 500 元钱省出大半，资助山里的孩子上学。仅在猫场镇中学，他就资助了 32 位贫困学生。

为了方便与外界联系，贵阳的刘力阿姨送给徐本禹一部旧手机（爱立信 T17），但徐本禹只用来发短信。他从不拨打和接听电话，因为他付不起也不愿付更多的手机资费。他想省下更多的钱，帮助更多的贫困学生，进而改变这个贫困的山区。

"我知道我一个人的力量很小，但我没有放弃抗争，没有放弃改变这贫困山村的决心。为了这个小山村，我会义无反顾地走到底！"徐本禹说。

徐本禹的决心很大，但不久之后，他却做出了一个出人意料的决定：离开狗吊岩，离开为民小学。

是什么让他发生了这样的改变？这要从一次重要的谈话说起。

6. 一次重要的谈话

这次谈话的时间是 2004 年 2 月 29 日，地点是从贵阳回大方的路上，确切地说是在大方县大水乡党委书记沈义勇的车上。

能够与沈义勇同车回大方，徐本禹认为，是他和沈书记有缘。这次，他从武汉回贵阳，大方县团委要来贵阳接他，但团委的车不方便，而沈义勇正好在贵阳办事，便让沈义勇顺便把他接回来。

坐在车上，两个人一见如故，边走边聊。他们聊了一路，从支教聊到扶贫，又聊贫困地区的经济发展和国家的西部战略，越聊越兴奋。到大方县城时，两人都觉得意犹未尽。

在聊天过程中，沈义勇提出了一个观点，农村孩子读不起书的原因就是经济不发展，只有经济发展了，才能从根本上解决基础教育问题。他希望徐本禹充分发挥自身优势，发挥母校华中农大的优势，为大方县的经济发展创造条件，促进当地的经济发展。对此，沈义勇后来回忆说："那天在车上，我和徐本禹聊了很多，主要是希望他利用自己的专业，利用华中农业大学这个平台，为经济发展支招出力。"

徐本禹深受启发，他深刻地认识到，单纯的支教只能帮助个别孩子，利用专业特长支援当地的经济发展，利用自身价值呼唤更多人关注支持，才能帮助更多的人。

"支教只是解决一部分人的问题，但不能从根本上解决问题。这次谈话坚定了我利用自身价值为山里孩子造福的决心。"徐本禹说。

沈义勇还告诉徐本禹，大水乡政府一定会大力支持和配合他的工作，一定积极为他的活动创造条件，希望他能到大水乡支教。

徐本禹当时也动了心。可是，他舍不得为民小学的孩子们，很想把这批五年级学生带到六年级，送进中学。于是，他没有立即做出答复。

其实，早在寒假期间，徐本禹就产生了唤起全社会关注西部地区贫困儿童的想法，但一直没有找到好的途径。与沈书记谈话后，他的想法开始"升华"了。他觉得，必须改变单纯的支教方式，在支教的同时，利用自己所学的知识，为当地经济的发展做一点事情。

不久，大水乡党委邀请徐本禹去作报告。在大水乡作完报告，徐本禹听取了沈书记的情况介绍。他这才知道，大水彝族苗族布依族乡是一个少数民族占80%左右的民族乡，土地贫瘠，交通极为不便，经济状态比猫场镇还要差。当地农民没有出路，只好去当地的小煤窑背煤，当廉价的运输工具。很多学生因交不起每年140元的学杂费而辍学。

沈书记还带他参观了大石村的小学，邀请他来这所学校支教。他发现，大石小学的校舍是一座有几十年历史的两层木楼，楼里没有一堵完好的墙壁，四处透风。楼顶上有很多破洞，用塑料布和硬纸板修补了，但也免不了漏雨。走在四处开裂的楼板上，发出嘎吱嘎吱的响声，可以说摇摇欲坠，让人感到害怕。

几间教室用竹篱隔断，其中一间是四年级教室，门口挂着牌子：危险，不要靠近。光线昏暗的教室里，学生们挤坐在用破木板搭成的课桌前，正在上课。

老师们的办公室破旧低矮，必须低着头才能进去，门口还掉了一片门。办公室里的木制书柜上，贴着一幅已经褪色的对联："只有诗书万卷，全无金银半文"……

看到大石小学的办学条件更差，学生更需要帮助，徐本禹的心理天平慢慢向这里倾斜。

这年 3 月 31 日，徐本禹正式发起成立了"恒爱"基金。这个基金以他的 2400 元奖学金为底金，接受社会各界捐款。

为了得到母校的进一步支持，他先后给华中农业大学团委书记杨少波写了三封信，报告了他的工作生活情况和大石小学的困难情况，并希望母校伸出爱心之手，帮一帮山里的孩子。

7. 三封信

徐本禹第一封信是这么写的：

> 这学期要忙一些，平时除上课外，还作了几场报告。有一些是团委安排的，一些是学校请去的。原来我不喜欢去作报告，总以为这是一种张扬，后来反过来想了想，只要对自己不放松要求，通过报告让其他人了解山区孩子们的生活、学习现状，奉献一份爱心，又何尝不是一件好事呢！
>
> 4 月上旬，我去大水乡作了一场报告，看了两所小学。其中一所叫大石小学状况比岩洞小学还要差，破烂不堪。这所学校也许就是我下半年要支教的地方。暑假我想回一次母校，也很想家，不知道家中一切可好？

这封信写于 2004 年 5 月 28 日。

三天之后，徐本禹应邀去另一所学校参加六一儿童节，回来后又写了一封信：

> 6 月 1 日那天，我去看了一所小学，与猫场镇相距有 10 公里左右。其中有一半的路连摩托车也过不去，只能步行。老百姓给别人背 100 斤东西到 10 公里外的猫场镇去卖，只能挣 4 元钱。当地也没有办法运煤进去，只能人工背，我心里很难受。对比他们，再想想那些生活在大城市里的人，我们不应该有任何怨言。
>
> 自己看到这样的现实多了，心里沉甸甸的，压力也很大，总想帮一帮山里的孩子，有些学生太可怜了。现在我比以前更瘦了，也比以前成熟了些，也"老"了些。
>
> 我真心希望母校能够伸出爱心之手，帮一帮山里的孩子！只要每年全校每一位学生和老师捐一元钱，就能够让很多学生上学！每一位学生和老师一年只需要把旧书、旧杂志集中起来，按一个人一年卖 1.5 公斤来算，又能够让多少孩子重返学堂？

又是三天之后，徐本禹经过深思熟虑，把自己希望学校帮忙解决的问题归纳了一下，再次写了一封信。他在信中重点谈了三个想法：

> 第一，能不能通过校团委借我 5000 元钱，我担心我下一年的生活费不够。这一学期省团委每月发 500 元，我能省就省，想用来资助 50 名学生，减免他们的学费。前几天问了下学校的其他部门，说贷款不能贷了。第二，能否在我回汉后，学校每年再选派 2～3 名志愿者继续支教，人选可以是考取研究生的或想留校工作的学生干部。一年的时间不长，但对各方面都是一种锻炼，一种提高。第三，我想问一下，看一看有没有企业想找爱心大使，我想通过这种方式来帮助山里的孩子。
>
> 另外，学校能否把我的事迹材料送到中国青少年发展基金会，参加每年一度的消除贫困奖评选。我不是为了荣誉，只是为了能够得到资金好用来资助学生。我知道这个想法不对，但现在只能这么办。

徐本禹写完这封信已经是 6 月 5 日凌晨。他的心情很忐忑，不知道这些努力会不会有结果，久久没能入眠。

6 月 5 日是周六，徐本禹一大早就起了床。他要去一趟猫场镇，尽快把信发出去。

这三封信看似写得随意，实际上却是徐本禹从个人支教走向呼唤爱心的开始，具有重要的意义。这三封信飞向武汉，在华中农业大学引起了极大的关注，就像亚马逊流域的蝴蝶扇动翅膀，在密西西比河流域掀起了一场风暴。

华中农业大学团委领导很快收到了信，看后很重视，转呈了学校主要领导，引起了领导们的极大关注。学校党委书记李忠云教授说："要去人看看，支持徐本禹。可以给点钱，把小学的校舍修一修。作为一所全国重点大学，应该为西部基础教育做点事，这是大学的社会责任。"

8. 桥梁纽带

大水彝族苗族布依族乡是 2001 年新建的民族乡，位于大方县东部，距县城 67 公里。全乡总人口 12600 多人，其中少数民族占 76%。全乡耕地面积 12300 多亩，主产玉米、马铃薯、大豆、烤烟，但平均海拔 1600 米，属喀斯特地貌，农作物产量不高。乡镇经济十分落后，全乡人均收入不到 500 元。除乡政府外，全乡各村都不通电话，大部分村没有通电。通往县城的公路属于机耕便道，路况极差。

大水乡共有 14 所小学，其中公办小学 3 所，村办小学 11 所，私办小学 4 所。全乡在校小学生 2340 人，教师 103 人，其中正式教师仅 54 人，而初中或高中学历的正式教师占了 40%。代课教师以初中生为主。每个小学生每年缴纳学费、杂费、书本费 140 元，但仍有不少农户无力缴纳，致使孩子辍学。

大石村距乡政府所在地 18 公里，当时没有公路。全村村民主要是彝族，另有两户布依族，年人均收入仅 200 元左右。村民主要种植玉米和马铃薯作为口粮，但地里的收获往往不够吃，要靠养猪养鸡或者去小煤窑背煤挣点钱。

然而，大石村历来有尊师重教的传统。大石小学建于 1943 年，原名"国立大石小学"，已有 60 多年历史。大石小学唯一的"教学楼"就建于 20 世纪 40 年代，已摇摇欲坠。6 个年级共 6 个班的 110 名学生就在这栋老房子里上课。

大石小学属于村办小学，国家没有一分钱投资。教师只有初中学历，每月工资 110 元。但因不少学生拖欠学费，这 110 元只是一个政策数字。

"在抗日战争最艰难的年代，国民党还能建这样一所小学；如今解放这么多年了，共产党为什么不能把它搞好呢？"这是当地村民很多人的想法。从这个角度来看，帮助这所学校的意义就更大了。

2004 年 5 月 1 日，大石村村委会做出一项重大决定：发动全村捐款，隆重庆祝六一儿童节。全体村干部、党员、教师纷纷慷慨解囊，募集了 500 多元钱。孩子们排演了文艺节目，过了一个欢乐的节日，也给偏僻的山村带来了欢笑。

一个多月后的 6 月 26 日，华中农大的彭光芒教授和范敬群老师来到了贵州省大方县。他们考察了猫场镇狗吊岩小学和大水乡大石小学，还看到了那张褪色的募捐启事，深受震动。

让两位大学老师深受震动的，不仅是大石村的贫穷，更重要的是当地老百姓同贫穷进行着顽强搏斗，特别是孩子们强烈的求知渴望。他们的黑板很小，是因为粉笔很贵，他们就不要太大的黑板，不要老师太多的板书；课桌随时都会倾覆，但孩子们早已习以为常，只要能念书，什么困难都可以不在乎；楼房随时可能坍塌，

大水彝族苗族布依族乡民居

大水彝族苗族布依族乡的街道

但只要不塌，只要还能念书，即使身处危险也不当成问题……究竟是一种什么力量在内心驱动着他们，即使是如此恶劣的环境，也要学习、学习、再学习？究竟是一种什么力量在推动着他们，使他们如此渴望知识的滋养？

两位老师立即将调查情况报告了华中农大党委和领导。在考察报告中，他们写道："大石村民风淳朴，有尊师重教传统。村办小学年久失修，摇摇欲坠，教室间用竹篱隔断，透光透风。屋顶大面积破漏，用塑料布和硬纸板遮雨。地板早已磨得凹凸不平，四处开裂，嘎吱作响，走在上面令人提心吊胆。教室里光线昏暗，课桌残缺不全，不少学生用破木板搭在两端的课桌上，挤在一起上课。黑板小而破旧。在这样的教室里，孩子们学习认真专注，书声琅琅，响彻山野，闻者无不动容。"

华中农大两位老师还没离开大方，校长张端品教授的电话就打来了。张校长说："学校已经做出决定，捐助8万元帮助徐本禹，用来为当地小学修建新校舍。"

大方县党委、团委负责人听说后，都明确表态：尊重徐本禹的意愿，不管他在大方县哪儿支教，都坚决支持。

徐本禹很高兴，这是他通过努力为大石小学争取来的，是他第一次发挥桥梁纽带作用，他有一种强烈的自豪感。

"志愿者应该成为一种桥梁，一种纽带，在更大程度上发挥志愿者的作用和价值，意义才会更大一些。"徐本禹说。

徐本禹暗暗做出决定：忍痛割爱，离开狗吊岩，到更需要他的大石来！

然而，这件事怎么对狗吊岩的孩子们说呢？

9. 走与留

狗吊岩新建的教学楼里，徐本禹正在给学生们讲课。

下课铃响了。他伸手擦去鼻尖上的汗水，眼里闪过一丝复杂的神色。他没有告诉孩子们，另外两名同他一起在这里支教的志愿者两天后就要离开，而他自己在不久的将来也会离开。

另外两名志愿者是半年前由贵州团省委派来的，是为了让徐本禹不至于太孤单。半年来，他们三人在这极其偏僻的大山中，体验了人生最沉重的履历。

三个人都要走了，这所被大山包围着的山村小学，还会有志愿者来吗？

他该怎么跟他的学生说呢？他说不出口，便没头没脑地告诉学生们："不管到什么时候，你们都要记住，你们不比别人差！"

"你们不比别人差！"徐本禹带有山东口音的普通话在山谷里回响。

徐本禹说出这种没头没脑的话，孩子们似乎感到了异样的气氛，表情都变得复杂起来。他们用最大的声音诵读课文，读书声响彻山谷。他们可能以为，只有这样，他们的老师才会满意，才会继续教他们。

如果没有另一个条件更差的大石小学，这时的徐本禹当然不会考虑离开。他说："随着时间的推移，我越来越喜欢我的学生，学生也离不开我。学生都希望我能够多呆几年，把他们教上初中，我也愿意多呆，给他们上课成了我的一种精神寄托。刚开始的时候别人劝我走，我还有些动摇，后来就越来越坚定，甚至想，即使我病倒在讲台上，也不会离开，因为我舍不得那些天真可爱的孩子！他们纯真无暇，想说什么就说什么，想干什么就干什么，无所顾忌。和他们在一起，我感到很快乐！"

然而，在同一座山的另一隅，有些更需要他的孩子们。他的脑海里经常浮现出大石小学那简陋的校舍，浮现出大水乡沈义勇书记那求贤若渴的邀请，浮现出那些孩子们惆怅的眼神，他也不能无动于衷。

"正是大石小学那些孩子们的眼睛，让我不能回避自己的责任。"徐本禹说。

为民小学的孩子们的眼睛，何尝不是如此？他们听到了一些小道消息，纷纷向校长打听："徐老师真的要走吗？"

校长不知道，自然无从回答。

为民小学的创办者吴道江也不知道，但他坚信徐本禹不会走。因为，徐本禹亲口和他说过，要在狗吊岩呆两年，要带一个年级的学生升入初中。

吴道江欣喜地看到，徐本禹为狗吊岩带来了新的观念，也带来了前所未有的活力。因为徐本禹的到来，附近村庄的学生也慕名前来，学校的学生增多了，从之前的 140 人上升到 250 人。通过徐本禹近一年的努力，为民小学已经发生了

为民小学的新教学楼

重大变化："孩子们可以听懂普通话了，与人交流也不害羞了。最重要的是，他唤起了村民对知识的重视。"

　　徐本禹强烈地感受到了狗吊岩乡亲和为民小学师生对他的挽留，一直下不了离开的决心。

▷ 相关链接

　　青年志愿者扶贫接力计划第三届研究生支教团、北京科技大学灵丘支教队努力为学生们解决实际困难，从北京帮孩子们筹集课外读物，自己掏钱帮学生买体育用品。他们还联系安捷伦公司，资助优秀学生到北京参观学习，开阔学生视野。

　　第四届研究生支教团成员、东北师范大学志愿者张巍在调研中发现，支教当地有一大批急需帮扶的特困学生，便发起制定了"红烛哥哥红烛姐姐计划"，资助特困学生完成学业。

　　1989年10月，共青团中央和中国青少年发展基金会发起"希望工程"，以社会集资的方式，在贫困农村地区兴办希望小学，资助失学儿童重返校园。1990年5月，全国第一所希望小学在安徽省金寨县南溪镇诞生。

　　1991年11月，贵州省第一所希望小学——独山县狮山希望小学创建。该校由台湾著名艺人凌峰先生牵线搭桥，台胞杨正雄、许玛玲夫妇捐资20万元人民币，县政府匹配31.5万元，在原"狮山民族小学"的基础上扩建改造而成。

　　1994年5月，著名企业家、慈善家瞿建国个人出资援建希望小学。"当时现金不够，把孩子的压岁钱都拿了出来，凑了20万元。"开化县黄谷乡的开化建国希望小学，是最早的个人援建的希望小学之一。

第四章 | **爱心在网络传播**

很多学生家庭困难，处在辍学的边缘，他不断地慷慨解囊，为学生们交学费，资助学生们继续读下去。他发起成立了"恒爱"基金，专门用于资助贫困孩子，让更多孩子接受教育。他还充分发挥桥梁纽带作用，促成母校援建希望小学。

1. 一篇点击火爆的帖文

2004 年 7 月 11 日，是很多大学放假的日子。大学生们经过一个学期的"禁锢"，这天终于进入了"放松"状态。于是，这天的网络空间，走进了更多大学生和关注大学生的青年人。

这天上午 9 点多，在著名网络社交平台天涯社区的论坛上，发出了一篇类似看图说话似的帖文。文章的标题很朴实——《两所乡村小学和一个支教者》，作者是一个网名叫南湖居士的人。帖文的开头是这样写的：

> 我们于 6 月 26 日至 7 月 2 日赴贵州省大方县进行了为期一周的实地考察，知道了两所乡村小学和一个支教者的故事。我们有一个强烈的冲动，这就是让天涯社区的朋友们知道这个故事。我们保证文字和照片的原创性和纪实性。在你们读到这篇文字和看到这些照片的同时，我们已经开始行动——为山区孩子和这个支教志愿者而行动。
>
> 大方县位于贵州省西北部的乌蒙山区，隶属毕节地区，距贵阳 200 多公里。全县人口 90 万，除汉族外，还有彝、苗、白、仡佬、蒙古、布依、满等少数民族。全县面积 3500 多平方公里，辖 10 个镇、8 个乡、18 个民族乡，县府驻大方镇。农业主产玉米、油菜、马铃薯、水稻等，特产有生漆、皱椒、烤烟。区域经济落后，交通、通讯、能源等基础设施薄弱，农民生活非常贫困……

帖子刚发了个开头，一个网名叫"骑着小猪逛天涯"的人便表示了支持："好帖！现在的年轻人只知道顶美女，我支持你！"

天涯社区当时已经很火，有大量的网民是天涯的常客。它以论坛、博客、微博为基础交流方式，综合提供个人空间、企业空间、购物街、无线客户端、分类信息、来吧、问答等一系列功能服务，具有开放、包容、充满人文关怀的特点，受到很多网民的推崇。

网友"雪候鸟2004"说："好感动！曾经我也想去支教，但家里不同意，未能如愿。感谢楼主给我们看到这么好的图片。我想说的是，能给别人一点帮助，那将是我们最大的幸福！"

看着网友的跟帖，南湖居士顾不上回复，不停地更新文字，上传图片。

从上午9点到晚上6点多，南湖居士一直守在电脑前发帖，用了整整9个小时，上传了将近100张照片。南湖居士在文章的最后，这样写道——

徐本禹向我们提到，他最受不了的就是孩子们的眼睛。在这次考察过程中，我们多次观察那些孩子们的眼睛。在回来整理这些照片时，我们一次又一次受到震动。我们不知道是不是每个人都能平静地面对孩子们的眼睛。在与孩子们的眼睛对视时，我们理解了徐本禹。

我们都是普通人，同徐本禹一样，我们并不能改变一切。但是，当我们面对孩子们的眼睛还能有所触动时，我们知道自己的心还没死，血还没冷。我们不能对看到的这一切无动于衷，不能对感受到的一切麻木不仁。

我们无法回避孩子们的眼神。我们不是救世主，但在徐本禹感召下，良知和道德感使我们不能沉默。我们要让更多的人看到我们所看到的一切，感动我们被感动的一切。

面对孩子的眼睛，我们必须反观我们的生活：我们究竟过着怎样的日子，我们怎样轻而易举挥霍了那么多的欲望还在无休止的挑剔！面对孩子们的眼睛，我们必须体省我们的内心：我们究竟在怎样虚掷我们的青春，我们是如何在空洞的生活中渐渐地忘却自己的良知？面对孩子们求知若渴的眼神，我们无法安睡。我们必须直面这些眼睛，同时直面自己的生活。面对孩子的眼睛，我们知道我们必须行动。也许做不了很多，但哪怕一点点也可能改变某个孩子的命运。

送人玫瑰，手留余香。我们的行动其实是在拯救我们自己，让迷失的灵魂重返精神家园。让我们永远记住这双眼睛和这只手。让我们永远记住两所乡村小学和一个支教者的故事，关注民生！关注孩子！关注农业、农村、农民！

我们总会找到一条路，走向光明之路。徐本禹已经在走，我们能听见他的足音。同贫困进行殊死搏斗的山民们在走，我们能感受到他们的呼吸。

只需一滴甘露，就可以让幼苗绽开绿叶；只需一点烛光，就可以让心灵变得光明。

<第四章 爱心在网络传播

帖子发完时，已经有了60个跟帖。接下来的事情，不仅让作者"南湖居士"感到意外，让天涯论坛的"斑竹"感到意外，也让所有与此相关的人感到意外。帖子的点击量快速攀升，跟帖的数量也急剧增加，仅几个小时的工夫，存放照片的服务器就因为访问量过大而发生堵塞。不少热心的网友更是边看边下载整理，又转发到了国内外各大论坛，大有"铺天盖地"之势。

一时间，深藏在乌蒙深山的狗吊岩和大石被广泛关注，那里的小学校和学生们被广泛关注，在那里支教的徐本禹更是成为网友们热捧的"明星"。就连它的作者"南湖居士"，也一下子成为网友们追捧的对象，成千上万的跟帖让他应接不暇。

南湖居士没有透露自己的真实身份，一直在低调回复网友们的问题，与网友互动。

九天之后的7月20日，这篇帖子被100多家网站转发，在各个网站的点击总数超过了百万。

很多网友是流着眼泪读完这篇帖子的，跟帖里充溢着晶莹的泪花。

2. 一个出现频繁的词汇

"我真的被感动了哦，实在太伟大了！"这是网友"wqn88"的跟帖。

"顶！好久没有这么感动过了！"另一网友感慨地说。

网友"空心居"说："看完这篇文章，又流下了眼泪。不完全是被徐本禹的行为感动，而是为那一群孩子流下了眼泪。我没多少钱，不能直接捐款给大方县。我认识我们学校一个来自贵州的学弟，他说他父亲打个电话寄封信都要走几个小时的山路。一个山村的孩子考上大学多么不容易，早就想给他一点帮助，但一直没有行动，今天看到这篇文章，我想我会行动起来。我刚找到一份临时促销员的工作，一个月八天240元工资。可能会很辛苦，但我已经决定每个月资助他100元。我现在帮不了大方县的孩子们，但我以后会的。我没有徐本禹的意志，不能去支教。我要多赚钱，在经济上支助他们。"

感动，感动，感动……这个词不停地在跟帖中出现，成了天涯论坛上一个罕见的高频词。另外，还有两个字出现的频率也很高，也与"感动"有关，那就是"哭"

和"泪"。

网友"锅铲霸"直率地说："很感人！我流泪了。社会需要这样的人和感动，我们每个人都要有这样的责任和义务！"

"我不知道我居然还会哭——在看完这个帖子以后，我的眼泪居然不争气地哗哗直流。"网友"老呆"说。

"我一天要上来几次。真是感动，眼泪真是止不住！我记下徐老师的电话了，有机会我想和男朋友一起去看看他，看看那些孩子们。"网友"雪候鸟"说。

"我也来自国家级贫困地区，但我记忆中的童年（上世纪70年代末及80年代初）的贫困状况似乎与这些孩子相比都已经是天堂了。所以，当我在翻看您的帖子时，不禁泪水夺眶而出。晚上回家，我又把这个帖子给爱人看了，她更是泪水沾满键盘。"网友"szwys"说。

网友"赤脚不辣"不是第一时间看到的这个帖子，而是朋友转发给他的。他一口气看完，边看边流泪，边流泪边写道——

> 小时候，我就一直想将来去做一个志愿者。后来长大了，很多事情变化了，说实话，我发现自己或许吃不了那个苦。
>
> 现在我是一名学习美术设计的大学生，刚上大二。我想，任何一个有良知的人看了这个帖子，都会想自己应该尽微薄之力，我也是！学习艺术开销是很大的，我的家境也不怎么好，但我今天把账号记下了，我决定从这个月开始，每个月都从生活费中存下一些钱，资助山里的孩子们。每月少发两条短信，少吃点零食，不上街买衣服，很多钱就出来了。
>
> 看了大家很多回帖，很多道理也懂。在我看来，国家怎么样我干涉不了，因为我不会出现在历史教科书中，我是一个很平凡的人，但我愿意以我的方式，让和我一样的人过得幸福快乐些。
>
> 看这图里的孩子们，我想能上学对于他们就是快乐的。我将来或许不会去他们中间传播知识，但我会努力学习、努力赚钱，除了让妈妈幸福，也让更多的孩子们幸福。
>
> 突然觉得网吧没完没了花钱打着游戏的人都是白痴！能帮助别人真的可以让自己快乐！

一位名叫孙毅的网友看了这个帖子，没在天涯论坛跟帖，而是在"博客中国网"上发了一篇博文，写得也是情真意切。南湖居士看到后，转贴到了天涯论坛，并向作者致谢。以下是转贴内容：

我们见惯了许许多多的商业英雄，他们让人们佩服，却无法给予人们感动。徐本禹，一个普通的农村青年，一个普通的大学毕业生，却实实在在给予了我们从这些商业英雄身上收获不到的东西。当我流着眼泪读完长篇"新闻纪实"《两所乡村小学和一个支教者》后，心情难以平静。

这篇小文的标题也许与我要推荐给大家的主体内容风马牛不相及，但请大家原谅我。可以说，发生在徐本禹身上的每一件小事都是感人肺腑的，但我宁愿从他在湖北卫视《阳光行动》节目中透露的一个小学生的作文说起。一个叫杨勇的小学生按照考试规定题目，写了一篇字数非常有限的文章，他却给了这篇作文满分……

围绕着一个普普通通的志愿者，一群普普通通的山里孩子，网络这样的新媒体所凝聚的爱心，汇成一种可以实现的强大力量。

不止一个网友在留言中说，他们每天都要看一次这篇帖子，感受这种单纯和健康的爱，让自己的灵魂经历一次洗礼，让这爱唤醒自己内心深处蛰伏许久的人性的光辉。

一个网友在读完帖子后留言说："我们都是普通人，同徐本禹一样，我们并不能靠一个人的力量改变一切，但是，当我们对这些孩子的眼神还能够有所触动的时候，我知道自己的心还没有死，血还没有冷……"

感动，流泪，哭泣……众多网友的情感洪流在互联网的虚拟空间发酵，让人心潮澎湃。有些网友在感动之余，油然生出为孩子们献爱心的想法，以尽自己的微薄之力支持徐本禹，帮助山里的孩子们。

网友"sxgang235"说："我的家乡在广西一个贫困的山区县，看着这篇报道，我想起了世代居住在那里的父老乡亲，我真的很想哭，同在一片蓝天下，为什么却有着如此巨大的差别……我目前在成都西南民族大学读书，同样面对那么多挣扎在贫困线上的学生，同样有着太多的感慨……我放假的时候，也想去大石小学支教。"

"我想，在四川、贵州、甘肃等西部地区，还有很多地方跟徐老师呆的地方差不多，在我们关注贵州省大方县猫场镇狗吊岩村小学的同时，也应该关注别的条件差的学校，关注别的上不起学的学生。在现在这个经济社会里，请大家在花钱时要记住上不起学的孩子们，省下一顿在外面吃饭的钱，或者省下瓶香水钱，来帮助这些需要帮助的孩子。"网友"雪候鸟"说。

"花了一天的时间，把原帖及修订版看完，真的很感动。我是个爱丢东西的人，也不节俭，但我会从今天开始，会省下钱支助那些需要帮助的孩子。"网友"映日荷花柯南版"说。

网友"liutianzi"是一名在澳大利亚留学的高中生，山东济南人，今年刚16岁。他暑假回到济南，看到这个帖子，很受教育。他跟帖说："我在留学期间也在打工（一年能挣4000澳元左右，约合人民币2万多），父母给的生活费我每年都攒下了一些，我希望把我目前存款的70%捐献出来，给这些山区的孩子们，请南湖先生把正确汇款方式写到论坛上。"

南湖居士回复了这个帖子。他说："很感动于你的爱心。你虽然才16岁，但你是一个很懂事的孩子。不过，我认为你首先要把自己养活，再考虑捐款的事。从你的帖子中判断，你现在的生活并不宽裕，所以，就不要捐款了。你在异国他乡对贫困山区的孩子们心怀一颗爱心，这就够了。"

网友"菲菲菲子"表示了支持，还提出了一个建议："顶！我们可以有什么能帮到他们呢，比如专门设立一个捐款账户或者其他捐助方式。一两百块对我们来说可能是一顿饭、一件衣服，但对他们就很宝贵了。我希望能用自己微波（微薄）的力量帮到他们。"

从祖国内地到港澳台，从亚洲到欧洲，从北美到澳洲，要求捐款捐物的电子邮件雪片般飞来。成千上万的网友在邮件中表达了一个共同的意愿：因为徐本禹的故事而感动，因为感动而行动……

面对众多网友的捐款意愿，南湖居士深受感动。很多网友还给"南湖居士"打电话、写邮件，希望帮助当地的孩子们。于是，一支基金诞生了。

3. 一支发展迅速的基金

2004年7月13日，一个爱心"中转站"应运而生，"华中农业大学贵州支教基金"正式成立了。学校破例为"华农贵州支教基金"开设了专用账户，接受海内外的单位和个人捐款，由学校、媒体和专家教授共同监督管理。

7月19日，基金账户收到了第一笔捐款：华中农业大学捐款8万元，用于修建大石小学新校舍。

此后，随着《两所乡村小学和一个支教者》网上点击率的提高，文章的影响力跳出了虚拟的网络世界，爱心人士纷纷伸出援助之手，汇款单从四面八方往武汉飞来。

网友"szwys"看完附有捐款账号的帖子，立即给帖子里的账号汇了500元，并在论坛上留言说："我虽然知道这500元的能量是微薄的，哪怕这500元只能成为改变他未来世界的一块砖，我们就欣慰了……无论如何，我为那些生活在贫瘠地区的人们和那些支援贫困地区建设的人们送去衷心的祝福。"

一位年逾八旬的老者，在儿女的陪同下，从湖南醴陵赶到武汉，找到华农贵州支教基金会。老人先捐了1000元人民币，半小时后，又拿着两万元现金再次登门。原来，老人的妻子生前是一位老师，一直想找可靠的途径资助贫困儿童，并在存折上留了2万元专款。徐本禹的事迹在电视台播出后，老人马上汇了500元到中央电视台。央视推荐老人来找华中农大贵州支教基金会，他就来了。通过实地考察后，老人放心地把1000元抚恤金和2万元专款交给了支教基金。

十几个国家的热心人士通过网络了解到徐本禹的支教事迹后，纷纷捐款资助大石小学的贫困学生。美籍华人陈旭昭女士还在美国进行了募捐，为大石小学的学生募资2000美元。

华中农业大学党委宣传部的3个年轻人，加上他们的领导南湖居士，还带着一帮学生志愿者，义务管理"华农贵州支教基金"收到的捐款。包括南湖居士在内，基金的工作人员有8个人，4个老师4个学生，南湖居士负责统筹，还兼着天涯帖子的跟踪工作，3名老师则分别管账、网站建设及日常事务，4个学生分别负责SW邮箱的信件回复、原始信息采集及基金交流平台的回复，转账及汇款的处理、登记，给捐助人反馈收款确认信息，安排点对点资助，并给捐助人反馈善款使用情况，邮寄学费单据，反馈孩子学习情况等。

针对基金的管理问题，南湖居士在天涯论坛上发帖作了简要说明——

我们不属于任何社团、机构、组织、公司、政府部门。我们是一些普通老百姓，目睹贵州贫困山区基础教育的现状和孩子们的难堪处境，在爱心的驱使下自发组织起来，想为孩子们做一点力所能及的事情。我们是一个民间团队，核心成员是大学教师和大学生，外围成员是社会各界人士。我们本着完全自愿、完全义务、完全公开的原则利用业余时间开展活动。一所有社会良知和社会责任感的全国重点大学——华中农业大学支持并监督我们的工作。愿意参与我们活动的人可以通过多种形式表达对贵州贫困山区孩子们的爱心：1）用来信、跟帖、转帖等方式表示关注、勉励、声援；2）为当地经济发展出谋划策、牵线搭桥、引进资金和技术；3）捐款捐物，改善当地乡村小学办学条件，资助孩子们的学费；4）其他对当地有帮助、有意义的行动。

　　我们不发起、不动员、不组织募捐，但乐意通过我们的工作，以"点对点"模式为捐款人联系落实资助对象，建立受助人与捐助人之间的通信或访问联系。所有社会捐助的管理和运行，都处于华中农业大学严密监督之下，并通过华农贵州支教基金网站和天涯社区之贴图专区不定期公布，接受社会监督。我们的工作成本由团队的核心成员自愿分摊，不挪用、不挤占社会捐款。如果到了我们的经济能力无法继续承担管理运行成本的时候，我们会中止工作，所有资料和结余的社会捐款将一次性转交受助地政府，或移交其他信誉良好的民间团队。

　　一家热水器公司曾愿意拿出 50 万元作为支教基金的运行费用，但要求徐本禹做其产品的形象代言人，徐本禹拒绝了。也有人提出拍电影、出书，对徐本禹进行"商业开发"，也被他拒绝了。

　　整整一个暑假，"华农贵州支教基金"与身在贵州的徐本禹在武汉、贵州两地联动，核实受助对象信息并提供给捐资网友，处理海内外大量来信、银行转账、汇寄物资……基金的工作人员们夜以继日地加班，义务处理海量的琐碎事务，为爱心人士与山区孩子搭起了一座沟通的桥梁。

　　网名叫"忘记的记忆碎片"的工作人员说："在基金的日子其实是一个不断被感动的过程，这种感动不仅仅来自于徐本禹，更多的是来自网友：那位在国外读书、连香皂都舍不得买的朋友，那些感人的信件……感动也来自于我的同事：身体不是很好的居士明显地瘦了，家人有了抱怨和担心；另一名同事暑假期间刚做了新娘子，婚假都没有很好地休。感动还来自这些学生，他们没有地方办公，挤在华中农大的学生网站，集中处理事情，只能用自己的电脑，自己交网费来处理日常的回复等工作……"

　　他们的工作繁杂而琐碎，而这种伟大背后的琐碎，与徐本禹支教的行动一样，都值得尊敬和点赞。

在爱心的召唤下，捐款络绎不绝。据大水乡政府统计，截至暑假开学前的8月29日，基金已经收到了捐助资金13760元，受捐赠的小学生达188人，不仅大石小学的176名贫困学生全部得到资助，其他小学的一些学生也拿到了资助款。

为了表达对爱心网友的敬意，特摘录一部分捐款人的名单，感谢他们为山里的孩子受教育而慷慨解囊。他们是：中国扶贫基金、恒爱基金，北京的白新宇、上海的蔡鲲、广州的孙得超、深圳的曹勇、南京的陈红琳、扬州的金涛、杭州的程黎航、宁波的柴丽娜、南宁的刘冀、哈尔滨的王焕定、大连的王辉、南昌的王扬、重庆的肖乐乐、河南的杨洪鎏、福建的杨华、南宁的杨捷、大兴安岭的杨晶、岳阳的杨哲津、成都的张健、唐山的赵会平、库尔勒的姚尧……还有美国俄亥俄州的陈惠芳、美国南卡州的许朝晖、澳大利亚的李苏……你们的名字将永远镌刻于受助孩子的心中，也将永远镌刻于中国扶贫支教的历史丰碑上。

大石村小学的修建工作将很快拉开帷幕。华中农大捐赠了8万元，省教育厅拨款20万元，毕节地区教育局5万元，大方县教育局3万元，总计36万元，资金全部到位。

仿佛在一夜之间，事情就发生了巨变。一大批为新学期学费发愁的孩子们，全都笑逐颜开；一座摇摇欲坠的旧教学楼，很快会焕然一新。按当地村民的说法，就像做了一场梦一样。那些连电脑都没见过的孩子们，享受到了网络传播为他们带来的恩泽，而广大充满爱心的网友，则得到了久违的感动和由此所带来的美好体验。

爱心仍在延续，南湖居士仍在跟踪天涯论坛的动态，回答网友们提出的各种问题，与网友们互动。开学不久，他又推出了《两所乡村小学和一个支教者》的"校订版"，方便网友们阅读和评介。

一时间，南湖居士和徐本禹一样，成为天涯论坛上的"红人"。于是，有网友就问了，这个"南湖居士"到底是何许人？他撰写的帖文怎么会有如此大的号召力和感染力？他与徐本禹是什么关系？

4. 南湖居士

  细心的读者一定注意到了。在《两所乡村小学和一个支教者》的开头，南湖居士先写了这篇文章的背景，直接阐明他是"于 6 月 26 日至 7 月 2 日赴贵州省大方县进行了为期一周的实地考察"后写的。去大方考察的人只有两个人，分别是彭光芒和范敬群，而从文章里展现的文字功夫和思想内涵，绝不是年轻老师能够写出来的。那么，南湖居士是谁，应该不言自明。

  事实上，彭光芒当时不仅是华中农业大学研究网络新闻传播的副教授，还是学校党委宣传部的部长、新闻中心主任。他毕业于西南师范大学（今西南大学）中文系，获文学学士学位，曾任华中农业大学文法学院副院长、党委宣传部副部长等职，兼任教育部农林高校人文素质教育指导委员会成员、中国高教学会影视教育研究会常务理事、中国大学生在线理事、国际汉语写作学会常务理事、湖北省科技传播学会副会长兼秘书长等社会工作。先后主持或参加编写多部国家级规划教材，主持或参加多项国家级、省部级教学改革和研究课题并获奖，其中"大学生社会实践途径与机制研究""文化素质教育与创新能力培养及人文知识内化为素质的机制、途径和方法研究"等课题与支教相关……

  从贵州回来后，彭光芒把在大方县拍的照片选出了 100 多幅，配上简要文字，传到了天涯论坛上。起初，他并没指望得到很多人的注意，因为在国内论坛中，天涯社区的发帖量之大，当时没有与之比肩者。很多帖子从发出来的那一刻起，可能就永远沉入了水底，《两所乡村小学和一个支教者》能赚取多少点击率，当然不敢去预期。

  彭光芒没想到，帖子发出后仅仅一个多小时，论坛的版主就给加了"红脸"，还给标题上了色。接下来的事情就让他措手不及了，平均每 30 秒，帖子就被点击一次，很快就造成了服务器的堵塞。电子邮件像雪片似飞到他的邮箱，他无法及时回复和处理；论坛上的大量跟帖，他更没有时间和精力作出回应。

  发来电子邮件的，除内地的网友，还有香港、台湾同胞以及美国、加拿大、英国、意大利、瑞士、新加坡、韩国、日本等国的网友。这些邮件，无论是长篇大论，还是寥寥数语，都向他传达出一个共同的信息：因为知道，所以感动；因为感动，

  〈 第四章 爱心在网络传播

所以思考；因为思考，所以行动。

在很多网友被感动时，也出现了另外一种声音。有人发帖质疑南湖居士写这篇文章的动机，有人指责南湖居士在贩卖贫困、骗取同情，有人甚至质疑徐本禹行为的真实程度性，认为文章中所说的一切，都是子虚乌有的杜撰，还推测网上的照片有故意摆拍的可能……

徐本禹舍弃大好前程去支教的举动，也引起了人们的讨论。有人说，徐本禹应该改名，叫汝本愚，意思是说，徐本禹你这么做很蠢啊！国家培养一个本科生的成本需要四五万，这还不包括学生家庭的投资，更何况你马上还要成为一个研究生，还是研究经济学的。回报社会应该有很多方式，可是你徐本禹却选择了性价比最低的方式，完全不符合经济学原理！

有人认为，超越经济学原理来看，可以说徐本禹的行为不仅是合理的，也是合算的。因为他喜欢这样做，他在这样做的时候得到了快乐。众所周知，快乐是很稀缺的资源，也是很昂贵的产品。为了购买和消费快乐，人们往往不惜重金，比如以前媒体报道过的那个留美博士，甘愿回到陕西秦岭深处养野猪，就是因为快乐指数在起作用。

又有人说：这个不能算经济帐，要算政治账。表面上看徐本禹是放弃了远大前程，实际上前程更加远大，因为几年的辛苦可以为他获取非常有用的政治资本。

经济学原理？快乐指数？政治资本？我不知道该怎样评价这些评语，也许在今天用算盘来衡量一件事情的得失是最流行的方法吧。至于说徐本禹捞政治资本，我虽不敢苟同，但也理解。毕竟我们身边，确实有不少这么干的。有句顺口遛说得好：扶贫支边熬两年，位子票子翻两番。

这类的言论迅速得到了反击，有网友说："天可叹，地可泣！向徐本禹和其支持者表示严重的敬意！并鄙视阔阔而谈的那些所谓的理智者，那些从经济学角度来怀疑徐本禹行为的人。他给我们创造的无形的精神价值，他所带动的效应是不可估量的。感谢徐本禹，是你净化了我的心。"

面对这些，作为帖子的创作者，彭光芒觉得自己责无旁贷。他不想让纯粹的爱心蒙上哪怕是一点点灰尘，只能用大量的时间和精力去回复，去解释。为此，他还特意写了一篇帖文，发在天涯论坛上，题目是《守望与感动——关于两所乡村小学和一个支教者》。他在文章中写道——

　　如此强烈的反响中，我们辨认出了一种守望情结。这就是许许多多心怀美好的人们，在浮躁、沉重、无奈的现实生活中，仍在苦苦守望着日渐模糊、日渐稀薄的精神家园，守望着比空气更重要、比金钱更美好的东西，这就是善良与关爱。也许，正是这种隐秘而执著的守望，才使我们生活在令人绝望的生活中而不至于完全绝望，才使我们能够在一篇普通帖子的触动下怦然心动，得到心灵复苏和回归的体验。

　　如此强烈的反响中，我们还看到了一种深深的感动。平常我们看到的似乎更多是人与人之间的冷漠和隔膜。现在我们恍然发觉，我们原来并没有完全忘记感动。我们还能被感动，这本身就是一种奇迹。每个人其实都明白，徐本禹的努力可能是徒劳的，照片上那些山民的生存状态，还并不是最糟的。但是，徐本禹的努力让我们看到了知识分子还未完全沦丧的良知，山民的贫困则让我们看到人所应有的责任和同情。

　　我们只是发了一篇帖子。我们清醒地意识到这篇帖子的作用是微不足道的。我们还知道不少人感动之余很快又会被无奈的生活所钳制，并很快恢复阅读帖子引发的内心的感动。还会有无数新鲜的帖子不断涌现，将这篇帖子最终淹没下去。新的话题、新的热点、新的感动又会不断出现。生活，就这样继续着。

　　但作为记录者、传播者，既然经历，就难以忘却。我们会永远守望并感动……

　　永远守望并感动，这是彭光芒作为一位宣传工作者的心灵告白，也是他作为一名教育工作者的责任担当。他觉得，徐本禹是中国当时社会语境中的一个另类文本，其行动意义重大，价值不可估量。这种行动看似简单，只是一个年轻人因为曾经得到过别人的帮助，反过来帮助别人，实际上是中华传统文化的一种延续，可以起到引导和示范作用。至于合理不合理，合情不合情，符不符合社会学法则、经济学原理、政治学理论、教育学规律、伦理学概念、心理学定义，全都无关紧要。他呼吁，年轻人应该行动起来，像徐本禹那样去帮助需要帮助的人。做不了太多，但可以尽己所能；无法改变世界，却可以改变自己。

　　"让我庆幸而欣慰是，在物欲横流、浮躁不安的社会生活中，还有一些东西让我们萦绕于心，有一些东西令我们泪流满面。"彭光芒说。

　　更让彭光芒意外和感动的，一位退休的阿姨不顾家人的反对，放弃大城市的生活，自愿加入了支教志愿者队伍。

5. 冲着徐本禹而来

她叫王昌茹，江西人，1950 年 5 月出生，1968 年 12 月从武汉下放到江陵县当知青。1970 年回城后，她先在湖北省交通局工作了八年，后在武汉化工学院工作了九年，1987 年 10 月调入湖北省政府洪山宾馆从事行政工作，一直到 2003 年退休。

这时，王昌茹在媒体上看到徐本禹的感人事迹，感动得落了泪："一个年轻的孩子，没有工资收入，却要在恶劣的环境中，面对那么多的困难，太了不起了！"她当即决定：去狗吊岩小学和徐本禹一起支教。

王昌茹把自己的想法告诉了老伴，又征求远在北京和深圳工作的两个女儿的意见，遭到了一致反对。

一个女儿体贴地说："妈，你年纪这么大了，退休后该享几年的清福了，怎么会想到去那么偏远落后的地方支教？"

老伴毫不客气地说："你简直是疯了！54 岁了，还想和大学生一样去做志愿者，要是有个三长两短，怎么办？"

不管家人怎么反对和劝说，王昌茹还是坚持自己的主意。她说："那些穷孩子太需要帮助了。"

其实，早在几年前，王昌茹在媒体上看到有关贫困山区的孩子们上不起学的报道时，就产生了一种愿望：到贫困山区去帮帮那些可怜的孩子。为了提高自己的文化知识，她不仅用 3 年的时间攻读了电大汉语言文学专业，还学习了计算机知识。为了让身体能适应当地的恶劣环境，她还特意加大了运动量。

早在 2003 年 3 月中旬，王昌茹就给徐本禹写了第一封信，表达了自己愿到狗吊岩小学支教的想法，但没有收到回信。

4 月底，她又给徐本禹寄了第二封信。信中，她恳切地告诉徐本禹："我要到贫困地区为那些穷孩子做点事，并非一时冲动，而是多年的愿望……"她仍没收到回信。

5 月 11 日，家里的电话突然响起，王昌茹接起电话，原来是徐本禹打来的。徐本禹在电话里介绍了狗吊岩恶劣的环境和艰苦的条件，并劝说她不要轻易前来。

徐本禹的劝说不但没有让她产生丝毫放弃的想法，反而让她的愿望更加强烈。她在电话里坚持去狗吊岩，并表达了决心。

最后，徐本禹妥协了，答应让她和6名即将到大水乡作短期支教的大学生一起，去大石小学"看一看"。

虽然不能去狗吊岩，但只要能去支教，王昌茹已经很满足了。临行前，她到商店购买了近百件文具用品，准备带给那些穷孩子。为了便于长期"作战"，她连冬衣都带上了。

7月21日，王昌茹带着近百斤重的3大包行李，和6名到大水乡作短期支教的大学生一起，踏上了开往贵阳的列车。第二天晚上，她终于来到了大方县，来到了大水苗族彝族布依族乡。

见到了神交已久的徐本禹，见到了大水乡的党委书记沈义勇，当天晚上，王昌茹和他们谈了很久，感觉一见如故。

7月23日清早，王昌茹让徐本禹和乡领导带她去大石小学，和短期支教的大学生们一起，投入到她向往已久的支教工作中。（后来，王昌茹阿姨没有在大石小学支教，而是去大水乡炉山小学义务支教，后面再详述。）

几乎在同时，另一位志愿者也在做着出发的准备。

她叫孙慧，南京人，当时在北京广播学院（后改名为中国传媒大学）读书。她也是冲着徐本禹来的，先给徐本禹写过信，征得了徐本禹同意后，利用暑假来短期支教。

早在这年的2月19号，孙慧在《南京日报》上看见一个整版的报道《狗吊岩，我的青春我的梦》，讲述的就是徐本禹在狗吊岩支教的故事，她深受感动。第二天，她就给《南京日报》打电话，说明她也想去狗吊岩，想知道徐本禹的联系方式。过了几天，他们查到了徐本禹的地址，告诉了她。她立即给徐本禹写信，询问支教的相关情况和去狗吊岩的具体路线。两个月后，她收到了徐本禹回信。和徐本禹建立起一种信任和被信任的关系后，她便开始收集大家捐的衣物，做支教的准备。

7月29日，在家度假的孙慧从南京出发，坐火车前往贵阳。

在火车上，孙慧跟同行的旅伴聊天，说起支教的事，竟然引起了轩然大波。下铺的胡伯伯是贵阳人，在南京从事传染病医治工作，听她说完事情的经过，当时就惊了："这种事情你也相信呀！你知不知道贵州的人贩子是出了名的多，经常有随便在报纸上登个报道，把人骗到一个地方，然后卖掉。"上铺的小伙子也赶紧跑下来出主意："你绝对不能这样过去。"前面一个铺位的阿姨说："我是贵州安顺人，去过大方，那个地方绝对不是你这样一个女生可以受得了的，环境太差、太乱。"

出发前，孙慧和朋友说要去狗吊岩支教时，就有一些年长的朋友提醒，一个人贸然前去，非常危险。在火车上又听旅伴们七嘴八舌地劝说，她也有些拿不定主意了。

下了火车，面对前来接站的沈义勇，胡伯伯试探了一番，还是建议孙慧先住下来，去教育厅问清楚，再去支教。后来徐本禹打了电话，她才相信，让沈书记接上她，一起去了大水。

到大水乡后，乡政府的一名工作人员带她去了大石小学，沈书记陪她走访了大石村的贫困户，给她留下了深刻印象。她在日记里写道——

8月1号上午，走山路前往大石小学。大水乡政府的高师傅在前面带路，我跟着他翻山。他对这条路已经非常熟悉，我跟着他走最近最好走的小路，不到2个小时就走到，虽然走得不轻松。

从大石小学外表看，就是一幢2层楼的木头小屋，那种破旧，让你觉得随时都有倒塌下来的危险。下面有两间教室，楼上有两间，要通过一个摇摇晃晃的梯子爬上去。楼下两间的教室有很矮很旧的几张小桌子和几张长板凳，楼上的没有。他们总共五个年级，二三年级在一起上课，四五年级在一起上，一年级单独上，每天8:15开始，一节早自习加三节课，中午12:00下课，13:30上课，下午两节课，15:15下课。孩子们一般不吃午饭，曾经有个香港人来，问他们，你们这样不吃午饭下午上课能吃得消么，孩子们笑而不答。课间休息是10分钟，打上下课铃是用铁棍敲一块挂在学校前面的锈铁。在楼上上课的时候，楼下的孩子得把长板凳搬到楼上。学校前面有几个玩耍的村长家的孩子，他们玩的东西是一只被绳子拴住的黑底花蝴蝶。当我走近的时候，他们就咯咯笑着一窝蜂跑开，有的躲在木板后面，偷偷从木板的缝隙里看你。

8月2号，沈书记带我走访当地最贫穷的人家。据说，毕节地区是贵州省最贫穷的地区，大方县是毕节最贫困的县，大水乡又是大方的贫困乡，这些人家又是大水乡最贫困的农户，穷中之穷，究竟会是怎样？我们看到的最穷的三户人家都是苗族人，房子离得很近。进第一户，一位母亲带着三个女儿，小女孩稀稀黄黄的头发和她们满是干鼻涕和灰尘的脸很难让你辨出她们究竟是男是女，幸好有书记做翻译，进她们的家，屋顶都是漏的，外面下雨里面也下，中间一堆炭火，煤油灯，一锅猪食加土豆，被子和床单薄并且脏。还有两户人家基本也是如此，有一户是老爷爷带着他的孙子，我问他们收入来自哪里，他说靠"租牛喂"。沈书记告诉我，"租牛喂"的意思就是，把人家家的母牛牵来，每天喂它吃草，差不多一年，喂到母牛下崽，下的崽就归他，然后把母牛还给原先的人家。

从大石村回来后，孙慧就决定去大石小学支教了。她觉得，既然是来支教，并且想看到最贫困的一面，应该去大石小学。"这里面还有一些政治和教育之间的一些不足为外人道的微妙的原因。"孙慧说。

徐本禹告诉她，狗吊岩在一个香港老板的资助下，一所希望小学已经建立起来，大石小学的条件更艰苦。这坚定了她的想法，尽管她本来是想去狗吊岩的。

这时，孙慧才知道，徐本禹也准备离开狗吊岩了。

6. 忙碌的暑期

放暑假后，徐本禹先回到武汉，为孩子们募捐图书。他要为狗吊岩的为民小学建一个小型图书室，为学生们提供更多的课外读物，也算是给这里的孩子们一些补偿。因为，他已经产生了离开狗吊岩想法，觉得对不起这些孩子们。

募捐比预想的顺利。他很快募捐到了几千册图书，4大箱衣服，可以说收获颇丰。

这时，南湖居士已经把那篇著名的帖子发到了网上，铺天盖地的关注关心飞到大水乡，徐本禹一下子忙起来。

应广大网友要求，徐本禹在天涯社区公布了自己的电话号码。从公布那一刻起，他的电话便成为热线，短信也一条接一条飞来。

徐本禹的手机不到5分钟就会响一回，不是电话就是短信。"都是些关心我的好心人打来的。除了我的亲戚、朋友、学校领导和同学，就是些想资助学生的公司老板，还有一些想来支教的人。"他的手指一直停留在手机键盘上，不停地收发短信，不一会就要接一个电话。

〈第四章 爱心在网络传播

对于这点，北京广播学院的支教者孙慧在一篇文章里有形象描述——

> 和徐本禹呆了几天后，也理解为什么他根本没空搭理我。我看见《狗吊岩，我的青春我的梦》时还很早，半年内，他的故事被以湖北和贵州为主的媒体撰写多次，并且在做完一档电视访谈或者报纸报道后，他会给听众或者读者留下手机号码。于是，每天从早到晚，他都要回复国内的"热心人"的信息，还有几个女生，发来的第一条信息就是"徐本禹，我知道你的事迹后很感动，我知道你从来没有谈过恋爱，我要嫁给你"。这样的种类繁多的信息，徐本禹都要抄下来，如此，每天即便是在吃饭，他也要抱着手机和外界联系，否则过一会儿信息存储就会满。8月份起，因为各方捐助，他有三部手机，但还是不够用。
>
> 我笑着对徐本禹说："徐本禹，你完了。"
>
> 他眼皮好不容易抬一下："啊？什么？你说什么？不会的吧。"继续低下头发短信。

"那时，我很多时间都在回复短信。"徐本禹说，他几乎每个晚上都是凌晨1点钟以后才入睡，早上不到7点就起床，中午从来不睡午觉。

在这些电话和短信里，网友对两所小学都很关注，但关注更多的还是条件更差的大石小学，捐款和捐物也大多指向了大石小学。因此，从武汉回来后，徐本禹虽然还没有正式离开为民小学，但已经住到了大石村的村委会办公室，并在那里展开了工作。

8月初的一天，徐本禹抽空回了一趟狗吊岩，去拿自己简单的行李，也正式与为民小学告别。

徐本禹的突然离开，在狗吊岩掀起了轩然大波。他的学生都觉得无法理解，14岁的杨光军说："徐老师走之前，我们都不知道他要走。他走之后，我们非常想念他，希望他还能回来继续教我们。徐老师曾答应我们的。"

另一个14岁的女孩更伤心，形容自己"心里像被抽空了一样"。

7. 伤心的康胜美

康胜美，1992年7月生于大方县猫场镇兴合村，成长于六姊妹的贫穷农家。从6岁开始，她就帮着妈妈做家务。有一次，她帮妈妈洗碗，不小心把一锅开水洒在了身上，留下了很多疤痕。

2002 年，10 岁的她正上小学四年级，因家庭困难，被迫辍学。这年，姐姐考上了初中，家里实在负担不起，爸爸妈妈想让姐姐退学。她看着姐姐蹲在角落里偷偷哭泣，忍不住也陪着哭。随后，她决定自己不读了，让姐姐去读。她流着泪对妈妈说："妈妈，让姐姐先去读。我还小，以后还有机会。"

第二年，11 岁的康胜美跟着村里成年人去了贵阳，在那里给别人卖臭豆腐。体重不足 60 斤的她，每天挑着 30 多斤的担子上街叫卖，每个月只能挣 100 块钱。她舍不得花一分钱，全部攒起来留着上学用。

担子压在康胜美小小的肩头，把她的肩膀都磨破了，她忍痛坚持着。皮肉之痛还可以忍受，但不能上学的痛苦却常常让她夜不能寐。雇用她的老板家有两个和她年龄相仿的孩子，总是把作业交给她代做，报酬是请她吃雪糕。她原本成绩不错，作业做得当然很好，在这个过程中，她就有些心理不平衡，心里也产生了继续上学的想法。

半年后，康胜美挣了 600 多块钱，够自己上一年学的了。于是，她放弃了打工，回到本村的为民小学，继续中断的学业。

这时，徐本禹已经在为民小学支教了。康胜美回来上五年级，正好在徐本禹带的班上。

徐本禹得知她是打工后回来上学的，怕她基础差跟不上，经常给她补课。他还常常开导康胜美，不要因身上的疤痕而自卑。

康胜美感受到了徐本禹的关心和爱护，心里充满了对老师的感激。听说老师要过生日了，她很想向老师表达自己的心意，但身上没带一分钱。最后，她偷偷跑到小商店，赊了一个两元的蛋糕，送给了老师。

徐本禹很受感动，含着泪把蛋糕分给了同学们。大家一起吃了这个小蛋糕。

"每次上课，看到讲台上徐老师消瘦的背影，想着他在这么艰苦的条件下坚持教我们，我就默默地对着大山发誓，一定要好好读书，走出大山，将来做个像老师一样的人，尽力去帮助他人。"康胜美说。

然而，让康胜美万万想不到的是，老师竟然要离开学校。2003 年 8 月 4 号，农历六月十九，康胜美和村里的同学早早地去学校补课，可老师很晚都没来教室。

康胜美离开教室，想出去找找老师，却看到一辆车开进了学校。

车停了，老师双眼通红地从车上走下来，径直走向她。

老师从背包里拿出笔和纸，低着头蹲下，在纸上写了他的地址和电话号码，递给她，安慰说："以后有什么困难，就给我写信或打电话。千万不要再放弃上学。"

听到老师有些颤抖的声音，康胜美好像明白了什么。她攥紧双手，不去接老师递过来的纸条。

徐本禹把纸条塞进了她的衣兜。

她鼻子一酸，眼泪夺眶而出。

徐本禹从口袋里掏出 200 块钱，又塞进她的衣兜："我答应给你免学费的。钱你拿着，没有了再联系我。"

康胜美不知该说什么好，只是伤心地哭泣。

这时，同学、村民们都聚集到了学校门口，很多人都哭出了声音。徐本禹从包里掏出几百元钱，一边分给孩子们，一边哽咽着叮嘱孩子们要好好学习。孩子们早已泣不成声，流着眼泪点着头。

"我会回来看你们的。"徐本禹说完，默默地转身上了车。

汽车开动了，康胜美和同学们跟在汽车后面跑，一路追着、哭着。

"看着车子消失在远处，那一刻，我心里像被抽空了一样，一下子失去了依靠。"康胜美说。

汽车渐行渐远，一步步远离孩子，徐本禹也像孩子一样放声大哭。

雨后的山路一片泥泞，车子陷进了烂泥，徐本禹干脆下了车，在稀泥里一脚深、一脚浅地踯躅前行。汽车从后面追上来，快要接近他了，他不但不上车，反而跑起来。

他的双脚溅起点点泥水，溅到他的裤子和鞋子上，他不管不顾，发疯似地跑着。他在发泄，恨自己不能为孩子做得更多。

汽车超过了他，在前面停下来。司机喊他上车，发现他满脸是水，分不清是泪水还是汗水……

徐本禹离开后，为民小学还剩下 4 位老师，教师的短缺是学校最大的问题。

吴道江只能继续呼吁，希望有志愿者再来为民小学支教。

8. 从硕师计划到改善办学条件的意见

新学期又开学了，吴道江没有盼来支教者。为民小学的 4 个老师连轴转，带那么多学生还是非常吃力。

不止是为民小学，贵州还有众多山区学校缺乏老师，全国也有众多贫困地区缺乏老师。这一点，教育主管机构不是不知道，他们也在为解决这个问题想办法。

于是，就在这年，一项名为"农村学校教育硕士师资培养计划"（简称"硕师计划"）正式启动实施。美中不足的是，这些老师对接的是中学，教的是高中课程。

根据《教育部关于做好为农村高中培养教育硕士师资工作的通知》（教师函〔2004〕1 号）的规定，从具有推荐免试硕士研究生资格的高校中，选拔部分优秀应届普通本科毕业生，录取为"硕师计划"研究生，并与地方政府教育行政部门签约聘为编制内正式教师。这些学生享受学费等各方面费用减免的政策，条件是必须到指定的中学服务一定的年限。

"硕师计划"研究生先到县镇及以下农村学校任教三年，边工作、边学习，通过现代远程教育、寒暑假集中面授等方式学习研究生基础课程，再到高校脱产集中学习一年核心课程，并完成教育硕士论文答辩，毕业时取得硕士研究生毕业证书和教育硕士专业学位证书。

这项计划的实施，为贫困地区学校输送了一批优秀本科毕业生，在一定程度上减缓了农村中学教师缺少的矛盾。而通过政策吸引优秀高校毕业生到基层建功立业的这一举措，又拓宽了大学生就业渠道，同时创新了农村教师培养和补充机制，提升了农村教师的学历层次。

尽管这项计划还没能惠及狗吊岩的为民小学，但也让这里的人们看到了希望的曙光。

此前的 2013 年 12 月，教育部、财政部、国家发改委还印发了《关于全面改善贫困地区薄弱学校基本办学条件的意见》。意见指出，要按照均衡发展九年义务教育的要求，加强科学化精细化管理，着力提高资金使用绩效，全面改善薄弱学校基本办学条件，深入推进义务教育学校标准化建设，整体提升义务教育发展水平。

事实上，农村、边远、贫困和民族地区特别是集中连片特困地区经济社会发展相对滞后，办学成本较高，教学条件较差，寄宿制学校宿舍、食堂等生活设施不足，村小和教学点运转比较困难，教师队伍不够稳定，辍学率相对较高，仍然是我国义务教育事业发展的薄弱环节。

然而，要从根本上解决贫困地区教育问题，必须靠各级政府。非政府组织和志愿者要想更好地发挥作用，也离不开当地政府的大力支持和必要协助。

在大方县，徐本禹的精神感动了县党政部门尤其是教育部门的工作人员。大家都在思考，一个外乡人都能这样默默无私奉献，何况本地人呢？

为此，县政府加大了教育投入力度，从体制、资金、人员上着手，为改变当时的教育现状作出了极大努力。全县党政部门发起了向徐本禹学习的活动，教育部门的全体工作人员都很受教育，全县所有老师不但加班加点教学，有的退休老师又重返岗位继续授课。

县政府还通过公开招聘的形式，招聘大中专学生到基层任教，充实师资力量。他们从有限的财政资金中拨出专款，用于奖励学习成绩好的贫困生和在教育战线上作出成绩的教师。他们还准备酝酿设置专门的教育基金，以彻底改变落后的教育现状。

大水乡党委书记沈义勇很有战略眼光。他请来了徐本禹，并成就了徐本禹，也为全乡的教育带来了前所未有的发展机遇。

沈义勇这么做，在有些人看来似乎带了些功利色彩，其实不然。他和徐本禹一样，都是想为需要帮助的人做点事情。另外，需要说明的是，沈义勇前两年去世了，我们都很痛心！一个一心为百姓做事的党的干部，这么早就匆匆地走了。

9. 从乡党委书记到省委书记

大水乡党委书记沈义勇虽然只是一个偏远乡镇的领导，却是把徐本禹推上公众关注舞台的一个至为关键的人物。

沈义勇第一次见到徐本禹,就看上了这个老实、本分的山东小伙子,产生了请徐本禹到大水乡支教的想法。但是,当时徐本禹并不想离开狗吊岩,他就苦口婆心地与徐本禹探讨支教的价值,终于说动了徐本禹,并与徐本禹成了朋友。

此后,沈义勇经常通过手机短信与徐本禹交流,并不失时机地请他来大水乡作报告,带他去大石小学参观。这才有了徐本禹给大学领导写的三封信,有了华中农大领导的关注关心,有了彭光芒和范敬群的调研,有了《两所山区小学和一个支教者》……

"很多人不明白,大水乡怎么会在那么短的时间内,就成了一个志愿者基地?事实上,从徐本禹到大水乡调研起,大水乡的命运就开始发生转折。后来,我不断邀请大学生志愿者前来调研,同时广泛联系媒体,让志愿者和大水乡更多地在媒体上露面,也就有更多志愿者慕名而来。"沈义勇说。

《两所山区小学和一个支教者》经天涯论坛发布后,在短时间内掀起了强烈反响。

"来采访的记者越来越多,特别是全国性的媒体。这种影响就不仅仅是在贵州了。"沈义勇说。

媒体的报道引起了中共贵州省委高度重视,时任省委书记钱运录特意对此事作出重要指示:省教育厅派人调查核实情况,帮助解决大石小学落后的基础设施和师资紧缺问题,并尽力关心大石小学支教老师的工作生活。

8月9日,贵州省教育厅、毕节地区教育局、大方县教育局的负责人专程来到大水乡大石小学考察,并召开了现场会,研究了如何解决好大石小学校舍建设和适龄儿童入学问题。

后来,贵州省教育厅还召开了一个"关于大水乡教育发展论证会",决定拨款 100 万元,专项用于大水乡的教育发展。在这次论证会上,贵州省教育厅提出,要在大水乡建立寄宿制初中,重点考虑公派老师,免除贫困生的学杂费,还要对现有教师进行培训,在 2 ~ 3 年内让大水乡教育出现一个全新的面貌。

通过徐本禹这座桥梁,沈义勇不仅让大水乡的教育迎来了飞速发展的契机,还让这个偏远的山区和拥有强大农业科研能力的华中农业大学联系在一起。华中农大在瘦肉型猪、果树、试管马铃薯、动物疫苗、油菜等方面具有技术领先优势，曾产生过两位全国扶贫状元，科技扶贫既是传统也有经验。华中农大不仅建立了贵州支教基金，还组织专家为大水乡的经济发展提供智力支持。

这年年底，沈义勇来到华中农大，将一块写着"情系大水乡，科教泽后人"的匾交到校长张端品教授手中，以此表达全乡各族人民对学校培养出徐本禹，并积极支持和推进大水乡经济发展的感激之情。华中农大召集专家教授为大水乡经济发展出谋划策，徐本禹支教的效应由此得以扩展和放大，大水乡就这样攀上了华中农大这个"高枝"。

《新京报》记者郭建光是来大水乡采访沈义勇的第一个记者，沈义勇当时打的主意是通过报道徐本禹给乡里招商引资，所以这个报道的标题就叫《从志愿支教到招商引资》。让沈义勇始料未及又不无得意的是，大水乡作为大方县最偏远的乡镇，由此得到了各级领导的关注关怀，不仅县市领导先后到这里调研，连省委书记钱运录都来了……

2004年12月19日是个星期天，钱运录专程来到大水乡，看望了徐本禹和王昌茹、王雪琴等支教者。

在大水乡炉山小学的操场上，钱运录和徐本禹、王昌茹、王雪琴握手见面，感谢他们对贵州教育事业的无私奉献。钱运录仔细询问了他们在大水的教学和生活情况，当听说徐本禹是华中农大保留学籍的研究生时，钱运录说："我也在华农大学习过，我们还是校友。"

钱运录热情地赞扬了徐本禹。他说："徐本禹的精神，是无私奉献的精神。贫困地区缺乏人才，他能带头从大城市来到贵州边远贫穷地区支教，为青年知识分子树立了一面旗帜，给我们贫困地区的干部群众带来了希望和信心。"他还说，贵州尽管和发达地区相比还比较穷，但贵州资源丰富，潜力很大。因为缺乏人才，所以亟需提高劳动者的素质。"普九"后还需要巩固和提高，要加快基础设施建设，关键要先靠教师，希望更多的大学生到贫困地区艰苦创业。

钱运录听王昌茹介绍了炉山小学的情况，知道这里不仅缺教师，还缺课桌板凳；又听沈义勇汇报了大水乡学校分布情况，知道不尽合理。听完，他当即指示随行的省教育厅领导，尽快进行规划论证，尽力帮助解决问题。

钱运录来到王昌茹、王雪琴的住处，询问生活是否习惯，伙食吃得惯不。王昌茹说，还可以，就是怕吃辣椒。

看见屋里烧有火炉，钱运录叮嘱晚上一定要打开窗户，注意煤气中毒。他嘱咐乡里的同志，要关心支教老师的生活，保证安全。他还对教育厅的领导说："你们要研究一下有关支教老师的政策，短期的、长期的以及愿意到贵州边远地区从事教育的人，针对不同情况出台有关待遇方面的政策。"

钱运录和徐本禹告别时，关心地问徐本禹："有没有女朋友？"

徐本禹腼腆地一笑："还没有。"

"在贵州找一个。贵州的女孩子很漂亮哟！"钱运录说。

大家都笑了。

徐本禹笑得很开心。因为，有了各级领导的关注和关心，有了广大网友的支持和帮助，华农大石希望小学的建设定会一切顺利，山区教育的发展形势定会越来越好。

更让徐本禹高兴的，他从此不再孤单。很多网友纷纷支持他，寻找他，效仿他，来山里支教的人越来越多。

▷ 相关链接

2004 年 8 月 24 日，团中央和教育部在华中师范大学举行第六届研究生支教团出征仪式。来自全国 65 所高校的 410 名青年志愿者，奔赴中西部 19 个省区 55 个县开展为期一年的支教志愿服务工作。

2004 年 9 月 9 日，教育部发出《关于进一步做好资助贫困家庭学生工作的通知》。11 月 12 日　教育部印发《关于启动新一轮民族、贫困地区中小学教师综合素质培训项目暨新课程师资培训计划（2004—2008 年）的通知》。

2004 年 10 月，共青团贵州省委根据《游子吟》的感人意境，创意并发起社会公益活动——"春晖行动"。旨在以"亲情、乡情、友情"为纽带，弘扬中华文明，反哺故土亲人，激发赤子情怀，感恩父母、回报桑梓。共同促进家乡经济文化发展，促进社会和谐进步。

2004 年 11 月，东莞"小菲论坛"的 11 位网友组成了"小菲慰问团"来黔西助学。"春风绿茶""平沙落雁""落花""珊珊宝贝""西藏老兵""魔魅男孩""东城职中学生""美丽的错过"……他们的网名特色迥异，职业不同，互不相识，因为网络和爱心走到了一起。他们来到大方县，走访了 18 户贫困学生家庭，资助了其中 10 户家庭共 27 名孩子。

第五章

感动中国

如果眼泪是一种财富，他就是一个富有的人。在支教的两年里，他经常会流泪，也让大家泪流满面。从繁华的城市，他走进大山深处，用一个刚毕业大学生稚嫩的肩膀，扛住了倾颓的教室，忍耐了贫穷和孤独，担起了本来不属于他的责任。也许一个人力量还不能让孩子们面前铺满阳光，爱，被期待着。他点亮了火把，刺痛了我们的眼睛，照亮了贫困地区的教育发展之路。

1. 大石新气象

孙慧的"运气"很好，来到大石小学没两天，就赶上了华农大石希望小学的奠基仪式。

2004年8月3号下午2点，华中农大的老师和捐款买学校桌椅的刘力阿姨来了，被邀请的各方领导先后到达，大石小学的所有孩子列队迎接大家的到来。

这里的气温不高，但紫外线很厉害，孙慧这两天走山路来回大水和大石，裸露在外的皮肤都被晒伤了。脖子后面的皮肤又红又疼，可她仍要站在阳光下等候迟来的领导。

奠基仪式结束后，新学校很快就要动工了，但学生们还必须在旧教学楼里坚持一段时间。孙慧"有幸"体会了那种极其特殊的教学环境。后来，她在一篇回忆文章里写道——

教室没有窗户，上课的时候永远是光线不足，灰蒙蒙的。房子是木头做的，一楼的地板就是地面，二楼的地板是缝隙很大的木地板……楼上只要有一个孩子跺一下脚，我们的屋顶上立即就会掉下一层灰。二楼的地板中间有一个洞，经常会有楼上的孩子捣乱，撒下一把灰或者一把纸屑。

我清楚地记得，第二天下午上课，突然一声巨响，在教室的右后方屋顶，一小块木板掉了下来。等大家回过神来，一个楼上的孩子的腿已经直直地垂下来。我们班同学哈哈大笑，那个楼上的同学赶忙把腿缩回去。写作文的时候，有同学抬头，对着屋顶的洞说两句，楼上这个同学的兄弟姐妹就会塞一支铅笔或者一个本子下来。下雨的时候，屋顶的洞也成了大家游戏的工具，楼上同学跺一脚，楼下同学站在板凳上，把伞尖伸进洞里往上捅一下。完全是在苦中作乐。

　　我上课的时候，经常感觉头顶有东西往下落，嘴巴里都是，后来知道是一层层的灰……

　　孙慧是从8月5日开始上课的。

　　8月4日一大早，她早早地起床，和另一位支教者李萍一起，迎着朝霞进了山。她们住进了大石村委会的接待处，一座二层小楼中的一间。房间里只有一张桌子两张木床，村民从家里抱来被子床单，铺到床上，便成了她们的宿舍。

　　宿舍有窗户，但窗户上的玻璃不全，她们只能用报纸糊上。厕所离住的房间有一段路程，一间茅草屋，化粪池上搭着几根木板，踩上去还摇摇晃晃的。据说，化粪池很深，上个学期有个学生上厕所时掉了下去，等漂上来时已经死了。

　　没有自来水，喝水就到水塘边，从那根竹管子里接山上淌下来的泉水，刷牙洗脸也都是。孩子们下课喝水，就把那根竹管抬起来，直接放进嘴里。

　　晚上睡觉时，刮起了大风，报纸被吹破，噗噗地响……孙慧被冻醒了，裹紧被子坐起来。周围一片漆黑，她呆呆望着窗外，四周黑压压的群山压过来，让她有种透不过气的感觉……

　　睡不着觉，她就开始想上课的事。给孩子们上课应该讲些什么呢？对于孩子们来说，什么是最重要的？几天的所见所闻让她觉得，对于这里的孩子们来说，对更美好生活的向往是最重要的。应该让他们知道，外面有一个不同于这里的世界，如果想感受外面的世界，就应该努力学习。她还觉得，这里的孩子很害羞，课堂上必须调动他们的积极性，让他们与老师互动起来，提高他们的学习能力。

　　8月5日上课前，校长王成范先把6个年级的同学集合在教学楼前的空地上，商量怎么分配教室和学生。由于学校就四间教室，实在不能留下所有的学生，只好留下了中高年级，让一二年级的孩子回家。很多一年级的小孩当时就哭了，不甘心地哭着缓步离开学校。

孙慧被安排教五六年级，但她发现，她上课的时候班里的人很多，一张长凳上都坐着三个以上的人，分明是其他班级的学生，甚至一二年级的孩子。

第一节课，孙慧要求大家自我介绍，可是所有的孩子都不敢开口，即便被点到站了起来，说话声音也很小。下午上课时，她问："今天上午的黑板是谁擦的？"下面好几个同学说是王静微擦的，一个很瘦小的男生才低着头站起来。她送给他一支铅笔当作奖励，全班同学都鼓掌，气氛才慢慢活跃起来。

第二天早晨上课，孙慧又问："昨天晚上的黑板，是哪位同学擦的？"还是没有人举手，几个同学在下面小声说王媛媛的名字。她让王媛媛自己举手，又送了她一支铅笔，并要求全班为她鼓掌。表扬过王媛媛后，开始有同学主动来擦黑板，并且小声地和她说话了。

再上课时，她问："谁没有吃早饭？"一个叫高光超的六年级男生尴尬地举起了手。她把带来的一包饼干给了他。又有同学在下面说，谁谁谁也没有吃，她说："我只有一包饼干，我也知道一定还有同学没有吃，可是他没有举手，很可惜。"

第三天上课，孙慧一上课就问："谁没有吃早饭？"十几个人一齐举起了手，她把山下准备好的曲奇分给了举手的同学，每人一块……从此，愿意举手回答问题的人多了起来，有的还站起来举手。中午快下课时，她又问："有谁愿意中午休息时把教室卫生打扫一下？"几乎所有人都把手高高地举起来。

这时，大部分人也都可以抬起头来说话了，甚至有孩子说，"老师，你和我们一起玩好不好？"这些变化，让孙慧欣喜不已。

三天的上课，孙慧带给了孩子们很多新东西，她还把"free talk"（自由交谈）引进了课堂。对此，她在后来写的一篇文章里记述得很详细——

> 从第三天开始，每天课前，我们都要进行一个"free talk"（自由交谈）。
> 在前一天晚上放学以后，我给班上的一个孩子讲一个故事，然后让孩子再复述给我听，第二天上课时讲给大家听。第一个被挑中的是一年级的黄玉娟，给她讲安徒生童话《星星的金币》，她的普通话最好，应该会有一些榜样作用。结果晚上我讲了一遍，她站在黑板前练了好几遍，已经不错了，我说你回家记得再练练，明天九点上课，我九点四十分在教室门口

等你，你再说一遍给我听，记住了吧？她高兴地说，是的，老师。

第二天，直到九点上课，她还没有来。九点五分时，她总算喊"报告"进来，从上到下换了一身衣服，头发也经过修饰，盘了两个麻花辫，还戴了一朵花。第一节课是讲不成了，通知她下节课演讲。她上台讲时，下面低年级同学都起哄，我说不要紧，尽管大声地讲。她就开始讲了——"很久、很久以前，有个小姑娘，独自走进森林……"慢慢地，下面声音变小，越来越静，最后大家都不出声了，听她讲。

这样真是很好。于是，以后每次课前，我们都将进行一个"free talk"。

讲课时，孙慧充分发挥了她的语言"特长"，把她脑海里的知识一股脑儿地往外倒，恨不得全部教给孩子们。她说："按照别人对一位我很喜欢的DJ的评价，我终于知道毕业后可以去做什么，那就是卖布，因为实在很能扯。"

8月12日是孙慧的生日。那天，她从自己的生日讲到了属相，从属相讲到了星座，从星座讲到了西方的众神……一上午的三节课时间很快就过去了，她还意犹未尽。

快离开大石小学时，她给学生们介绍了她的家乡南京，一讲又是好几节课。她从南京的著名景点，讲到每个景点的人文故事，说起中山陵讲孙中山，说起夫子庙讲孔夫子，说起"秦淮河"讲"秦淮八艳"……又是一个意犹未尽。学生们听得如痴如醉，眼界大开。

在大石小学，孙慧的工作还是很舒心的，她觉得"和山区孩子们这样交流，是一件相对舒服并且愉快的事情"。她难以适应的，是那里的生活环境。

她每天只上两次厕所，早一次晚一次，晚上睡觉前绝对不敢喝水，怕夜里要上厕所。每天清早进厕所，第一件事就是拨开蜘蛛网，它们一晚上就能结成一张网，不小心就会碰得一头蜘蛛网；进了厕所，只要一蹲下去，马上就有蚊子围着转，都是那种长得特别大的蚊子，叮人特别厉害，每次上完厕所，身上都会被叮几个包。

晚上睡觉也是个大问题。蜡烛烧完，快睡着了，却被跳蚤咬醒。躺在床上发会儿呆，看会儿星星，听会儿蛐蛐叫，还是睡不着。后来慢慢适应了，也由于太累，睡觉的问题才得到解决。

孙慧每天要上至少五节课，经常是站在讲台上一直讲。她很累，但坚持着。除了第一天晚上没睡好觉，其他日子都是"天黑就睡觉"，有时甚至是下课就睡觉。

她经常要一直睡到第二天早上六点，然后才起床批改作业，九点再上课。

可是，孙慧的安稳觉没能睡几天，又该睡不着了。因为，按照支教计划，她很快就该离开了。

离开的前天晚上，孙慧躺在床上，怎么也睡不着。外面总有人走动的声音，她拿手电筒对着窗户照，问是谁，声音立即又没有了。到了早上，孩子们纷纷过来，一个个拿着硬抄笔记本，丢在床上扭头就走，才知道晚上可能也是这些孩子。她拿起笔记本翻看，第一页都写满了赠言，虽偶有错别字，仍让她感动不已。随后的一天一夜，让她感慨万千，后来她都写进了她的文章——

第二天下课，何德敏拉住我，说老师你下午不走吧，我说当然不走呀，她说我要送你一样东西，你要等我。我就等她，她一个人坐在昏暗的教室的最后一排，抱胳膊很神秘地写东西，生怕旁人看见。我回宿舍，她进来，塞了刚才写的一张卡片到我手上，各种各样的祝福，写得密密麻麻，还有一包干脆面，他说老师我最喜欢吃这个了，可是平时我都舍不得吃，我把它送给你，你一定要吃呀。

我问了一个送本子的孩子，你的硬抄本在我们大石能买到吗？她说："买不到的，我昨天和我弟弟走下山买的。"算一算，我们下午3点下课，他们走到有本子卖的那个乡，来回是6个小时，晚上9点才能回到家。

所有孩子都在问同一个问题，你还会回来吗？我不敢答应，只能回答他们，有机会，会来的。人生的变数这样大，我又怎敢给你们一个承诺？

周五下午，表彰大会和西瓜party都结束以后，我在宿舍收拾行李，屋子里挤满了孩子，都不说话。走出来，他们也跟着走出来。走到哪里，身后都是一列长长的队伍。走到乡政府的车那里，把行李丢下，去高支书家吃饭，他们不走了，就在车旁边等着。只有一个叫姚玲的女生一直跟着，走到高支书家，还是跟着。我停下来问她，姚玲，你是不是找我有事？她点头。我让王阿姨先走，让她说。她的脸红了，还是不说。我把她拉到旁边，用胳膊揽住她。她用手捂着嘴，在我耳朵旁边悄悄地说："老师，你能不能答应我一件事情？"我问，什么事情？她说："你回去以后能不能给我写一封信？我好想收到你的信啊！"我说，好的，一定。她这才离开。

要走了，真要走了。原先蹲在车旁等着的孩子都站起来。司机转动车钥匙，我根本不敢看那些孩子们的脸。汽车突然开动，回头，黄红红拖着长长的鼻涕，举着手跳起来喊："老丝老丝！老丝老丝！"汽车终于开动起来，高焕春和黄钱坤都拼命跟着车跑，我赶紧把头扭回来。

对不起，此时此刻，我实在没有勇气面对你们。我知道，如果再多看一眼，可能我的人生都会改变。

按照孙慧本来的计划，她来支教的时间不超过三个星期，8 月 20 日之前回南京，在家呆一个星期再回北京，正好开学。可是，支教的这三个星期给了她太多太多，使她根本不想离开了。于是，她改变了计划，决定不回南京，在 29 号学校报到之前，直接回北京。

就在孙慧即将离开的那个星期，徐本禹从武汉回来。紧接着，《新京报》的两个记者也追来。

徐本禹的知名度还在扩大，经常要接受采访，或者在办公室抱个电话，回答记者的提问。

暑假开学后，徐本禹要去大石小学给孩子们上课了，他将更加忙碌。他不但要终日抱着手机，回复没完没了的短信，还要接待全国各地的热心人。

更考验他的，是他从此要经常来往于大水和大石之间，用双脚一遍遍地丈量这段长达 7 公里的崎岖的山路。

2. 行走在山路上

8 月 30 日，大石村小学操场的旗杆下，近 200 名小学生静静地站立着。

徐本禹站在他们对面，庄严地宣布："同学们，新学期开始了！"

徐本禹原本计划举办一次升旗仪式，给山里的学生进行一次爱国主义、集体主义教育，帮助学生树立正确的人生观、价值观。他的设想当然很好，但当他接过校长找出的国旗，还是决定放弃。那面国旗已经破烂不堪，他怕升起来不严肃，便打消了念头。于是，在集合起来的学生们面前，他没有多说。

从这一天起，22 岁的徐本禹正式到大石小学支教，并出任名誉校长，负责对外联络及捐赠物资的分发工作。

校长叫王成范，大石村本地人，当时已经 35 岁。对于徐本禹的到来，他非常期待，因为"徐老师说，要为大石小学做些什么。"村民们也都很期待。知道徐本禹要来，很多辍学的孩子都被家长送回了学校，使学校的学生由 128 名增加到 178 名。

徐本禹在临时教室里给孩子们上课

徐本禹还没到学校，就已经给大石小学的学生带来了福利。本来学校每学期收 70 元书杂费，他把 30 元的杂费"承包"了，每个学生只需交 40 元书费。学生的杂费来自爱心人士的捐助，开学前，这些费用都已到位。不仅是杂费，很多家庭贫困的学生连 40 元书费也不用交。

在大石小学，徐本禹依然把自己的时间安排得很满，除了一天八节课外，他还要家访，还要搞社会调查，整理贫困学生的资料，处理好心人捐助的善款和物品，忙得不亦乐乎。

有时，徐本禹下午下了课还要去大水乡，晚上在那里处理捐赠的事，第二天一大早再赶回学校。早上他总要起得很早，常常顾不上吃早饭就往学校赶。走到学校又累又饿，他也要立即给学生们上课。他的一篇日记详细记述了这个过程——

　　我担心时间来不及了，就匆匆洗了一把脸，准备出发。罗师傅看到，让我吃完饭再走，我说不吃了。罗师傅说很快的，我说，不了，不了！如果我吃了饭，学生的课就要耽搁了。不吃早饭，路上饿得心发慌，但慌也就是那一阵子。

　　八点四十分就走到了学校，高光远老师见我很累，问我上午的数学课要不要他来上，我说没关系的。由于太饿，我歇了一会儿，急急忙忙吃了几块饼干，就上课去了。

　　由于一直太忙，学生交了一个星期的数学作业还没改。现在是复习阶段，这一个星期以来一直在做题，虽然作业发与不发没有多大关系，但我还是担心一直这样来回跑会影响教学。

　　今天没有讲试卷，我让学生把第二单元第三级的数学试题做了，我也趁着这个机会把作业给改了。原来改完作业后就把作业发下去，然后我在一起讲一遍，也不知道学生听懂了多少。今天我改完作业没有发下去，我想先针对每一个学生所犯的错误给他讲解，加深他的印象，然后在全班讲，效果会好一些。

　　上了两节课，有点坚持不住了，但还要挺一节课的时间。由于是测试，课间没有休息，把试题收了上来，马上就上英语课了。

　　由于全身心地投入到了教学中，饿得发慌的肚皮再没有理会大脑下的要吃东西的命令，一节课的时间也很快就过去了。

一天上午，徐本禹在四面透风、地板漏缝的危房里，给五年级上英语课。全班共有 10 多个学生，他清楚地发现有一个学生没有来，便决定下午去家访。吃过午饭，他去了村里，几条狗冲出来，冲他"汪汪"地叫，他顺手捡起一根木棍，动作熟练，狗立即被吓跑了。

杨飞的家在一间土房里，他的父亲杨朝文 42 岁，有 5 个儿女，15 岁的杨飞是老大。由于家里人多，杨飞只能住在屋外的一间牛圈里，用玉米秆一铺当床铺。杨飞身上穿的衣服，是美国一位爱心人士寄来的……家访结束，晚上他要写调查报告，并按照调查的情况分配捐助物资。

大石小学的 178 名学生家，都留下了徐本禹家访的身影。不仅是大石小学，他还抽时间去其他小学调查家访，大水乡的半坡村、炉山村等他都去过。

那些日子，徐本禹几乎天天行走在大石小学到大水乡的山间小路上，一个来回有 14 公里，他要走将近三个小时。虽然很累，但这时的他已经走出了孤独寂寞的阴影，能够很积极地面对，看到大水乡很多贫困学生得到了资助，他觉得再苦再累也值得。

有时，徐本禹还让学生们与他一起走，去乡里领取好心人寄来的捐赠物资。他在日记中写道——

到了大水乡政府，我们没有休息就开始行动了。我从王主任那里把招待室的钥匙拿了过来，开了门，从窗口那叫高胤和高焕菊上来，把"一课三练"抱下去，又安排其他的学生到一楼存放捐赠衣物和书籍的地方，把小的包裹抱走。学生一窝蜂地跑到了门口，我让他们一人拿一个小的包裹出去。

我原本以为所拿的东西不会很多，可一看学生手里每人都拿着大大小小不等的包裹，又担心学生会累着。我对他们说，累了就相互交换一下，休息一下。我把最重的那一摞书放在了自己的肩膀上，不对，应该是很重中的一个。高胤背的那个包裹一定比我这个重。那个从美国寄过来的一蛇皮袋子衣物，应该是最重的，何发琴、卢敏和刁银飞三个人抬着。

其实，我这次让学生一起来的真正目的，是希望他们能够理解老师的辛苦。我每天都要从学校走到乡里，还要抱着东西走回学校，我想让他们体验一下，比我说一百遍都强。同时，也让他们看一看好心人捐赠的物品，让他们明白有很多人在关心他们。我没对他们讲什么大的道理，他们已经长大了，懂事了，他们会慢慢明白的。

扛着一摞书，走起路来还真不容易。走了有十分钟的样子，汗珠子就从体内跑到了体外。爬上了一个小坡，我让学生休息休息，把送给他们的点心吃掉，要不过一会儿就会饿了。我看到安微微的脸通红，而且满头是汗，我让其他同学把轻的包裹换给她。有些学生已经口渴了，跑到一个井边去找水喝，在封了盖的井四周转了一圈也没有发现水。这个井是用水泥做成的，封得很严实。

我对学生说，再忍一忍，过一会儿到了小河边，就有水喝了。其实我自己的嘴里也已经很干，唾沫在嘴里粘糊糊的。

我们在路上歇了好几次，每次遇到上坡时，我就要求学生停下来，歇一会儿。我把相机拿出来，让全体学生都坐在路边，给他们照一张相，定格这个时刻。休息一会，我们再走，我看何发琴、卢敏和刁银飞抬着那个大包有些吃力，就让她们和我换一换。我一个人背那个大的，她们三个人轮流背那一摞书。

我扛起那个大包，和她三个一起走着。有不少学生已经走出很远了，我回头望了望后面，高胤和高光超还在后面休息。我让他们快一些，不要掉了队。

我们走到一个农户家门口，看到了一个水龙头，便都抱着水龙头喝了个饱。其中何发琴喝得最多，喝了好几次，卢敏和刁银飞都在一旁笑她。

喝完水，我们继续走……

走了两个多小时，我们终于回到了大石小学。

除了处理爱心人士的捐款捐物，徐本禹还有一项更重要的任务，那就是接待慕名来访者。在他的感召下，陆续有40多名来自华中农业大学、武汉大学、中国传媒大学、北京交通大学、中央民族大学、湘潭大学、贵州大学等校的大学生，10余名社会志愿者，来到大水乡短期支教和社会实践，数十家新闻媒体的记者先后来到这里采访，还有一些团体和个人来考察。广东东莞11名网友结队来到这里，为徐本禹助阵；重庆车友会的车迷网友驾车翻山越岭，为这里的孩子们送来衣物、图书和文具……一批又一批的各界人士纷至沓来，来的人都想见到他，让他应接不暇。

徐本禹还接待了一个"老外"，他在日记中有详细记述——

我们坐着樊老板的车去炉山小学，老外James坐在最后，和学生有说有笑，很可爱。

到了炉山小学，我带他们和阿姨们打一声招呼。由于他们都是学生，都还不怎么爱说话，加上老外说话，他们也听不懂，我也不知道我所谈的关于这里的情况，他们感不感兴趣。

我想让他们给学生上上课，他们想换一种体验的方式。我让他们和学生进行交流，James很高兴地和小朋友们用英语交谈，当然只是一些非常简单的英语，如"Hello"，"What's your name?"虽然王姐教英语没有课本，但学生还能学到这么多，我很高兴。这超出了我的想象。

中午，我们都在王阿姨这里吃饭……耿阿姨拿出了她自己做的臭豆腐让我们吃，我吃了一口，感觉很好吃，于是就夹了一大块。老外看到了，不知道这是什么，很好奇，小宋给他翻译成了"腐烂的豆腐"，他觉得名字很奇怪。耿阿姨热情地端过去让他吃，他连说"NO，NO。"如果小宋翻译成其他的名字，或许老外就会吃了。

饭后，小宋和我谈，他们来这里想多做一些实践活动。我想就带他们去挖土豆吧，小宋感觉可以，他和楼下的几个朋友商量了一下，都高兴地同意了。我也不知道到谁家地里去挖土豆好，就去问李校长，他说他家的土豆还没有挖呢！我问他是什么原因，他说没有时间。

我想这正是一个好机会，可以双赢呢。一方面可以提高他们的实践能力，另一方面可以帮李老师家解决人手的问题。

　　定好了，就让李老师帮我们找锄头，到离他家很近的地方去挖。其实我原来也没有挖过，李老师给我们示范了几下子。我拿起锄头挖了起来，我挖其他学生捡。这对他们来说是一个新鲜的活动，干起来都挺开心的，每个人都跃跃欲试的样子。为了鼓动大家一起劳动，我说，每个人要完成一百个土豆的任务才行。大家都说"好。"

　　开始时，老外只是在一边看，过了一会儿，他感觉很有意思，也加入到我们的行列中来。我不知道他以前干过这样的活没有，估计没有干过。从他挖的动作来看，他挖得很认真也很卖力，不一会儿就流出汗来。他把自己的外衣拔掉，继续干……

　　爱是支点，徐本禹则是一座桥梁，一头是渴望援助的乡村孩子，一头是充满爱心的各界人士。因为徐本禹，贫困的大水乡迅速被国内外热心人士和团体所熟知，因而获得了接连不断的援助，有 13 个国家的热心人士表示要资助大水乡的贫困学生，支持大水乡的教育事业。

　　支教是另一部分热心人士表达爱心的方式。徐本禹这颗饱含关爱的火种，点燃了无数同样充满爱的心灵。

　　"好多人说是我的行动感动了社会上的人，我认为是相互感动。我的行动只能说我做了一点事，那些有爱心的人来帮助以后，我又被他们的行动所感动，更加努力地去做。然后，这种感动便不断传递。"徐本禹说。

3. 爱心向这里汇聚

　　来到大石小学后，王昌茹每天给孩子们上音乐、美术课，教他们做广播体操，还和短期支教的大学生们一起走村串寨，调查了解农户们家庭情况和当地教育状况。

　　王昌茹尽管已经 54 岁，还有高血压等慢性病，但她精力充沛，体力也不落下风。为了不让大家因为她的年纪大而照顾她，她总是和那些来支教的大学生们比着干，积极性特别高。

　　短期支教的大学生走了，王昌茹留了下来，她要和徐本禹一起继续支教。她对别人说："徐本禹走到哪里，我就跟到哪里。"但是，考虑到王昌茹的年龄及身体情况，大水乡的领导们还是把王昌茹安排到离乡政府近一点的小学。于是，8月30日开学这天，她和王雪琴一起，来到了离乡政府有半小时车程的炉山小学。

在炉山小学，王昌茹负责五年级的语文课。令她惊讶的是，五年级的学生大多不会写作文，有的甚至连造句也不会，基础实在太差了。王昌茹很着急，但她讲的武汉普通话学生们听不太懂，学生们讲的本地话她也听不懂，沟通上有一定难度。她想了个办法，先用笔来沟通，学生们有什么想法、要求和意见都写在纸条上，她看后作出回答再退给学生。

慢慢地，学生们开始习惯说普通话了。他们不再写纸条，主动用普通话和老师交流，课堂上也争先恐后地举手提问。学生陈丽的普通话学得很快，遇到记者采访，她就主动用普通话跟记者交流。她说："我很喜欢王老师。是王老师教会我们说普通话，教会我们唱歌、剪纸、写作文。我最喜欢看王老师改的作文本……"

王昌茹批改作文有一个特点：批语特别多。凡是经她批改的作文本，都密密麻麻地写满评语，哪句话该怎样写，一件事情如何叙述，段落之间如何衔接，她都批得非常认真。她甚至在作文本里和学生交流，把作文以外的一些想法写到评语里，像是写一封家信。

"在大水与孩子们在一起，教他们学习、看他们进步、听他们欢笑，每天内心都有一种感动。我所做的一切，都是自己想做的，所以感觉特别充实。"王昌茹说，"虽说这里生活条件艰苦了点，可每上完一次课，都觉得为孩子们做了一件事，心里感到欣慰，也就不觉得苦了。"

王昌茹来自物质生活充裕丰富的城市，之前绝不会为喝水、洗澡、买菜这样的事发愁。喝了炉山的酸性水后，她全身起水泡，乡里只好每天给她送来一桶水；这里民用煤紧张，乡里与附近乡镇协调，才保证了她的取暖用煤。她两三周才能洗一次澡，每周赶场时才能买菜，一买就要买一周的。

没有电视，没有广播，更没有报纸，让她有种与世隔绝的感觉。想起远方的亲人，她舍不得打长途电话，就用手机发短信，与亲人们聊聊天。生活条件的巨大反差，是她面临的严峻问题，但她为了山里的孩子，都想方设法一一克服了。

大水乡郭光文乡长感慨地说："王阿姨这么大的年纪了，退休后竟放弃大城市舒适的生活，不远千里从武汉来到大水乡，给这些山里娃传授知识，这种精神让全乡的干部和群众为之感动。"

郭乡长没想到，不久之后，一个年纪更大的志愿者又来了。

马若兰也是武汉人，这年已62岁，年过花甲。她听说王昌茹去贵州支教了，便不顾家人反对，也来到大山。跟她一起晨练的老人们支持她，还托她给山里的孩子捎来1万多元钱，资助孩子们交学费、购买衣物和文具。

考虑到马若兰年龄较大，怕水土不服或出什么意外，大水乡的两位领导都不放心，便没给她安排工作。她只好跟王昌茹住在一起，试图适应这里的气候和生活，如果可以就留下支教。

可是，一个月过去了，马若兰适应不了这里的生活，身上发痒，起红点，她只能离开这里回武汉。

孩子们听说马奶奶要走，都很舍不得，送了花，写了信，还把他们精心制作的小礼品放在老人的手里。孩子们用最纯朴的语言祝福着老人，信上歪歪斜斜写着"祝马奶奶活120岁"。一名叫刘兵的孩子在信里说："虽然妈妈不让我读中学，但我想读中学，读大学，把马奶奶接来的时候，我的家乡就改变面貌了。"

马若兰读着信，眼泪不由自主地流出来："同是祖国的下一代，他们怎么这么苦呢？"她当即做出决定，用退休金资助这个孩子。

跟两位阿姨同住的，还有一位来自江西九江的漂亮女孩。她叫王雪琴，27岁，内向怕羞，不太爱说话。来之前，她在上海一家广告公司工作，知道徐本禹的事迹后，便瞒着父母，辞掉了工作，离开相恋的男友，来到了贵州。

23岁的张珂珂也来自上海，来之前在上海一家服装设计公司搞设计。她在朋友的一个论坛上看到了关于徐本禹的帖子，看了两遍，又上基金的网站看过，便萌生出支教的想法。她曾征求父母的意见，遭到了父母的反对。她干脆辞掉上海的工作，悄悄来到大方。为了不让父母发现，她特意保留着上海的手机号，家里打电话来，她就回答"在工作呢"。

26岁的赵汉奎是河南新野县人，七年前高中毕业后参加了自学考试，拿到了法律大专的毕业证书。他从报纸上看到了关于徐本禹的报道，就买了张地图寻着

133

来到大石小学。因他长期在秦岭、宛城、淮河一带生活、学习、工作，来这里后改了个名字叫"秦宛淮"。他和徐本禹睡一张床，因为"各睡一张床太冷"。他春节不准备回家，因为家里人不知道他来大石支教了，怕父母教训他。

27岁的张照弟是毕节市人，原本只是受网友之托来送捐款和捐物，可他到了大水乡，看到那些渴求知识而缺老师的孩子们，就毅然决定留下来支教了。

32岁的石娟来自深圳，原在一家出版公司工作。她在网上看了徐本禹的报道后，就给单位交了辞职报告，在老公的支持下来到了这里。6岁大的儿子"嘟嘟"没人带，她就带着来到了山里。"嘟嘟"已经到了上学的年龄，她就让"嘟嘟"在她支教的箐山小学读一年级。她和徐本禹刚来时一样，没被列入贵州团省委的"志愿者接力计划"，没有一分钱的工资，但她并不在意。她说："在这里用不了多少钱。再说，我老公在深圳工作，如果缺钱，他会给我寄的。"

47岁的高光远是大石村土生土长的老师，曾经在大石小学代过13年课，走出这个穷村曾是他多年的梦想。17年前，他有幸转成公办教师，被辗转调到大方县城第五小学，后来还担任过沙厂中学的副校长，被评为高级教师。他把家安在县城，一对儿女都很优秀，一个读研，一个大学已毕业。他听说了徐本禹放弃读研的机会来大石小学支教的事后，被深深地感动了，便征得了家人的同意，向县教育局递交了申请，从县城主动调回了大石小学……

4. 寻访半坡小学

徐本禹走进半坡小学，是在金秋十年的一天。他和另两位志愿者一起，去给学生们送捐赠的衣物，顺便做调查。

乡政府的车把他们送到凉井村，就没法往前走了。司机指着对面的那座山说："看到了没有，那条路就是到半坡小学的。"

徐本禹放眼望去，看到云雾中有一条蛇形小道在山上盘旋，细得可怜，似乎还挺远。司机调头走了，他们只能迈开双脚，往目标进发。

没走多远，一条小河横在他们面前。河水很清澈，可以清楚地看到河底的沙石，还能清晰地听到流水的"哗哗"声。小河有十来米宽，最深处不足一尺。小河里

徐本禹走在山路上

有一些随意躺着的大小石头，组成了河上的小路，但由于石头表面很光滑，上面还有一些绿色的水藻，他们没敢去踩，而是涉水而过。

上了岸，徐本禹走在最前面，另两位同行者都跟不上他的步伐。他在山区已呆了一年多的时间，走这样的小路已经习以为常，另两位志愿者自然跟不上他。加上刚下过小雨，路面泥泞，他们走得就更慢了。他不得不经常停下脚步等他们。

半坡小学名字的得来，缘于它坐落在半山腰上。透过一片竹林，徐本禹看到几个学生的身影在晃动，以为学生还没有上课。穿过竹林，他看到学生正坐在自己的座位上，等待着老师的上课，不由惊讶。原来，学校的教室只有三面墙，没有后墙，学生错落地坐在破烂不堪的凳子上，面前是木板搭成的桌子。

徐本禹不由想起了大石小学的学生，觉得大石小学的学生更幸运，起码冬天不会像他们这样受冻。虽然大石小学当时的教室是用竹坯做成的，但可以挡风，而这里却不能。他无法想象这里的学生们怎样过冬，更不愿想象学生受冻的样子。

学校的教室被分成三个部分，左边是一个马上要成为危房的教室，里面坐的是四、五、六年级的学生；中间的是三间破木房，供一、二、三年级用；在最右边是学前班，也是木房。学校办公的地方是一个农家院，几间土房是老师的办公室兼宿舍，院子就是学校的操场。院子不大，只有一个篮球场大小。

徐本禹要找在这里支教的张照弟，樊校长把他带到了一间马上就要倒塌的土房里。房间里很阴暗，一面墙壁上贴着几张大红纸，贴的是教师奖励制度和值班制度，看样子就是办公室了。屋里的地上有漏过水的痕迹，靠窗户的地方放着一个破桌子，上面凌乱地放着几本书。

张照弟没在办公室，给一年级上课去了。

徐本禹去了一年级的教室，见到了张照弟。他发现有几个大孩子也坐在教室里，有些惊讶。张照弟解释说："这五六个学生都十五六岁了，因为贫穷一直没有上学。我给他们交了学费，让他们进了一年级的教室……"

一年级的学生大多六七岁，他们的年龄是实在太大了。徐本禹看到这一幕，很受感动。一是感动于张照弟帮助他们的行动，二是感动于这些大龄学生走进一年级教室的勇气。他问其中一位女学生："今年多大了？"女学生羞涩地用书挡住了头，不好意思回答。他明白，十五六岁的大孩子已经懂事了，有自尊心，便没再追问。

徐本禹走出教室时，回头看了他们一眼。他不知道张老师走后他们还会不会继续读下去，因为他们读完小学就有 21 岁了。

从教室出来，徐本禹看到一个光着脚丫的小男孩站在泥里，正在问老师问题。看着小男孩那专注的样子，再看看那沾满泥巴的小脚，他再次被打动，只能把脸转向一边，任由眼泪流淌⋯⋯

离开半坡小学，徐本禹的心情很糟糕，但想到半坡小学很快就可以重建，心里才好受了些。香港一位爱心人士将捐助 12 万元，专项用于重建半坡小学。

这时，华农大石希望小学已动工修建，高潮村箐脚小学也得到了贵阳爱心人士的帮助，即将破土动工。价值 25 万元的国内外捐助的衣物、文具、电脑、图书、课桌、体育器材陆续送到大水乡各小学。此外，贵州支教基金的账户余额也越来越多。

5. 基金怎么花

当初建立"华农贵州支教基金"时，彭光芒的期望值并不太高。他当时觉得，能收够大石小学的贫困儿童交杂费的捐款，就很不错了。可是，他万万没想到，基金的"受欢迎程度"超乎想象，捐款源源不断地从四面八方飞来。

这时，徐本禹发起的"恒爱基金"已接受社会各界捐款 21847.50 元，除去资助贫困学生用掉的 6372.60 元，余额还有 15474.9 元。为了规范管理，杜绝差错，徐本禹将"恒爱基金"全部转入"华农贵州支教基金"，并撤销了"恒爱基金"。由于大石小学不能上网，他委托大水乡的一位工作人员给母校发了电子邮件，提交了"恒爱基金"的账目。"华农贵州支教基金"将徐本禹提供的"恒爱基金"账目进行了查对核实，并公布在了网上，接受社会审查监督。

到 2004 年 11 月，贵州支教基金的账户余额已经超过了 20 万。基金的"超常发展"让彭光芒兴奋之余，也给了他不少困惑和烦恼，最主要的是这些钱该怎么花？

基金收到的捐款，多数指明了用途，主要是用于资助大石小学的孩子。可是，捐款一股脑儿地涌向大石小学，彭光芒担心："这样下去，大石小学将成为中国农村最富有的乡村小学。"他呼吁说："正如很多网友指出的，除了贵州，除了大方县大水乡大石村，还有更多的地方、更多的贫困孩子需要关注。大石小学已经从困境中解脱出来了，我们要做的不是锦上添花，而是雪中送炭。"

彭光芒还在天涯论坛上发了个帖，提出了自己的建议："我们准备把基金中一些没有明确指定捐助对象的善款集中起来，在贵州再物色一个急需捐助的困难小学，进行支援。是否可用这些未指明具体捐助对象的善款资助另外的贫困山区小学（不一定限于大方县），我们不能擅自作主，请广大网友积极发表意见。"

基金的工作人员也都认为，除了大方县大水乡，贵州还有很多地方、很多孩子需要"雪中送炭"，支教基金应该资助更多地方的更多人。然而，扩大资助范围又面临着学生资料收集方面的困难。大方县需要资助的孩子资料，都是由徐本禹负责收集的，而徐本禹的工作量太大了。再者，按照基金的规则，资助范围必须遵照捐资人的意愿，怎么办？

这时，一位热心人士给基金推荐了贵州开阳县毛云乡小湾教学点，基金工作人员去考察了一番，觉得可以考虑，便以"南湖青年"的名义在天涯论坛发了一个帖子，公开征求捐助者的意见——

自南湖居士的《两所乡村小学和一个支教者》帖子发布以来，社会各界纷纷伸出援手，一举解决了贵州省大方县大水乡大石小学178名孩子本学期的学费问题，该校的办学条件也得到大幅改善。10月份开始，网友们希望华农贵州支教基金能进一步项目拓展，是锦上添花，还是雪中送炭？基金选择了后者。

一位热心人士给基金推荐了贵州开阳县毛云乡小湾教学点。日前，基金工作人员赴该点进行了考察。

小湾教学楼上世纪70年代修建，木楼向左侧倾斜达15度，左侧基脚土坎悬空，同时加上木楼倾偏，地基下陷，部分柱子腐朽，椽皮断裂，楼枕脱枕，板壁迸裂等安全隐患，实属危房，已无修缮的价值。若修建砖混结构教室3间，办公室及教师住房2间，厕所1间，预计需9万余元，加上平整活动场地，共需9万余元。

基金先征求捐助者的意见，您是否愿意将资金用来修建该校舍？请您尽快与基金取得联系。

无论谁来修建这所校舍，都得抓紧时间，别让孩子穿梭在危险中。如果因为我们操作慢了几步，而出现……

在考察中，基金工作人员还听到了一个故事，小湾教学点差点被撤掉的故事。

两年前，开阳县教育局根据规划进行撤并试验，将小湾教学点撤并到晒金小学。撤并是为了集中力量办好学校，汇几校之力争取做大做强，把教学条件和师资力量提上来，以利于培养出更好的有用人才。初衷是好的，可是撤并半年后凸显出诸多问题。一是孩子们上学须经过一条小河，河不宽，十几米，却没有桥，存在极大的安全隐患，涨水后孩子就不能去上学了。二是路途遥远，有的小孩上学路途长达 6.5 公里，低年级小孩走这么长的路很不容易，干脆就不上学了。那段时间，学生流失严重，家长怨声载道，开阳县教育局只好恢复了小湾教学点。恢复教学点后，学生纷纷回校，辍学率为零。

对于该点的规划，当地有两个方案：一是将其建设成为仅设幼儿班和一、二年级的教学点，三年级以上的学生仍然到晒金小学就读；二是进行隔年招生。预计学生规模为 40 ~ 50 人。

基金工作人员公开征求捐助者意见后，很快就有爱心人士跟基金联系，表示愿意援建小湾教学点。于是，基金便开始筹备此事，让孩子们能早日到新校舍里上课。

6. 候选人

2004 年 11 月中旬的一天，徐本禹和赵汉奎去黔西县城办事。为了赶上客车，他们起了个大早，但没料到，跑县城的车坏了，他们只能乘三轮车先到化窝，再从化窝去黔西。

天空飘着细雨，冷飕飕的，他俩坐在一辆很破旧的三轮车上，跑起来尽管不快，却也增加了风速。赵汉奎来贵州的时间短，不习惯这里的气候，坐在后面缩着身子，双手放在两腿之间夹着，还是冻得浑身发抖。

在一个拐弯处，一位老人拦住了三轮车，也要到化窝去。老人背着一个补了好几块补丁的背包，头上戴着一顶已经黝黑的棉帽子，身上穿着一件很单薄的上衣，裤子上破了好几个洞，脚穿一双漏脚趾的胶鞋……老人的胡须已经花白，脸上刻着艰难岁月的痕迹，显得苍老而憔悴。

看着老人身上单薄的衣服，徐本禹心里很不是滋味。

在车上，另一位坐车的人与这位老人搭上了话，两人聊了起来。原来，他是在这里修路的，每天只有3元钱工资。他在这里吃不到苞谷饭，更吃不到大米饭，他一直煮面条来吃，没有油，只放些盐巴来保持体力。更让人难过的是，这每天的3元钱工资，施工单位一直拖了一个月还没有发。

徐本禹没有问什么，只是看着这位老人，听着他的说话。老人看起来有七八十岁的样子，可听他自己一说，才知道只有62岁，这不由让徐本禹想起了他的父亲。前些天，他父亲给他写来一封信，信里夹着二弟新房子的照片，其中有一张照片上还有他父亲。他看到父亲照片时，发现父亲变化很大，苍老了很多，心里很不好受。两年不见，父亲脸上的皱纹多了，也深了，背比以前更驼了。父亲忧郁的眼神望着远方，似乎有许多心事。照片上没有母亲，他猜想母亲的白发一定又增多了……

想到这里，徐本禹不由暗暗感叹：中国的农民太苦了，城里人的一顿饭就是他们一个月的收入，社会太不公平。

了解到老人的遭遇后，徐本禹很同情他，便想帮一帮他。可是，他不知道该怎么帮才好。琢磨来琢磨去，他想出了一个主意：帮老人交车费。

刚过炉山小学，老人就要求下车。徐本禹知道，老人身上的钱可能不宽裕，不想再往前坐了，想步行走一段。他对老人说："化窝还没到。上来吧，我帮你付车钱。"老人半信半疑，但还是听了他的劝，又上了车。

到了化窝，老人下车后仍要给师傅付钱。徐本禹说："不用了，我帮你付了。"

老人不相信，仍往很深的裤兜里摸钱。师傅不收他的钱，老人这才相信是真的。他感激地笑了，笑得很灿烂，连声说"谢谢"。

老人的笑让徐本禹感到很幸福，但看着老人远去的背影，似乎背负着艰难与沉重，心里又有些堵。他在心里默默地为老人祈祷，希望老人的余生能够少些生活的艰难，多些幸福和快乐！

就在这天，徐本禹听到了一个好消息。通过《贵州都市报》等媒体的推荐，结合网友、观众们的推举投票，他成功入选中央电视台"感动中国"2004年度人物候选人。

这时，徐本禹的事迹已经被30多家报纸、杂志、电台、电视台报道过。人民网在首页头条位置突出报道，《新京报》《南方都市报》等报纸用整版篇幅作了长篇报道，《中国青年》杂志更是打破常规，用10个版面作为封面专题进行了报道，被多家报纸转载。中央电视台、上海电视台、北京电视台、山东电视台、贵州电视台都以专题或栏目形式进行了深度报道。入选"感动中国"候选人的消息一出，中央电视台《东方之子》《面对面》《社会纪录》等栏目又都制作了徐本禹的专题，《光明日报》《中国教育报》《湖北日报》也进行了专题报道。

徐本禹的事迹感动了无数人，尤其感动了广大青年学生。全国各地网友，十多个国家的华人华侨和中国留学生，纷纷发来电子邮件，有的还在网上撰文，用真诚感人的语言，表达了对徐本禹的赞誉，称他为"新时代大学生的楷模""中华民族的脊梁"。

中央电视台"感动中国"年度人物的评选，用宽阔的视线、丰富的眼光、深邃的内涵、完善的方式，把目光伸向全国人的内心深处，在普通人中寻找那份深厚的感动。

徐本禹让人感动，但他能够"感动中国"吗？

20个候选人中，每个人的事迹都让人感动。单在贵州，《贵州都市报》推荐的另两个候选人，事迹也是催人泪下。其中一个也是支教者，就是前面我们提到过的王东灵。

王东灵被推荐为"感动中国"候选人时，还躺在安顺市人民医院的病房里。

早在2004年7月11日，王东灵就因车祸受了重伤，住进了医院。那天，她带着7个孩子到距中洞十余公里的宗地乡赶集，返回时坐上了一辆农用卡车。没想到，这辆车走到半路，不幸翻到了沟里，一名男乘客被当场压死，她也被货物砸伤，致盆骨粉碎性骨折。

这几个孩子大多没去过集市，王东灵想带孩子们出来看一看，给他们改善一下伙食。他们早上5点出发，到宗地乡时已是12点，她请孩子们每人吃了一大碗面条，还给每个孩子买了礼物，也给自己买了一个1元钱的铁摇铃。返回的路上，人货混装、严重超载的农用车行驶至宗地乡新赛村马路边组时，由于车上的人避让公路两边的竹林，致使左侧车轮压跨路基，侧翻下 4 米高的路坎。农用车四轮朝天，她受了伤，好在学生们大多没事。

当时，学生们都不知所措，蹲在地上围着她。王东灵躺在地上呻吟着说："你们快站起来，拽住我的手呀……"后来就昏迷过去，送到医院后才清醒。经过一段时间的紧急治疗，她又被送到安顺市人民医院中医科，在那里做康复治疗。

这次车祸，使王东灵的支教行为增添了几分悲壮色彩，客观上使她的名声更为响亮，也引来了更多志愿者。

由于王东灵的受伤，她支教的"洞穴小学"尚差老师。新学年开学在即，学校只能临时向社会招募王东灵的接力人。消息发布后，中洞小学名誉校长、贵阳市社区健康科学促进会会长彭为民共接到了省内外的 100 多个咨询电话，其中有 52 人报名去中洞小学支教，并都表示不要任何报酬。经过层层筛选，贵阳卷烟厂 48 岁的政工干部尹伊娜和安顺虹山轴承厂 27 岁的梁涛成为王东灵的接力人。

9 月 19 日下午，在紫云自治县教育局有关人员的护送下，尹伊娜与梁彬到达中洞小学。尹伊娜说："除了深受王东灵的精神感动以外，我平时就有为贫困地区的教育做点什么的想法，同时，我也希望通过自己的实际行动，唤起更多人对贫困地区教育的关注。"

在住院期间，王东灵的身体不能动，但她没有闲着。她一直在琢磨，支教和扶贫只是权宜之计，只有村民们富起来了，孩子们的学费才不用发愁。因此，必须帮村民们寻找一条致富路子。可是，中洞的村民们如何才能致富呢？一个偶然的机会，她把她的想法和安顺市扶贫办的领导说了，紫云县扶贫办的工作人员与王东灵交换了意见，初步决定帮村民们发展养殖业。

在医院里住了五个多月后，王东灵终于痊愈出院了。

12 月 3 日，是王东灵出院的日子。一大早，王东灵就在病房收拾好了行李，迫不及待地想回"家"——她日思夜想的中洞。中午 12 时许，紫云县宣传部、教育局的两辆车载着王东灵一行，向紫云进发。到达紫云后，已是下午，要去中洞时间已来不及，只能在县城住一夜。

4 日早晨，吃过早餐后，王东灵就乘坐宣传部安排的车向中洞驶去。中午 12

时许，车到了分路去中洞的打挠村。

接近路口时，有些晕车一直沉默的王东灵突然看到了几个孩子，分明是她的学生。车外右侧，几个学生紧随着车拼命奔跑，还不时地看着她笑，她认出了是学生高粱，便兴奋地大叫："高粱，你们慢点——"

车到了路口，王东灵发现路口静静坐着30多个村民，不由纳闷他们坐在这里干什么。这时，村民们都站了起来，纷纷向车这边靠拢，几名身着苗族服装的妇女有些面熟。她明白了，赶紧下车，与乡亲们相见。她认出来了，她的房东"九"（阿姨）、邻居大妈，还有几个学生家长，都来接她了。她们上前来，每人只说了一句话："来了……"便紧紧抱着她。她哭了，大家都哭了。

王东灵流着泪，一一和村民们打招呼。大家簇拥着她，给她拿来红苕和山芋让她品尝，有人还考她的苗语。人群中，不时爆发出笑声，流着泪笑。

随后，村民们拿出早已准备好的"滑杆"（简易轿子），让王东灵坐上去。原来，在得知王东灵要出院回中洞的消息后，村民们怕刚出院的王东灵走两个小时的山路吃不消，便连夜赶制了一副"滑杆"，要将王东灵抬进洞去。这天一大早，洞内的30多个村民和小孩就带着"滑杆"出发，来这里等着。苦等了4个多小时，才算等到她。

王东灵推让再三，还是被村民们扶上了"滑杆"。村民们轮流抬着她，一步步向中洞走去。

这是村民们对一个外乡人的最高礼仪。

两个多小时的山路，村民们一路挥汗，硬是将王东灵抬到了洞里。

听说王东灵到了，"留守"在洞内的众多村民纷纷出来迎接。男的笑着问候："王老师来了……"大妈刚亲热地用手拍她，场面热烈感人。

在重回中洞的当天，王东灵从一位同事口中得知，毕节地区威宁县龙街镇木槽村因意外原因有70多名小学生失学，就动了心。她觉得，不仅是中洞，贵州还有更多地方的孩子需要关爱，而且，一年来，社会的关注已经让中洞发生了巨变，木槽村应该比中洞更需要她。

的确，因为王东灵的支教，中洞成了贵州贫困地区的热点，很多单位和个人向这里伸出了援助之手。贵州省教育厅为中洞小学专门送去了电视机和远程教学设备；上海交大师生捐款援建了体系健全的中洞希望小学，使学生的数量得到大幅度增长，学校面貌也发生了很大变化；美国的志愿者博德投资 30 万元，架通了从山下到中洞的输电线路，紫云县政府为中洞送了电……

12 月 9 日，王东灵到木槽村考察，发现那里的情况果真像同事说的那样。木槽村 35 户苗族彝族父老，居住在海拔 2400 多米的大山上，没电没水，到山涧挑一次水往返要五个小时。更重要的是，因为教育布点等原因，村里的学校在不久前已被撤销了。因距最近的学校有着 4 个多小时的山路，再加上贫穷，村里绝大多数的孩子不得不辍学在家，天天割草、放猪、务农……她暗下决心，要到这里来，让这里的孩子享受到应该享受的上学待遇。

7. 在荣誉面前

在众多媒体的宣传下，徐本禹被越来越多的人关注，让越来越多的人感动。于是，赞誉像雪片一般飞来，荣誉也一个接一个落在他的头上。

2004 年底，徐本禹先后获得了贵州省毕节市"优秀共产党员"，华中农业大学"优秀共产党员""杰出大学生"，"星空联盟杯"贵州都市年度人物，中国教育在线"高校十大新闻人物"，新浪网"2004 年高校最具影响十大人物"，新华网"2004 年校园十大新闻人物"，"中国首届网络最经典焦点人物"……

面对荣誉，徐本禹会作如何反应？他在 12 月 21 日的日记里写道——

> 昨天，校团委的杨书记短信通知我，让我和沈书记到学校后，给全校学生作一场报告。我讲一个半小时，沈书记讲半个小时。我答应了。考虑到有很多事情要做，电视台要采访，湖北广播电台也要采访，还要把恒爱基金中的钱转到华农贵州支教基金中去……我越想越觉得事情多，做不完。于是，我给杨书记发了个短信，问他能不能把报告会给推了？我说我觉得有些累，而且我不想太招摇，希望能够理解。杨书记给我发短信说："非常理解。我知道现在你身心俱疲。然而，做报告是对你的师弟师妹的一种教育。十佳青年志愿者是水到渠成，而不是刻意炒作。有些事情是必须做的。"
>
> 我现在还是学校的学生，没有办法，毕竟团委的老师也很关心我，而且，这也是让学生参加志愿者活动，关心西部贫困地区的一种方式。我担心我在武汉的事情做不完，便想让团

委给我安排一个助手，帮我做一些事，这样时间就好安排一些。杨书记答应了我的要求。后来我想了想，这个要求是不是有点强人所难？其他人都有自己的事情，他们能抽出时间来吗？

......

下午，我把毕节地区授予我的"毕节地区优秀共产党员"的荣誉证书送给了安微微。我不想要这个东西，我觉得对我来说，荣誉只是一张纸，放弃荣誉则是一种解脱。发给学生，如果学生有心的话，对他们会有一定的激励作用，让他们更努力地学习，以后也做个优秀的人！

2015 年伊始，一项更大的荣誉又来了。

1 月 13 日，中央电视台给徐本禹打来电话，告诉他已正式入选 2004 年"感动中国"年度人物，要求他 16 日赶到北京参加颁奖典礼录像，同时让他通知沈义勇一起出席。

14 日中午，徐本禹从大石村出发，去大水乡政府与沈义勇会合，再一起去县城。他还是穿着他那件毛料大衣和沾满泥浆的牛仔裤，以及那双基本没干过的运动鞋。出发前，有人劝他换套像样点的，他尴尬地回答说："不怕你们见笑，我的确没有多余的衣服。就这件毛料大衣，还是母校学生处的处长送给我的。入冬以来，我的衣服只能晚上换洗，守着烘干了，第二天再穿上。这段时间一直下雨，所以一个多月没洗了。"

到了县城，他们住进一家宾馆。徐本禹一到房间，立即兴奋地像孩子似的："终于可以洗澡喽！"然后就进了卫生间，久久不出来。

徐本禹洗完澡，沈书记给他拿来了一堆衣服：崭新的外衣、内衣、毛衣、裤子、袜子、皮鞋……利用他洗澡的时间，沈义勇和大方县银监办的女职员黄映雪一起，去给他买来了这些衣服，大部分是黄映雪掏的钱。

"去北京领奖，还是要穿得像样点。"沈义勇说。

徐本禹默默点头，换上了新衣服。

当天晚上，大方县委书记沈晓春和县长李玉平设宴款待了徐本禹。席间，沈书记问徐本禹想不想家，他沉默了好半天才说："我都两年没回家了……"只说了半句，他就哽咽了，晶莹的泪水打湿了他的眼眶。

李县长为了活跃气氛，让大家高兴起来，唱了一首专门写给支教者的歌《彝

145

山杜鹃红》——彝山杜鹃红喽，饮酒脸像花样红；盛情融酒里呀，喝罢美酒心连心；明年杜鹃开喽，请你再回来，再回来……

李县长唱得很动情，徐本禹听得很用心，听着听着，他的眼泪又来了。

不知从何时开始，徐本禹的泪腺似乎变得发达了。他常常被感动得流泪，或者激动得流泪，一直流到了"感动中国"颁奖晚会的现场。

8. 泪流满面

2005 年 2 月 17 日，中央电视台揭晓了《感动中国·2004 年年度人物评选》最终结果。

经过三个月的评选，有将近 90 万人通过网络、信件、电话等各种渠道投了票，把自己心中的感动最终献给了奥运冠军刘翔、水稻之父袁隆平、人民公仆牛玉儒、女公安局长任长霞、青年志愿者徐本禹、为母换肾的田世国、飞机试飞员梁万俊、缉毒警察明正彬、艾滋病防治专家桂希恩、驻伊拉克前大使孙必干，而感动团体由获得世界冠军的中国女排获得。

当天晚上 8 点，中央电视台第一套节目隆重推出了盛大的颁奖晚会，以感动的方式重温了 2004 年的中国记忆。

"如果眼泪是一种财富，徐本禹就是一个富有的人，在过去的一年里，他让我们泪流满面。从繁华的城市，他走进大山深处，用一个刚刚毕业大学生稚嫩的肩膀，扛住了倾颓的教室，扛住了贫穷和孤独，扛起了本来不属于他的责任。也许一个人力量还不能让孩子眼睛铺满阳光，爱，被期待着。徐本禹点亮了火把，刺痛了我们的眼睛。"主持人动情地读完这段颁奖词，现场所有人和电视机前的亿万观众都被感动了。

徐本禹站在台上，百感交集，泪水像决了堤一样，止不住地往下流。

他流着泪发表了获奖感言——

学生写作文，写 2008 年的北京。有个叫杨勇的同学说，如果到了 2008 年，我一定去趟北京，去看看北京的平房，如果我能住一住北京的平房的话，那是多么幸福的一件事情。后来，我改作文的时候哭了，我对同学们说，如果有机会，我一定带他们到北京来看一看，让他知道北京不仅有平房，还有高楼大厦。这是我的一个愿望，我希望我能圆我学生的这个愿望。
……

尽管这两年的支教生活很苦很累，但是一想到有这么多关心我的人在身后支持着我，我真的觉得很幸福、很感动……

徐本禹纯真、质朴的话语，以及他脸上的泪，赢得了观众一阵阵经久不息的掌声。

很多人像徐本禹一样，泪流满面。

主持人敬一丹也流泪了。

远在山东聊城的徐本禹家，他的父母和全家人都坐在电视机前看电视。他的母亲徐三女看见两年没见面的儿子瘦了，也不由哽咽起来。她说："这孩子从小体质就不好，一直到两岁才学会走路，大了虽然长得高，但一直都很弱……孩子在电视上哭了，不知道他受了多少苦……他什么都不和家里说。"

徐本禹的泪水，赢得了无数观众的感动，又给他平添了数不清的"财富"——

网友"台天"说："刚刚看完，小徐老师哭得泪流满面，电视机前的我也哭了！"

网友"三月里的百合"说："含着泪看完，感觉确实就像媒体说的，他用自己稚嫩的双肩，扛起了不属于他的沉重。看着他说起他的学生，依然饱含热泪，一次又一次地对着观众鞠躬，双唇紧抿是为了不让自己痛哭失声。相信他的泪不是为自己获此荣誉而流，而是为他的学生，为这些善良的、帮助了他们的人们。这一刻，人性在体现……"

网友"映日荷花柯南版"说："真的很感动！我是个爱丢东西的人，也不节俭。但我会从今天开始，省下钱支助那些需要帮助的孩子。"

网友"心灵高贵的 Man"说："原来，为你感动，不需要做出多大惊天动地的事；播洒种子，传递爱心，学会关爱我们周围的人……我们不仅仅需要心灵上的震撼……"

网友"冰之龙"说："看到他在颁奖晚会上泪流满面时，我也忍不住落泪了。要是教育部门的人都有他这样的情怀，那中国的孩子们就有希望了！中国就有希望了！"

徐本禹像许多志愿者一样，在贵州的一个乡村小学支教，这本是很平凡的一件事。然而，他却用质朴得还带着泥土芳香的那份平凡，感动了千千万万的人们。他所做的事，绝大多数人都有能力做到，但差别在于，大多数人不想去做，或者说不是真的去做，而他却一直在做着，克服各种困难坚持做着。

"我愿做一滴水，我知道我很微小，但当爱的阳光照射到我身上的时候，我愿无保留地反射给别人。"这是徐本禹在日记里写的一段话。他是这么说的，也是这么做的，他反射的阳光和他点亮的火把一样，炫耀着观众的眼睛，净化了人们的心灵。

"感动中国"让徐本禹戴上了"明星志愿者"的光环，频繁的社会活动随之而来。

在北京参加完颁奖晚会的彩排和录制，回到大方不久，他又带着两个孩子到贵阳，参加首届"星空联盟杯"都市年度人物颁奖典礼。这次活动由贵州省文明办、贵州都市报、贵阳星力百货、中国联通公司贵州分公司共同主办，全省近4万人参与投票，从20名候选人中最后评选出了欧阳自远、徐本禹、徐恒、孟凡书、赵拴、邹市明、刘健、刘雍、袁智伟、魏红杰等10名都市年度人物。

"都市年度人物"颁奖晚会后的第二天，徐本禹又匆匆登上飞往杭州的飞机，领取"网络年度人物"奖。

从杭州回来，刚下机场，徐本禹就接到毕节有关部门的电话，请他参加一个报告会。正在吃午饭时，央视"焦点访谈"的记者打来电话进行采访。刚端上饭碗开始吃，又有电话打过来。吃过饭，电话一个接着一个，有请他作报告的，有要捐助学生的，直到坐上回大方的车，他一分钟都闲不下来……

此后，徐本禹不断奔波于不同的城市之间，开报告会、座谈会，在不同场合接受采访……全国各路媒体纷至沓来，单是中央电视台，就先后有"社会记录""相约""东方时空""面对面""同一首歌""焦点访谈"等栏目前来采访报道，凤凰卫视、北京电视台、上海电视台、东方电视台、河北电视台、聊城电视台以及《中国青年》杂志、《解放日报》《楚天都市报》等媒体的记者也先后来采访。这些采访少则几个小时，多则三五天甚至更长，刚送走一批记者，又有记者接踵

徐本禹在领奖台上

而至。

徐本禹太忙了，经常顾不上给孩子们上课，他觉得很愧疚："我是身不由己，这不是真的徐本禹，我更想回去教孩子们。"

为了给孩子们补上耽误的课，他不得不利用节假日，春节刚过就让孩子们回到学校。他也知道，用休息时间补课，对孩子们很不公平，但他"不得已，只能这样做"。

按预定计划，徐本禹在大石小学的支教工作很快就要结束了，他想尽量多的和孩子们在一起。他推掉了很多小的活动，商业活动从不参加，甚至有一家公司出几十万元让他做广告，他都推掉了。

能推的就推，但也有不能推的，那就是接待追随他而来的志愿者。几乎所有到大方的志愿者，都是冲着徐本禹来的。他要帮他们联系安排支教学校，关心他们的生活起居，有志愿者生病了，他也要抽时间去看望。尽管他很忙很疲惫，但他心里最关注最看重的，还是追随他而来的志愿者。按他自己的说法："我必须这样做，因为我曾尝到过难耐的孤独。"

徐本禹感动了无数人，尤其广大青年学生，他们纷纷行动起来，成为他的追随者。从这个角度说，他的努力带来了良好的社会效应，使更多人对社会尽义务、担责任，为社会做贡献。

因为徐本禹，贫困地区的教育受到了更多更广泛的关注。然而，我们不可能要求每个大学生都像徐本禹一样去乡村支教，我们仅靠这些志愿者也远远不够。西部、山区、农村的教育要发展，必须在政策制度上加以保障，加大硬件、人才、资金等投入……这有赖于国家的重视，全社会的支持。

9. "两免一补"来了

2005年2月2日，财政部、教育部印发《关于加快国家扶贫开发工作重点县"两免一补"实施步伐有关工作的通知》，规定对农村义务教育阶段贫困家庭学生实行"两免一补"（免书本费、免杂费、补助寄宿生生活费）政策。"两免一补"资金不得用于城区，不得用于农村比较富裕家庭的学生，也不得平均分配、轮流享受。中央财政从 2005 年春季起，将提高免费教科书补助标准，小学每学期每人 35 元、初中 70 元、特教 35 元……

其实，这项政策从 2001 年就开始实施了，由中央财政负责提供免费教科书，地方财政负责免杂费和补助生活费，但很多地方没有落实。2005 年，随着《国务院关于深化农村义务教育经费保障机制改革的通知》（国发〔2005〕43 号）、《财政部、教育部关于调整完善农村义务教育经费保障机制改革有关政策的通知》（财教〔2007〕337 号）的颁发，中央和地方财政统一安排"两免一补"资金 70 多亿元，资助中西部贫困家庭学生 3400 万人，才真正使贫困学生享受到了"两免一补"政策。

2005 年春季起，贵州省财政厅多方筹措资金，大力推进"两免一补"政策。对全省 88 个县（市、区、特区）农村义务教育阶段的 186 万名贫困家庭学生，提供免费教科书，免除杂费；对农村义务教育阶段贫困家庭寄宿生，补助生活费。

对农村义务教育阶段贫困家庭学生实行"两免一补"政策，是国家解决"三农"问题的重大举措，是促进农村义务教育持续健康发展的重要举措，对加快贫困地区脱贫致富步伐，加快农村义务教育事业的发展，具有十分重要的意义。

听到这个消息，在河南老家过春节的王东灵不再担心"中洞"学生的学费问题了，她可以放心地离开，去另一所更需要的学校支教了。

▷ 相关链接

　　为留守儿童办学的女大学生李灵，也曾感动中国。2002年，李灵从河南省淮阳师范学院毕业后，看到农村有大量留守儿童辍学在家，便用家里20多万元的积蓄办起了周口淮阳许湾乡希望小学。她"一切从零开始，从乡村开始，从识字和算术开始。别人离开的时候，她留下来；别人收获的时候，她还在耕作。她挑着孩子沉甸甸的梦想，她在春天播下希望的种子。"

　　重庆市开县郭家镇北斗村小学老师刘念友，每逢假期都会到镇上煤矿下井挖煤。直到2005年，人们才偶然知道，他挖煤挣的钱除了供儿女上大学外，还给自己班上的贫困生交学费、买学习用品、买新衣服，但他自己却天天吃白开水泡饭和咸菜。他的汗落进泥里，种下了孩子的希望，他无数次俯身拾起了贫困学生的求学梦。

　　湖北郧县罗堰教学点老师邹桂芬，在这个最偏远的教学点一呆就是三十多年，成了山旮旯里唯一的教师。从离学校最近的南化塘镇到罗堰教学点，需要先坐两个小时的船，在水库中走二十多公里，下船后还要步行两个多小时的山路，才能到学校。教学点紧挨着一条60米宽的滔河，是孩子们上学的必经之路，每到雨季或上游水电站发电放水，她总要接孩子过河。她在这里教了三十多年书，背孩子过河也坚持了三十多年。

　　绥中县背阴嶂小学校长齐玉民撑着一艘小船，在大水库上早晚无偿摆渡学生。老师本来就是个摆渡人，他不但在知识的汪洋里摆渡，也在学生上学的路上摆渡。为了学生能节约上学路上的时间，减少山路上的危险，他给学生们当了三十多年的义务船夫。考虑到船夫没有接班人，他决定退休了也要给学生摆渡到身体不支为止。

第六章

接力行动在延伸

徐本禹要回母校读研究生了，爱心接力行动在华中农大校园里展开，曹建强和田庚接过了"接力棒"。山东大学的王震受山东团省委的委派来了，毕节本地的杨璐锡也受贵州团省委和毕节团市委的委派来了……朱敏才、孙丽娜、陈晓明等志愿者也通过不同的途径来到了贵州。

1. 美丽"郁金香"

在外人看起来，王东灵已经是中洞的第 88 个村民。然而，让所有人想不到的是，王东灵在伤好之后，并没有回到中洞，而是去了另一个条件更差的小山村。

2005 年 3 月，王东灵绕过所有政府部门，独自来到了威宁县龙街镇木槽村支教。

威宁县有关领导从媒体得知王东灵到来的消息，都很重视，并对王东灵表示欢迎和感谢。威宁县委常委、宣传部部长马贤忠说："王东灵老师的可贵精神，我们要通过地区和其他新闻媒体大力宣传，让大家都来学习！"

威宁县教育局杜培智副局长说，根据上级部门关于教育布点的规划，为了集中师资力量和有限的财力物力、提高教学质量，木槽小学本来已经撤销了。但既然王东灵来了，撤了的小学也要重建起来。杜副局长还诚恳地反省："对于木槽村这种特殊情况，当时确有估计不足的地方。对照王东灵老师的事迹和精神，我们有太多的地方需要反思……我们都要向王东灵老师学习！"

木槽小学本来已经撤销，王东灵来了得以重建。从这个角度来讲，王东灵一来就挽救了一所学校。

王东灵来到木槽村后，很快就有一位美国人捐款 4 万元，由王东灵负责在那里盖学校。中洞的村民们都觉得，有朋友捐款的话，王东灵首先想到的应该是中洞。对此，王东灵解释说："木槽村比中洞更需要这份资金。"

王东灵为新学校命名为"郁金香小学"。郁金香的花语为博爱、体贴、高雅、富贵、能干、聪颖，这是她喜欢的，也是她对木槽小学的良好祝愿。可是，建起一所学校谈何容易，而且还要"负责"。

王东灵在家排行最小，父母疼、兄嫂爱，凡事不用操心，从不知"当家"有多累。因为要建学校，她才真切地感受到了"负责"的不容易。一贯不愿接受记者采访的她，对《河南日报》记者龚砚庆详细谈了当时的情况——

前段时间，经过多次联系，在北京的一位"老外"同意捐资 4 万元建校，但要求我先拿出用钱的"明细表"，然后才会把钱寄来。

原想着请县里、镇里帮忙联系个施工队，由施工队全权负责，但县里、镇里说钱在我手，由我全权负责。没办法，连块砖头都没搬过的我，只好硬着头皮"当家"了。

首先是找队伍。寨子里有人会建房，但只会建土坯房。我想要建个砖房，而且必须保证质量，寨子里的人干不了。镇上几家小"工程队"也不行，不是狮子大开口，就是嫌运输太难，始终不能确定下来。

其次是施工方案。县里让建成 6 间房，镇上说 8 间房最好，但我决定还是建 4 间。一是因为资金只够建 4 间；二是我想把钱用在保证房子的质量上；三是如果能省下些钱，还可以为学校添点教学设备，免得届时房子里"空荡荡"。

运输是我最发愁的事。路不成路，道不成道，只把砖、水泥等运上去，就不知要耗多少劳动力！

天天想事天天愁，才知"当家"有多累。不过，不管多苦多累，在我离开这里之前，我一定要把这座学校建起来！

一个看似柔弱的女孩子，离开舒适温暖的家，在缺水、无电、不通道路的深山苗寨义务支教，并多方奔走，为失学的孩子重建一座满载着希望的学校，这不能不让人肃然起敬。《三门峡广播电视报》总编辑孙振军撰文评价说："她终究是个可圈可点的人物。她所散发的光辉，无须拂去尘埃，就很灼目夺人。她是一个充满诗意的当代女性，是一个理想主义的实践英雄。"

2005 年 3 月 14 日，在全国青年志愿者工作会议暨中国青年志愿者协会二届四次理事会上，共青团中央隆重表彰荣获 2004 年度"中国青年志愿服务金奖奖章"，王东灵获此殊荣。

同时获此殊荣的，还有另外 35 位长期坚持参加志愿服务的志愿者，服务时间累计均超过 2800 小时。徐本禹也在此列。

2. 故土情深

在北京领完奖，徐本禹刚回到大方，就接到聊城市委书记郭兆信的邀请。郭书记让他回一趟老家，为聊城市机关干部、大中专学生作一场报告，顺便看看父老乡亲。

徐本禹已经两年多没回家了。回家，一直是他的一个奢望。刚来支教时，因为没有路费，春节放假他都没能回；后来有了路费，却又没有时间，除了各种难以推脱的社会活动，他还要抓紧时间给孩子们上课，他不想欠孩子们太多。然而，家乡领导的真挚邀请，父母的殷切期盼，又让他回家的愿望强烈起来。于是，他决定用一个双休日的时间，匆匆地回一趟。

3 月 18 日是星期五，准备同行的大方县委副书记黄光江及几名记者都想早上出发，徐本禹没同意。他要把上午的几节课上完，再从学校赶到贵阳，只能赶晚上的飞机去济南。

到达济南的时候，已是晚上 10 点多。

从济南到聊城，又用了一个多小时……

19 日上午 9 点，徐本禹为聊城市的 2000 多名干部、职工及学生代表作了一场感人的报告。在报告中，他深情地讲道——

> "我被评为'感动中国'十大人物，这个荣誉不是我一个人的，它属于我的家乡，属于支持我、帮助我的所有人。去年 12 月份，《大众日报》的记者王兆锋带着咱们市委书记郭兆信写的一封信，带着报社和镇政府赠送的文具，到贵州省大方县大水乡采访我。他是我支教后见到的第一位老乡，不由激动、高兴，我哭了……郭书记的信，我仔仔细细地读了两遍，心里感到非常温暖。郭书记在信中鼓励我'放心支教，有什么困难尽管说，家乡人民是你的

　　〈第六章　接力行动在延伸

徐本禹回家

坚强后盾。你父母和家里的困难，地方政府会尽力帮助解决的'。这封带着家乡人民深情的信，给了我巨大的力量。我觉得，不仅仅是我一个人在做这件事，而是勤劳、善良的家乡人民和我一起在做这件事。"

"我去贵州支教，最对不起的是我的亲人。王兆锋记者去采访我时，还带去了我家里人的照片，看到父母还在看着已有10多年的黑白电视时，我哭了。我从小由舅舅带大，舅舅终生未娶，每当想起58岁的舅舅拖着有残疾的腿，走街串巷磨推子，一天挣几块钱，我心里就像刀割一样。来之前，我看到弟弟的照片，竟然认不出他是谁……"

一小时的报告，徐本禹讲得情真意切，感慨万千，几次哽咽着说不出话来。掌声激荡，许多人被感动得泪流满面。

报告会结束后聊城市政府向徐本禹支教的贵州省大方县捐资20万元，东昌府区也捐款5万元。这两笔捐款将通过希望工程，在大方县修建一所"本禹希望小学"。

19日下午，徐本禹回到了东昌府区郑家镇前景屯村，这个他生活了18年的小村庄。为了山里的孩子，他已经两年没有回家了，在多少个孤独寂寞的日子里，他常常在想家的时候拿出家人朋友的照片，对着照片说说话，心里才会舒坦些。

徐本禹一下车，就被在街头等候的乡亲们围住了。父亲和舅舅拉着徐本禹的手，泣不成声。徐本禹挽着他们，在乡亲们的簇拥下，抽泣着往家走。大姑、二姑、五叔，每见一位亲人，徐本禹都要流一次泪。他家的屋里、院里很快挤满了人，他走到屋门口，对着满院子的乡亲说："我两年没回家，有很多话想说，但一下子又说不出来。谢谢家乡的父老乡亲。"说完，含着泪深深地鞠了3个躬。

院子里响起了热烈的掌声。

晚饭后，徐本禹踏着朦胧的夜色，来到村里最穷的景振亚老人家，硬塞给他200元钱。老人激动地说："孩子，过大年的时候，你爹给我送来了一袋子白面和一桶油。我听说是政府慰问你爹娘的，你家也不富裕，却送给了我。你现在又给我钱，让我说什么好呢？"

徐本禹的舅舅说："《大众日报》对本禹的报道，我硬着心肠好几次才看完，看完后我就病了。我没想到，孩子那么苦，但为国家出力，家里人全支持。国家给了他那么高的荣誉，我觉得他受之有愧。我既为他高兴，又感到很过意不去。"

深夜，乡亲们走后，徐本禹陪父母说了一会话。去支教后，他的很多情况他都没跟家里说，主要是怕父母担心。哪怕是得了奖，有了荣誉，他也不愿让父母知道，因为荣誉的背后总有很多艰难和辛酸。即使是被评上了"感动中国"人物，他也没告诉父母，父母还是从乡干部那里知道的，后来打电话问他，他才不得不如实汇报。

原来，1月18日中午，他的父母亲正吃午饭，忽然听到外面狗咬得厉害。他父亲跑出去一看，几个乡干部和当地一家媒体的记者来了。他们说是来报喜的，说徐本禹被评上了"感动中国"人物。突如其来的荣誉，让他的父母都有点纳闷。他们都没想到，远在万里之外的儿子因为善举，已经成了全中国铭记的人。

"我当时还想，你做了什么啊，怎么会有这么高的荣誉。"父亲徐则河说。

母亲徐三女附和："乡干部和记者告诉了我一些你的生活情况，我这才知道，原来我的儿子一直在那样艰苦的环境中工作。"

徐本禹向父母汇报了自己的工作生活情况。他告诉父母，领奖、录制电视节目、作报告、接待来访者，社会活动很多，占用了他太多的时间，影响了上课。他觉得很愧疚，总是尽量推辞，把更多的时间留给孩子们。此外还要家访、建贫困生档案、给好心人回信，每天凌晨1点前没睡过觉。9月份就要回母校读研究生了，他想利用好这几个月的时间，让更多的孩子得到帮助。

父母理解自己的儿子，但又心疼他，便你一言我一语地劝他别累着。父亲还说，虽然你现在出了名，在我们心里，和以前还是一样的。你也没做多大的事，只是帮了帮别人，可别太把这当回事了。

"对这些荣誉，我看得很淡。我只不过做了自己想做的事情。"徐本禹说。

父子俩心心相通，母亲则一遍遍提醒他注意身体，全家人都有一个共识，不能耽误了山里那些孩子的课。于是，徐本禹决定，在家只呆一天，早点回到孩子们身边。

第二天早晨起床后，徐本禹在村前村后转了转。他看到院子里除了那头养了十多年的驴，其他牲口都卖掉了。他还看到自家的土房子旁边那个大坑不见了，村东头百米见方的土堆也变成了一块平地。一问才知道，由于要给弟弟盖新房，必须把深达 5 米多的坑填平，父亲要给学生上课，母亲就独自赶着毛驴车，到村东头拉土填坑。他想象不出母亲一铲一铲地挖过多少土，来来回回拉了多少趟，不由一阵心酸。

吃过早饭，在家里待了不到 20 小时的徐本禹就与亲人告别，出发到孔繁森纪念馆参观，又去东昌府区参加捐赠仪式。

聊城市政府及东昌府区政府分别向大方县教育事业捐赠了 20 万元和 5 万元，"本禹希望小学"具体选址由徐本禹及当地相关部门决定。家乡人民的大力支持，让徐本禹感动不已，同时也感到身上的责任更重更大。

中午，匆匆用过午餐，徐本禹便离开聊城赴济南。他先从济南飞上海，又转飞贵阳，当天晚上 10 点到达贵阳。随后，他又乘坐大水乡政府的车，跑了 200 公里山路，连夜返回了大水乡。

3 月 21 日是周一，徐本禹准时站在了课堂上，给孩子们上课。

3. 从沂蒙山到乌蒙山

阳春三月，大石小学又来了一位支教老师。他匆匆而来，像个救火队员，又像个冲锋战士。的确，按照山东省团委的设想，他就是来紧急接替徐本禹的，让徐本禹支教结束后放心地回武汉读研究生。

他叫王震，山东沂蒙山人，来之前在山东大学文学院中文专业读大三。

2005 年 2 月底，"徐本禹"的名字在大江南北炙手可热，故乡的山东省团委却敏锐地发现了一个问题。徐本禹放弃读研究生的机会来支教，很快就要两年了，而大石小学又缺老师，如果没有人接替他的工作，到时他走不了怎么办？于是，省团委决定，在全省范围内选拔志愿者，赴黔接替徐本禹的工作。

省团委开展的这项工作，是和《济南时报》联合举办的，而王震刚刚在《济南时报》实习过一段时间，于是便在第一时间知道了这件事。实习时，正赶上全国媒体聚焦中央电视台的"感动中国"人物评选，他便更多地关注了山东老乡徐本禹。他觉得，徐本禹以一个大学生稚嫩的肩膀扛起了倾颓的教室，燃起了火热的温情，"感动中国"当之无愧。同时，他也为徐本禹的精神所折服，被大山里的贫困状况和教育落后的现实所触动，也萌生了毕业后去支教的想法。

听说这件事后，王震就想报名，可周围的同学都不赞成。因为，一般的大学生支教，都是在毕业以后，通过校团委的志愿者行动计划，统一安排支教去向，也有一些相应的待遇。而这次临时招募，对刚上大三的学生来说，面临着休学一年，算起来很不划算。

还有一个很大的困难，家里也不支持。他的家在贫困的沂蒙山区，家里还有两个妹妹在上学，父母希望他能早日工作或考研，有一个好的前程，能为家里减轻一点负担。

去还是不去？王震第一次独自面对生活的选择。因为时间紧迫，从展开招募到出发不过三五天的时间，根本不容许他犹豫考虑，必须迅速做出决定。

进退维谷时，他偶然看到了那句著名的诗："生活在远方"，顿时豁然开朗。是啊，什么样的生活才最有意义？生活在远方！他想，徐本禹艰难地跋涉在崇山峻岭间，那么孤独，不也活得好好的，活出了生命的意义。再者，徐本禹当时不是也面临选择吗？他能我为什么就不能呢？我所追求的生命意义，我所向往的支教生活，不就在那里吗？一年或许真的会发生很多事情，或许一年后我会处在一个非常尴尬的境地，但什么事不都是有得有失吗？如果前怕狼后怕虎，凡事畏畏缩缩，又能做成什么事呢？这样想着，他便下定了决心。

王震毅然报名参加了山东省赴黔支教志愿者的选拔，很快便脱颖而出。学校及院领导都非常支持，以最短的时间帮他办理了休学手续。

为了能顺利成行，他事先没有告诉父母，只告诉了他的叔叔。他的叔叔也曾是个大学生，能够理解他的选择，并表示了支持。直到临上车了，他才给父母打了个电话。电话另一头，母亲什么也没有说，泣不成声。

3月9日，王震与山东团省委书记、贵州团省委书记等领导一起，来到了大石小学，在这里进行为期一年的支教，正式成为徐本禹爱心火炬的接力者。

刚到大石时，王震很不习惯这里的生活。虽然徐本禹从外面买来几袋大米，可以煮米饭吃，但缺菜，他们顿顿只有土豆，很快就吃腻了，以至于他看见土豆就想吐，干脆只吃米饭。有人带包方便面来学校，他都当成最好的食品。

王震不适应的还有这里的气候。乌蒙山区终年阴雨，山间天天云雾缭绕，刚来时，感觉很美，可时间长了，老见不到太阳，心情就十分压抑。由于阴雨连绵，房子里十分潮湿，特别是被子潮乎乎的，有时用手一捏，竟能挤出水来，晚上睡觉时贴在身上，很难受……没办法，我只好生起炉子，白天把被子放在炉子边烤着。另外，他也遇到了徐本禹刚到狗吊岩时遇到的寂寞和孤独，这里不能上网，没有报纸，也不通电话，手机信号很弱，发个短信经常要跑到山顶上。好在工作很忙，寂寞的时间相对较少。

王震一开始工作，就要求尽量多地承担教学任务，尽管徐本禹还没走，但徐本禹社会活动多，太累了。当时学校只有5个代课老师，却有6个年级200多个学生，教学任务十分艰巨，他承担了语文、英语、数学等每周23节课的教学任务。

由于之前没有当过老师，王震不会用嗓子，上课没几天，嗓子就哑了。他还碰到了许多志愿者都碰到的困难——语言障碍，学生们大多说方言，普通话发音很不准确，给高年级上课，也只能像一年级那样领着他们读……

除了上课，王震还要帮助校长处理日常的学校事务。因为经常有人到这里来采访、调查，徐本禹不在时，他便负责接待工作，向外界介绍学校和当地情况。各地的捐助物资源源不断，他还要帮徐本禹处理这批物品，放学后经常要步行去乡政府领取整理，还要分发到各个小学。处理这些捐赠物资的工作量很大，有时候要忙到凌晨两三点，一到周末就一整天扎在仓库里。没有车，就用马驮，用肩扛，有时一个学校要几次才发完。马驮着物品在崇山峻岭间穿梭，浩浩荡荡，像中世纪的商队。

在山里走夜路，除了不好走，还有一定的危险性。有些地段的山路只有30厘米宽，一边是峭壁，一边是十多米高的悬崖，一不小心就可能掉下去。有一次，王震和徐本禹一起去乡政府，回来时已经晚上十点多了。他俩只有一个手电筒，因为看不清路，地形又复杂，徐本禹就跌到了路边的河里，眼镜都摔丢了。

4. 圆梦之旅

2005年4月的一个晚上，徐本禹在大水乡政府忙着给学生打印考试题，忙到了凌晨四点多。考虑到第二天还要考试，他顾不上睡觉，便启程回大石小学。路上，徐本禹一边走一边打瞌睡，坑坑洼洼的山路让他时而踩空，但清醒一会又打起瞌睡来。

新学期又过去了一半，离他结束支教的日子越来越近了，徐本禹心里有一种强烈的紧迫感。尽管他还在应付各种社会活动，但他再晚也要回学校，再累也要坚持给孩子们上课，他希望能给孩子们更多知识、更多快乐。

徐本禹还有一个最大的愿望，就是带孩子们到北京看一看。这一点，早在"感动中国"年度人物颁奖晚会上发表获奖感言时，他就表达过。但是，带孩子们去北京谈何容易，单路费就是一笔天文数字，他想不出哪里能出这笔钱。

正在徐本禹为这件事愁眉不展时，突然喜从天降。期中考试后的一天，他接到了一位名叫张晋川的爱心人士电话。张晋川在电话里告诉他，可以帮助他完成这个心愿，而且已经准备得差不多了。他兴奋得差点跳起来。

其实，早在颁奖典礼节目后的第二天，张晋川就通过"感动中国"栏目组联系上了他，向他转达了自己的想法。但当时他接到了无数的各种各样的电话，并没太放在心上，也没料到张晋川会在短时间内筹划这件事。而张晋川作为一个刚转业不久的海军军官，还保留着军人雷厉风行的作风，当晚就和几位要好的战友进行了商量，做出了自掏腰包、帮徐本禹圆梦的决定。

他们几经讨论，最终确定12人联合承办。这12人都是在北京工作的转业军人，之前大多相互认识，因为这件事情又走到了一起。他们各自慷慨解囊，凑了8万元钱，全部用于活动本身。

总装306医院的王彦是承办人之一，她自告奋勇负责孩子们的全程医护保障。她所在单位不仅特批她6天假期，还提供了一整套的救护药品，并特别承诺，一旦有孩子突发急重病，306医院将免费接治。北京三里屯一中的曹力校长无意中得知了张晋川的计划，立即申请参与，并主动要求负责接待孩子们食宿……

在电话里，张晋川与徐本禹商讨活动的步骤和细节，但大石村微弱的手机信号太不给力，很难保证通话的流畅。他们只能短信交流，但一条短信只能发70个字，要交流的东西很多，徐本禹有些迫不及待。

徐本禹带孩子们去北京

"我去趟乡政府吧！那里有电话和传真机，还可以拨号上网。"徐本禹说。

于是，徐本禹步行两个多小时，来到了乡政府，与张晋川详细讨论了北京之行的细节。

从这天起，徐本禹在备课、上课之余，就开始处理有关这次活动的琐事。由于担心过早透露消息影响孩子们的学习，他一直默默地准备着，直到4月下旬，离商定的时间还有20天时，他才向学生们宣布。

名额有限，最多只能是32个，要从200多学生中挑。让谁去不让谁去？选择的过程让徐本禹很痛苦。没办法，他只得制订了选择标准，一是高年级12岁以上，二是品学兼优。最后，30个高年级学生有幸入选，年龄从12至14岁。

"希望这能成为孩子们学习的动力。"徐本禹说。

为了不耽误孩子们的学业，徐本禹特意放弃了五一节假期，把活动期间的课调整到五一放假期间。

5月9日上午9点，徐本禹和王震带着学生们出发去大水乡，所有孩子都穿上了五一期间一位留学生捐献的崭新校服。中午12点到达大水后，徐本禹带着学生们挑选了新衣、新鞋、新发带和新的红领巾，让他们洗了澡、换了衣服。

10日凌晨，他们乘坐长途班车直接赶到了贵阳龙洞堡机场。但是，他们来得太早了，机场未到开门时间，他们只能从凌晨4时一直等到6时，才进了候机厅，办理登机手续。

上午8点，他们乘坐的CA4161航班正点起飞。三个小时后，安全降落在首都机场。

北京到了，而且是坐飞机来的。此前，多数孩子连县城都没有去过，更别提来北京了；多数孩子连火车都没坐过，更别提坐飞机了。孩子们兴奋不已，纷纷瞪着好奇的眼睛，四处张望。五年级的学生杨松还特意拿出家乡的乐器——笙，在机场大厅即兴吹奏了一曲《卖报歌》，引来了众多旅客的关注和赞誉。杨松大声说，回去以后，我要学吹《我爱北京天安门》。

当天下午，他们乘车前往活动的第一站——毛主席纪念堂。征得管理人员同意后，大巴直接从西门开了进去。

"不少地方一听是徐本禹，都一路绿灯，有些优惠措施我们甚至想都不敢想。"张晋川说。

远远地看到了天安门，徐本禹大声问孩子们："大家看看，你们画的天安门像不像？"

学生们纷纷驻足，认真地看天安门，目光里充满着好奇和满足。

11日凌晨3时，他们早早地来到了天安门广场，等着看升旗。他们还有幸参观了国旗班的宿舍，听战士们讲了国旗班的故事，并接受了国旗护卫队的签名赠旗。

几天里，他们参观了北京市内的几个著名景点，还去看了长城，孩子们都大开眼界。除了看景，给他们印象最深的，是在长城发生的感人一幕。他们遇到了一个老年旅游团，成员都是在山村工作了一辈子的老师。认出徐本禹后，老师们立即在现场给孩子们捐款，10块、20块，一会就凑了400多块钱。几位老阿姨说起山村的教育，忍不住流下眼泪，徐本禹也动情地哭了。老师们对徐本禹说："在你的身上，看到了我们的过去，也看到了山村教育事业的未来。"

5月15日，参观结束，徐本禹接受了《京华时报》记者的专访。他感慨地说："北京之行的预期目的基本实现了。把孩子带过来看了看，对北京有了一个大概的了解，开阔了孩子们的眼界。回去后，让孩子们把这次经历写下来，争取写出一些优秀的作文刊登出去，对他们也是一种鼓励。"

记者问徐本禹，怎么评价像王震这样的爱心接力者。徐本禹说："我非常感谢他们，虽然从没当面说声谢谢。希望他们有一颗平常心去看问题，也希望媒体多关注他们。"

徐本禹还提出一个问题，自发来支教的老师虽然有爱心，但爱心能坚持多久不好说，呆不下去就走了。这种老师的不稳定性，对学生是一种伤害。应该有一个约束，有一个框架，把这个事情规范化，让一份热血能够长时间地发挥热量。

徐本禹提出的这个问题，华中农大的领导和老师们也考虑到了。2005年5月，华中农大召开了党政联席会议，专门研究徐本禹回校学习后如何进行支教接力的事。支教行动从个人行为升级为学校组织层面，爱心接力的传递也随即在华中农大校园里展开。

5. 一座新学校

"六一"国际儿童节又来了。

这个儿童节相对于去年的儿童节，已经不可同日而语。大石村不用再发动全村捐款，"隆重庆祝"儿童节了，一座崭新的教学楼正式落成，为大石小学的孩子们送来了一份厚礼，也让学校的庆祝活动空前隆重。

6月1日这天，大石村洋溢着欢乐的气息，校园里更是一片新气象。新教学楼的前面，搭起了一个舞台，旁边即将弃用的木结构危房，已被绳子圈定了危险线，孩子们都穿上了好心人捐助的新校服，脸上都乐开了花。

华中农业大学党委副书记、副校长汪传信一行5人来了，共青团贵州省委常委、省青年志愿者行动指导中心主任马雷来了，大方县委书记沈晓春率领全县各级各有关部门负责同志都来了，新教学楼竣工庆典在这里隆重举行。学生们终于告别了透风漏雨、阴暗潮湿的木板房，搬进了崭新的教室。

新落成的教学楼有6间教室，两间教师办公室，完全能够满足200多名学生上学，志愿者每人都有一间宿舍，再也不用寄宿挤住。

竣工仪式后，孩子们载歌载舞，庆祝这个令他们终生难忘的儿童节。他们都知道，这座冠以华中农业大学校名的"华农大石希望小学"，是他们的老师徐本禹捧着一颗诚挚的爱心多方呼吁得来的，是在华中农业大学和省地县各级领导关怀关注下建成的，不知凝聚了他们多少汗水和辛劳，得来不易。

在仪式上，华中农业大学的汪传信副校长又给孩子们带来一个惊喜。他郑重宣布，华中农业大学将把这里作为大学生的社会实践基地，每年都将选派学生来支教……

"我的愿望终于实现了！我可以在新的教室里给学生上课了！为了这一天，我们等了整整一年！"徐本禹说。

更让徐本禹高兴的，是母校将组建研究生支教团，实施一项长期的支教接力计划。

徐本禹与同学们共庆学校竣工

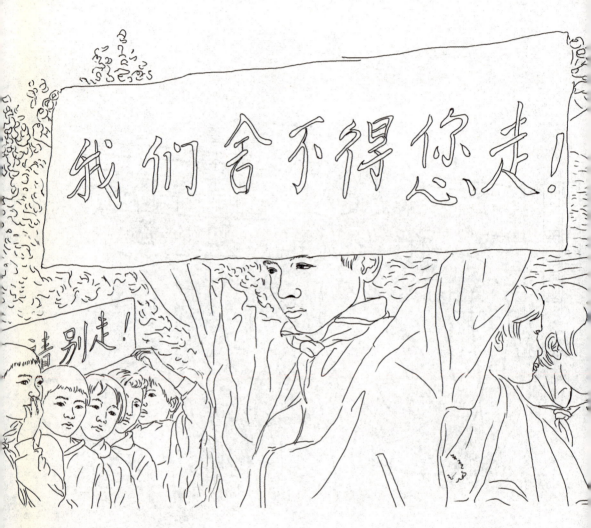

送别

2005 年 6 月，华中农业大学在全校范围内招聘支教志愿者，报名者众。在激烈的角逐中，经济管理专业的曹建强和法学专业的田庚脱颖而出。

7 月 12 日，曹建强和田庚来到了华农大石希望小学，接过了徐本禹手中的那支"接力棒"。

接力者来了，徐本禹却要走了。

2005 年 8 月 8 日，徐本禹给学生们上完最后一堂课，就准备离开大石小学了。

下课后，他站在讲台上，久久没有离开。学生们还不知道他要走，他怕影响学生情绪，一直没告诉他们，但现在必须跟大家告别了。他清了清嗓子，轻声说："今天是我给大家最后一次上课了。我走后，你们要听新老师的话，好好学习。要保持好卫生习惯，注意随手把校园里的纸屑捡起来……"他的话还没说完，几个学生已经趴在桌子上哭起来。

徐本禹也讲不下去了，只能宣布下课。教室里的哭声越来越大，走出门口的他也控制不住了。

当天下午，学校特地为徐本禹举办了一次欢送会。有学生给他画了画，有学生为他采来了野花，还有学生自己写了横幅，举在头顶，像追星的"粉丝"。横幅上写着"徐老师，您别走""我们舍不得您走"。学生们纷纷为他唱歌，边唱边望着他，边唱边流泪，他的眼泪也禁不住流下来。

"当时，我没有去擦拭，任眼泪自由地流淌。"徐本禹说。

学生王敏哭着唱了他最喜欢的歌，《在我生命中的每一天》：

看时光飞逝

我祈祷明天

每一个小小的梦想

都能够慢慢地实现

我是如此平凡

却又是如此幸运

我要说声谢谢你

在我生命中的每一天

学生与徐本禹话别

大水乡政府来接他的车来了，他与学生们挥别，转身上了车。车开动后，学生们跟在车后奔跑，他探出车窗，让孩子们回去，但孩子们还是一直跟着跑，直到他再也看不见他们。

徐本禹走了，还有王震在，曹建强和田庚又来了，毕节本地的杨璐锡也来了（受贵州团省委和毕节团市委的委派），华农大石希望小学的师资力量还是很强。

然而，在贵州山区的很多地方，仍然像一年前的大石小学一样，不仅条件很差，还很缺老师。退休在家的两位老人从电视里看到了这些情况，也决定也贵州支教了。

6. 外交官夫妇

2005年的一天，两位退休的老人在家里看电视。丈夫叫朱敏才，贵州黄平县人，曾是一名外交官；妻子叫孙丽娜，曾是北京一所小学的高级教师，也是北京最早一批英语教师之一。

电视里正在播放一个与教育有关的节目，镜头里出现了一位年轻的女教师，竟然背着孩子站在讲台上授课。作为老师和母亲的孙丽娜看到这一幕，深深地被触动了。她觉得，那位老师平时照顾孩子已经很辛苦了，还要带着孩子去上课，那里一定非常缺老师。"

孙丽娜做了半辈子小学老师，曾教过思想品德课、英语课，也当过少先队的大队辅导员，因所在的小学教师超编，她才提前退休了。看到这种情况，她觉得自己当老师还没当够，还想发挥余热，去为山区的孩子们做点事情。她立即和丈夫商量，提议一起去贵州山区支教。

朱敏才本身就是贵州人，年轻时毕业于贵州大学外语系，后来在国家对外经济贸易部（后合并为商务部）工作了近40年，从随员到三秘、二秘、一秘，再到大使馆经济商务参赞，先后到过十多个国家，在国外生活了17年。他见多识广，每每为家乡教育的落后而叹息，也早就想为家乡的教育事业做点事。

就在不久前，朱敏才还在电视上看到了"感动中国"年度人物颁奖典礼，深为徐本禹放弃读研去贵州支教的故事所感动。因此，听到妻子的提议，夫妇俩一拍即合，立即表示赞同。

然而，出乎他们预料，他们的计划一开始就遇到了困难。

他们先到相关志愿者协会进行了咨询，想请协会安排一所学校。一名工作人员告诉他们，协会要求志愿者不能超过45周岁，他们的年龄已远远超过，不能再安排去支教了。这盆冷水泼下来，夫妇俩都是心头一凉，但他们并没有放弃，而是自己行动起来，主动去找可以支教的学校。

他们通过各种渠道了解贵阳周边的学校教育情况，让亲戚朋友帮忙寻找缺乏教师的学校，但长达三个月的寻觅，也没能找到适合支教的地方。

"不行我们就直接去贵州，到省教育厅去问问，或者找当地的报纸电台帮忙。"朱敏才说。

孙丽娜举双手赞成。两人就直接收拾行囊去了火车站，乘火车赶往贵阳。到了贵阳，他们找到了一家报社，向记者表达了想去山区支教的想法。记者当即表示支持，写了一篇稿子登在了报纸上，并留下了他们的联系方式。

稿子见报后，他们很快就接到了电话，是望谟县刘兴吉县长打来的。刘县长告诉他们，望谟非常缺老师，希望他们能去望谟支教。尽管他们很快又接到了紫云、凯里等地政府和学校的20多份邀请，但朱敏才还是决定去望谟，毕竟刘县长是第一个打来电话的。

望谟县是国家级贫困县，位于贵州西南部，靠近广西，地理位置偏僻，交通不便。从贵阳到望谟，坐车要一整天，他们还是登上了赴望谟的车。

8月底，他们来到了望谟县，被安排在复兴镇第二小学（明望小学）支教。一到学校，他们便立即投入到工作中，开始为孩子们上课。

条件艰苦老两口已有心理准备，可当地的落后超出了他们的想象。他们住的是一间10平方米的小屋，里面只摆放了一张破旧的床、两张放教材的旧课桌、一台小电视机和一个布衣橱。房间的背后，搭了个既透光又透风的棚子，他们买了个电磁炉在那里做饭……

退休前，朱敏才曾是中国驻尼泊尔大使馆的参赞，经常穿着笔挺的西装，坐着有专职司机的奔驰车，出席各种政要名流云集的高级宴会。即使在退休后，他们在北京二环内的家也是温馨舒适，每天还可以到北海公园走走，到景山旁边跳跳舞、唱唱歌。但他们为了山里的孩子，把这些都放弃了。

几乎和他们同时，南京中医药大学一名应届毕业生也往贵州而来。他与众不同的是，家庭条件很好，家里已经找好了工作，却也毅然放弃了。

7. "富二代"支教者

他叫陈晓明，1982年出生于江苏省东台市新街镇双洋村2组。和徐本禹不同的是，他的父亲陈杏华经营着一家小造船厂，收入相当可观，家境相当殷实。按时下的说法，他应该算是一个"富二代"。

陈晓明是独生子，天资聪颖，好学上进，还很喜爱读书，尤喜文学和哲学类的书。小学和中学，陈晓明的成绩都很好，一直是老师和家长眼里的好学生。2001年，他以优异的成绩考入了南京中医药大学，更是赢得了众多的羡慕和恭维，父亲也深以他为骄傲。

大学里，陈晓明学的是父亲一手帮忙挑选的药学专业。可是，他并不喜欢这个专业，觉得学着没什么意思，对未来也很迷茫。

在郁郁寡欢中，陈晓明完成了四年的学业，成绩很优秀，英语也过了6级。以其学业资质、形象气质，再加上父亲广泛的人脉，找一个不错的工作应该没多大问题。好运似乎把他需要的一切都准备好了，只等他伸手去拿。

然而，学校食堂门口的一幅海报却改变了陈晓明的人生。他看到海报上写的"西部志愿者"几个字时，顿时感觉好像有一片流星"呼"地从脑海里划过。西部，对于当时的他来说，还只是一个相当模糊的概念，但在潜意识里似乎又有一种强烈的感觉。那种感觉提醒着他，在那块贫瘠的土地上，正埋藏着他所追寻的梦想。

就在那一刻，陈晓明立即做出了去西部支教的决定，并很快去校团委报了名。但是，等待他的是一片反对声。

有人对他说："你不为名，不为捞取政治资本，去西部支教干吗？"

有人特意拿来一张《金陵晚报》，让他看一篇题为《南京女孩申请留教云南山区》的报道，借以"开导"他："这个姑娘留在那儿，连男朋友都没了。你去西部，女朋友怎么办？你父母养你不容易，能同意你去山沟支教？"

有人说得更难听："你书读多了吧？那么天真！到贵州能赚几个钱？"

父母当然也不同意，找出了很多理由劝儿子放弃去西部的打算。什么山高路远呀，回来找工作难呀，那里"荒贫""人心险恶""与世隔绝"呀……

陈晓明看上去像是文弱书生，内里却极其刚强，想定的事情九头牛也拉不回来。不管父母怎样的反对，或劝或喊，甚至哭哭啼啼，还是没动摇他的决定。大学时谈的一个活泼秀美的女友，听说后也不同意，娇滴滴地哭了几次，他也没妥协。女友以分手威胁，他说："如果不支持我，那就拉倒吧。"

说服不了父亲，陈晓明又不想改变自己的决定，只好"先斩后奏"。2005年7月的一天，陈晓明踏上了奔赴贵州的火车，才打电话告诉父亲。

"当时，我没告诉父母具体的动身时间，直到上了火车，才打电话告诉了他们。他们情绪很激动，但木已成舟，他们也无可奈何……"陈晓明说。

陈晓明来到贵州省榕江县，被安排到月亮山区计划乡的计划中学任教。

月亮山地区经济比较落后，学生基础差，工作难开展，就连本县的教师也不想去，他却主动来了。

在计划中学，陈晓明带的是初中英语课，一开讲就遇到了意外的困难。计划乡是一个以苗族为主体，水族、土家族等民族聚居的少数民族乡，少数民族占全乡总人口99%，他们日常交流几乎全部用苗语，"官方语言"多用榕江方言，能听懂普通话的人很少。这里的学生几乎都听不懂普通话，对英语更是一窍不通。

为了尽快适应这里的生活，更好地与乡亲们交流、给学生上课，陈晓明决定入乡随俗，尽快学会苗语。在学校，他跟学生学习苗语；节假日，他走村串寨与乡亲交流。他用拼音将苗语的发音记下来，有空就不停地背诵。可能是他有学习语言的天分，也或许是他勤奋努力的结果，短短的一个月时间，他居然能说很多苗语了。3个月后，他不仅能用苗语同乡亲们交流，还将苗语引入英语课堂辅助教学，创造性地实行普通话、英语、榕江话、苗语的"四语"教学。原来学生们最不爱上的是英语课，在陈晓明的引导下，大家都渐渐对英语产生了兴趣，英语成绩也逐步有了提高。

陈晓明来贵州支教，不仅没有得到家人的支持，也没有得到老师和同学的理解。就在这样近乎众叛亲离的情况下，他仍坚持自己的信念，义无反顾地来了。更让人想不到的是，他支教一年后没有离开，而是主动申请留了下来，还与当地一个苗族姑娘结了婚……

陈晓明要用自己的未来，带给山里孩子不一样的明天。

8. 让学校变成温暖的家

2005年8月的华农大石希望小学，虽然有了新教学楼，但校园仍像一个还没完工的大工地，操场和道路上满是泥土和沙石，周围长满杂草，垃圾随处可见……

然而，学校经费紧张，不可能再请人平整校园、打扫卫生了，老师们只得自己动手。

曹建强、田庚、王震等立即行动起来，高年级的学生也纷纷参与，从家里带来了背篓、锄头、铁锹等工具。每天放学后，师生便一起投入劳动，干得热火朝天。平整好土地，他们还在校园里植了一些树，种了一些花，还开垦了一块小菜园，校园变得越来越漂亮。

校园美了，住宿条件也改善了，可生活还是很艰苦。学校没有食堂，老师们只能简单地煮点米饭，再煮点土豆当菜，勉强填饱肚子。而学生们由于来回路途

学生们正在新食堂里就餐

较远，不便回家吃午饭，中午都要饿着肚子。在这里短期支教的华东政法学院二年级学生殷浩哲发现了这个问题，并写到了她的日记里——

> 到吃午饭的时间了，王震远远地招呼我过去洗菜。我兴致勃勃地跑过去，却发现只有土豆。王震看出了我的惊奇，解释道："毕节地区的主食就是土豆和玉米，当地称土豆为'洋芋'。我们吃的所有东西，都是家长让孩子们从家里带来送给老师的。有时也会有西红柿、绿辣椒和鸡蛋，但这种情况很少。现在知道了吧，我们每个周末去乡政府食堂补补油水是一件多么快乐的事情！"
>
> 很快就开饭了，一盆炒土豆，一盆煮土豆，都是超大号盆子，只放盐和少许的油，可谓"清炒""清煮"。大家围坐在桌子旁，就着米饭狼吞虎咽。孩子们在远处的土堆上张望着，王震又一次向我解释："孩子们是不吃午饭的，主要是因为家远，来不及回家。孩子们大多有胃病，上课的时候很多孩子的胃就会疼。王昌茹老师曾经搞过一个'午饭工程'，目的就是让大石小学所有的孩子都吃上午饭，可惜没有成功。"我望着眼前的米饭和大盆的土豆，说不出话来。

为了解决自己的吃饭问题，也让孩子们中午有饭吃，王震、曹建强、田庚商量，决定在学校里建一座食堂。

校长王成范听说后，自然大力支持。他说："之前也有人提过建食堂的想法，山东的一位张阿姨还捐了钱，但一直没人行动。"

说干就干。他们立即行动起来。张阿姨捐的建厨房的经费是 2000 元钱，要建一间像样的砖瓦房显然不可能，只能建成土坯房。这是个技术活，他们都不会干，只能请来了村里的泥瓦匠——五年级学生杨飞的父亲，又请了一个木匠，做了个简易的木门。做房梁要用木材，他们就上山自己砍，用两天时间砍了好几棵。

厨房的架子搭好了，上面的檩条和石棉瓦要自己铺。一天下午放学后，老师们一起把砍来的树刨了皮，用绳绑好，拉到房顶上做房梁。每棵树都有两三百斤重，往上拉要费很大力气，小伙子们齐心协力，总算把房梁拉到房顶上。王校长和姚老师在上面固定好檩条，又在檩条上固定了 24 块石棉瓦，一间小房子便搭成了。

食堂搭好后，学校专门开会讨论了食堂的运行问题，原则是既能让学生吃饱，又能让家庭承受得起。讨论的结果，让学生回家拿粮食，学校免费加工，每个学生每周拿 1 斤玉米面，2 斤土豆，就可以吃五天的午饭。这种方式大家都能接受。他们又从村里请了一位退伍炊事员当厨师，食堂便开始运行了。

做饭用的薪柴由吃饭的学生上学路上拣，每班轮一周，学生们积极响应，薪柴总是用不完。

这座简易的食堂，是大方县第一个村小学食堂，也是贵州山区第一所独具特色的乡村食堂。

食堂开始第一周，吃饭的就有 70 多人，后来陆续增加到 100 多人。由于条件有限，他们每天吃的都是单一的玉米粥和土豆丝，做不到营养搭配，但他们能吃饱，下午不至于饿着肚子上课了。

为了活跃学生们的文化生活，田庚提议建一个"红领巾广播台"，并很快付诸实施。广播台的硬件设备很简陋，只有一个扩音器和一台带 CD 的录音机，却也办得有声有色。

广播台设置了校园短播、文学欣赏、音乐时空、生活小百科等四个栏目，通过各班主任推荐加面试，从三年级以上学生中招聘了一名台长和若干播音员，学生们热情很高。

田庚和曹建强对学生们进行了简单地培训，主要教他们如何使用扩音器和录音机，如何利用图书馆搜集资料，怎样练习并使用普通话播音，他们就高兴地上岗了。播音时间定在中午 12 点到 12 点 40 分，学生们正好边吃午饭边听广播，一举两得。

为了培养学生们的情商，他们还在学校成立了各种兴趣小组，为学生提供展示自己的机会。他们把每天下午的最后一节课定为课外活动课，让学生们走上篮球场和乒乓球台边，走进图书室和棋牌室，指定专门的老师做指导。在兴趣小组每天组织活动的基础上，平均每两周组织一次文体比赛，检验他们在课外活动课上的进步。

这一系列的举措，给华农大石希望小学带来了很大的变化，学生的精神面貌焕然一新。2005 年 11 月，徐本禹回了一趟大石小学，看到学生纷纷走到他面前给他敬礼，问"徐老师好"，他惊讶之余，心里有一种说不出的感动与快乐。

〈第六章　接力行动在延伸

徐本禹虽然离开了大石，但一直关心着这所学校的发展，关心着山里的孩子。回到华中农大后，他一边攻读农业经济管理专业研究生课程，一边继续从事志愿服务，并牵头整合了以前的支教机构，成立了一个更科学更完善的志愿者组织。

9. 红杜鹃爱心社

徐本禹回到华中农业大学读研后，很珍惜难得的学习机会，但仍放不下助学的事情。他常常去"华农贵州支教基金"的助学办公室做志愿工作，到很晚才回来。其他同学都已进入梦乡，他才挤出时间看看书，一般凌晨一点才睡。由于长期熬夜，他的健康状况不太好，尤其是在贵州得的胃病，动不去就会疼，但他还是放不下。

2005年底，他被评为"全国十大社会公益之星"，并去北京人民大会堂领了奖。能领到这个奖，并与其他著名公益人士交流，让他对公益事业有了新的认识，对大学生如何投身公益事业有了新的思考。他觉得，大学生虽然没有经济实力，但有知识、有热情，完全可以采取不同的方式关心他人、回报社会，承担扶贫济困的责任。他认为，一个人做公益事业的多与少，不在于他捐款多与少，而在于他的爱心有多少。

回到武汉后，他投身公益事业的热情更高了。然而，如何推进这项事业的发展，让更多的大学生也投入进来，并从中找到快乐和幸福。他和几位老师同学商量后，决定成立一个社团组织，有计划地开展一些公益活动，更好地为山里的孩子谋福利。

徐本禹给社团起了个名字叫"红杜鹃爱心社"。起这个名字的理由，主要是因为一首名为《天边边那树红杜鹃》的歌。这首歌是湖南省株洲市第二工人文化馆的江晖与词作者夏劲风专门为徐本禹创作的，被华农大石希望小学用作他们的校歌，几乎每一个大石的孩子都会唱。这首歌婉转悠扬，欢快清脆，他很喜欢。回到武汉后，这首歌的旋律也经常在他的耳边回响——

弯弯的小路弯上了天边边
悠悠的白云挂在天边边
天边边那树红杜鹃
默默地开过了多少年

金色的太阳爬上了天边边
火红的朝霞燃烧在天边边
天边边那树红杜鹃
悄悄地开成了一大片

天边边那树啊红杜鹃
映红了山里人啊这张脸
天边边那树红杜鹃
告诉我们现在是春天

　　起这个名字还有一个原因，那就是红杜鹃的象征意义。乌蒙山区是杜鹃花的家园之一，贵州杜鹃独具花大、树大、色艳、造型奇美等特色。那里的土壤虽然贫瘠，却阻挡不了杜鹃花顽强的生命力，每年春夏，满山杜鹃花尽情怒放，灿若云霞，唤起人们对美好生活的向往，让人们自强不息、顽强拼搏。杜鹃花的花语是"永远属于你"，也可以让社团成员始终不忘那片山，给爱心一个奉献的方向。

　　基于这些考虑，红杜鹃爱心社也就有了宗旨：支教助学、扶贫济困、奉献爱心、服务社会。它将接受共青团华中农业大学委员会领导，旨在弘扬"奉献、友爱、互助、进步"的志愿者精神，依靠全体师生，并动员社会力量，共同致力于解决西部贫困地区师生及社会各类病弱残青少年儿童的教育、生活等问题，是一个纯公益性的学生社团组织。此前成立的"华农贵州支教基金"职能类似，合并到红杜鹃爱心社。

　　2005 年 12 月，"华农贵州支教基金"正式更名为华中农业大学"红杜鹃爱心社"，同时升级为学生社团，徐本禹担任首任社长。

　　红杜鹃爱心社成立后，他们除继承"华农贵州支教基金"的优良传统外，还积极吸纳校园内外热衷公益的好心人士，壮大社团力量，拓展活动范围。他们立即开展了一系列支教助学、帮危扶困的项目，包括资助贫困学生、培训乡村教师、援建希望小学、医治患病师生、建立爱心书屋等，还发起了社会调查、社区服务、关爱盲童等活动。这些社会公益活动形式多样，内容丰富，极大地调动了大学生参加公益活动的积极性，帮助了一批又一批需要帮助的人，尤其是山里的孩子们。

　　自此，华中农业大学的校园里，一束红杜鹃开始了持续的怒放。

▷ 相关链接

2005年8月5日　财政部、教育部印发《国家助学奖学金管理办法》。为进一步加大资助高校贫困家庭学生的力度，经国务院批准，从2005年开始，国务院每年出资10亿元设立"国家助学奖学金"。

2005年8月19日，第七届研究生支教团出征仪式在郑州大学举行，440名研究生支教团志愿者奔赴西部基层，到中西部19个省57个县开展为期1年的支教志愿服务工作。

2005年12月23日　国务院召开常务会议，研究加强农村义务教育和深化农村义务教育经费保障机制改革问题。会议要求各地区、各部门切实把农村义务教育摆在优先发展的战略地位，努力解决制约农村地区普及九年义务教育投入问题，保障农村义务教育持续健康发展。

2005年，"教学美国"公益团体招募优秀应届毕业生去贫困地区支教，共收到来自耶鲁大学、哈佛大学、达特茅斯学院等著名高校的17350名应届毕业生的申请。

2005年前后，国内先后成立了许多支教助学公益团体，比较著名的有：四川萤火助学志愿服务中心、百蹊助学网、麦田计划、西部雏鹰助学网、手牵手爱心联盟、常青藤公益等，主要以筹集资金爱心助学助贫为目标，开展爱心援助、物品捐赠等各项爱心活动，资助贫困地区儿童就学。

红杜鹃映红了这片天

除了华中农业大学研究生支教团，在贵州支教的团队和个人还有很多。他们都怀着一颗爱心，在一个个偏远艰苦的学校里辛勤工作，把自己的知识传授给学生，不遗余力地帮助孩子们。他们正像贵州满山遍野的红杜鹃，在荒凉贫瘠的土地上尽情怒放，红艳如火，映红了这片天，映给了孩子们的脸。

1. 华中农大"接力棒"

2006 年 6 月，曹建强和田庚在华农大石希望小学支教即将满一年，回武汉已经进入倒计时。还能为孩子们做点什么呢？

他俩一商量，决定在临走前给校园增加一点靓丽。他们跟母校的经管土管学院团委联系，让学院帮忙选派一名有绘画专长的学生来大石参加社会实践。于是，教学楼的水泥墙上，出现了一幅幅精美别致的卡通画。

支教结束时，他们在校园里栽的花已经开了，种的草也绿了，水泥墙壁也充满朝气了，学校已然成为山里最漂亮的乡村小学。

除此，曹建强还留下了一句支教感言："我们在大方，我们走得正；我们在大水，我们心地善；我们在大石，我们骨头硬。梦圆贵州，终生无憾！"

曹建强和田庚回到华中农大，张进、董桥锋和秦丽接过了他们递过来的"接力棒"。而且，这时的华中农大已经被纳入团中央、教育部实施的中国青年志愿者扶贫接力计划，又多了一分责任和使命。

大石村的生活条件比较差，大家都有思想准备，但用水困难却出乎他们的意料。山里不缺水，他们平常吃的水就是从山顶上挑来的，但挑一次水很不容易，

让学校变成美丽的家

大家用水便很节俭。由于缺水，孩子们根本没有"饭前便后要洗手"的概念，甚至好长时间不洗脸不洗手，只在下雨后用地下积攒的雨水简单"打理"一下。

三位志愿者看在眼里，便计划着改变。他们叫上王成范校长，扛着铁锹，拿着塑料管，走上崎岖的山路，到达了山顶。他们从山顶的水源处开始挖，一直挖到学校，挖成了一条小小的沟渠。他们把塑料水管埋进沟里，形成了一条小型输水管道。水顺流而下，流进了校园，孩子们终于用上了安全方便的"自来水"。

董桥锋学的是园林植物与观赏园艺专业，他特意用所学的知识为校园进行了设计改造，让校园变得更美了。

为了丰富孩子们的课余文化生活，他们举办了华农大石希望小学的首届文化体育节，组织了拔河、歌咏、跳绳、乒乓球、书法和绘画比赛。孩子们都积极参与，校园里不时传来欢声笑语。秦丽还给学生们编排了舞蹈《士兵小唱》，参加了大水乡各小学之间的交流活动，赢得了满场的喝彩。在这次活动的 14 个子项目中，华农大石希望小学一举夺得 11 项冠军。

第三棒仍是三位大学生：周宏、张青林、石晓欣。

"我读大一时，本禹回学校作报告，我站得老远，含着眼泪听完。临毕业时，学校招募支教接力者，我毫不犹豫就报了名。"石晓欣说。

到了大石，开学的第一天，周宏就发现了一个问题：孩子们都没有个像样的书包。有的学生用自制的布袋子当书包，有的用塑料袋装书，有的干脆就抱在怀里。当时，他鼻子一酸，决定想办法送孩子们一个书包。

孩子们放学后，周宏把张青林和石晓欣叫到一起，讨论如何解决孩子们的书包问题，一直讨论到深夜。最后，他们决定发动社会力量，给孩子们募集书包。在他们的不懈努力下，300 个新书包很快就募集到了。

丁洁、丁记峰、周磊、史东伟、施世明是第四棒，这次他们来了五个人，实力几乎增强了一倍，但他们又有新的任务，增加了"本禹希望小学"支教点。

施世明在大学里学的是植物保护专业，给孩子们上课时，他就把自己的专业知识结合进去。一次讲语文，课文里描写了柚子，有学生提问："柚子可不可以吃？"他从植物学的角度给孩子们介绍了柚树及果实柚子的特征，并利用十一长假去了一趟县城，给孩子们买回几个大柚子，让孩子们亲口品尝这种水果。

丁洁为了照顾一个十岁的智障孩子，忽视了自己双手的冻疮治疗，以致手指溃烂，指甲坏死脱落，险些截指。代价很大，但她的收获更大，智障孩子终于说出了人生的第一句话。

这个智障孩子是二年级的樊金海，丁洁刚来时，樊金海只能发出"咿咿呀呀"的声音。班上的学生对她说："老师，樊金海是个傻子，他不会说话。"

还有个学生说："老师，他乱拿别人东西。"

她不但不去批评樊金海，反而呼吁同学们关心他、帮助他。她对孩子们说："樊金海没有爸爸妈妈照顾，我们是不是应该给他多一些关心呢？大家愿意帮助他吗？"

"愿意！"孩子们异口同声。

经过大家的共同努力，樊金海终于开口说出了第一句话："杨廷旭，小刀借。"他是要找杨廷旭借小刀，开始不乱拿同学的东西了。

有时，他还会主动走到丁洁面前，叫一声"老师来了！"

每每这时，丁洁都激动不已。

第五棒增加到七个人，分别是徐小伟、田甜、俞芳、张春丽、姬胜玫、陈立和张钢仁。其中，陈立和张钢仁是到本禹希望小学支教。

这年，西南地区遭遇了百年不遇的大旱，志愿者们遇上了之前从没想过的没水的日子。元宵节晚上，他们特意买来了汤圆，却没有水煮，只得跑到附近村民家里借了一点，到晚上九点多才吃上。

面对前所未有的困难，队长陈立向母校汇报了情况，想通过募捐为乡亲们修一个水窖。华中农大在校园里发起了募捐，很快就募集到了十万元的爱心捐款。他们立即用这笔钱修了水窖，缓解了当地的吃水难问题。

在一次统计中，他们发现留守儿童占在校生的一半以上，便有针对性地给予更多关爱。有一个小男孩的父母在外打工，外公年纪大了，眼睛又不好，基本处于没人照顾的状态。田甜发现他平时话不多，性格比较内向，经常会无故打别人一下，便意识到他可能是想引起别人的注意。于是，她便特意关注他，经常让他

丁洁在给学生上课

做一些小事情，做好了就给予表扬。渐渐的，他做事越来越认真，上课回答问题也积极了，成绩也有了很大的提高。

第六棒支教者是严文高、周豪、葛俊、崔鲁宁、宗明绪、赵峰和张威威，他们在贵州的支教地成立起了"研究生支教团党支部"，定期开展组织活动，更好地践行了大学生党员的责任和担当。

由于留守儿童的相继增多，这些孩子的思想不够稳定，很容易受家庭的影响而放弃读书，追随父母或外出打工，"控辍保学"成为这批志愿者的重要工作。蒙希（化名）是一名五年级的学生，活泼聪明，勤奋努力，却经常不来上课，随时有可能辍学。志愿者通过家访了解到，他爸爸常年在外，妈妈也出走未归，爷爷奶奶年龄又大了，他只好经常在家帮爷爷干农活。知道情况后，志愿者就靠上去帮他，劝他重返课堂，终于把他从辍学边缘拉了回来。这一年里，他们把四名打算辍学的孩子拉回了课堂，使全校无一名辍学学生，令全乡的其他学校刮目相看。

第七棒支教者是胡益波、赵晓晓、李锦锦、罗欢、刘小庆、李森和丁文娜。他们想尽各种办法，改善教学条件，完善教学资源，为孩子们创造学习环境。他们教孩子们跳"兔子舞"，带着孩子们春游，丰富孩子们原本单调的生活。他们还关爱关心孩子，与孩子们做朋友，让孩子们更好地健康成长。

六年级的苗族小女孩杨杰，唯一的哥哥刚刚因交通意外而去世。按当地风俗，杨杰要在外面认一个亲人，以保佑平安。支教团的罗欢成为杨家人的认亲对象。

面对杨杰母亲的请求，善良真诚又热心的罗欢爽快地答应了。他走进家徒四壁的杨杰家，轻轻拉过小杨杰，给她系上一根红绳，真诚地说："以后，我就是你的大哥。"

在学校，罗欢总是从自己的伙食里分出一份白米饭给杨杰，上课的时候鼓励她大胆发言，课余给她看黄鹤楼等景点的照片，让她好好学习，争取机会走出去，看看外面的世界。

2012 年 7 月初，第七棒支教者告别大石，回到了武汉。

从徐本禹 2002 年来贵州支教算起，华中农业大学的志愿者们到贵州支教的历史，已经走过了整整十个春秋。

2012 年 7 月 9 日，华中农业大学举办了大学生贵州支教十年座谈会。

刚刚与大哥离别的杨杰，有幸受邀来到了武汉，来到了的座谈会现场。

现场的大屏幕播放着孩子们的照片，杨杰静静地坐着，目不转睛地紧盯大屏幕。当罗欢和杨杰的照片出现时，一直沉默的杨杰眼里泛起了泪花。一旁的罗欢拿出纸巾给杨杰擦泪，拍着她的肩膀安慰："不哭啊！哥一直都在的。"

座谈会上，华中农业大学党委宣传部彭光芒部长感慨地说："8 年前，孩子们的表情刺痛了我们的眼睛，如今他们的笑容像阳光一样灿烂。因为，支教者一拨接一拨的前往，陪伴他们成长。那里的教学设施大为改善，有了新教学楼和多媒体教室……当年不吃午餐饿着肚子上学的孩子们，在学校食堂吃上了免费营养餐……"

华中农业大学党委书记李忠云教授认为，贵州支教十年的爱心接力行动，是当代青年积极践行社会主义核心价值观的生动体现，是湖北青年典型群体和华农大精神育人效应的真实写照，是新时期雷锋精神的再现。虽然每届支教团成员不多，但他们是一面旗帜，对在校学生起着引领、示范和感召作用。他表态说："我们要把贵州接力支教作为培养大学生勇于承担社会责任的载体，长期坚持下去。"

十年里，华中农业大学的大学生志愿者们帮助上千名贵州贫困儿童及中小学生完成了学业，让许多学生走出了大山，走进了大学的校园。他们面向社会为当地小学募捐了近 10 万册图书，募捐了价值 100 多万元的衣物，为 20 多所小学建立了图书室。在志愿者的努力和社会各界的关心下，华农大石希望小学、本禹希望小学、炉山希望小学、兴田希望小学、箐角希望小学等一批希望小学相继建成，改善了当地的基础办学条件。为此，湖北省文明办、团省委、省志愿者协会授予本禹志愿服务队研究生支教团"雷锋式志愿服务集体"荣誉称号。

2. 月亮山情缘

2006 年 7 月，"富二代"陈晓明在榕江县计划乡中心校支教期满了，他主动申请了延期。9 月，他听说位于月亮山主峰的摆王村污讲小学缺老师，又申请去污讲小学。

污讲小学是计划乡最偏远、最艰苦的学校，没有通公路，只能步行前往。从乡政府到污讲，大部分是又窄又弯的山路，走路一般要 10 个小时。陈晓明没请向导，孤身一人背着行李，在云雾缭绕的密林里绕来绕去，绕了几十里冤枉路，才算绕到摆王村。他从早晨 6 点动身，到学校时已是晚上 8 点，整整走了 14 个小时。

污讲小学是摆王村和摆拉村的片区中心学校，有 396 名学生，9 位教师。因为地处贫困山区，学校只有一幢两层木楼，6 间教室，都是历史悠久的"文物级"木板建筑，破败老朽，走在上面吱嘎作响。学校几乎没有教学设备，教师办公室就设在二楼教室中间的一间小屋里，学校操场是没有硬化的泥巴地。

陈晓明刚到学校，新学期就开学了。他当了六年级的班主任，还承担了一年级和六年级的语文，五年级和六年级英语，一周要上 39 节课。

"刚到污讲时，因为不习惯那里的饮食和天气，过得很压抑。白天上课，面对的是一群听不懂普通话的小孩，他们害羞胆小，平时遇到难题也不敢问，有些学生到了六年级甚至连名字都不会写。"陈晓明说。

山里的生活很清苦，平时没有多少可吃的东西，连吃水都困难，一般的生活用品也必须到 16 公里之外的山下购买，步行走一个来回要两天时间。他只能跟着学生吃食堂，早餐是青菜加米熬成粥，粥里再放点猪油、辣椒和盐巴；中餐、晚餐与早餐的唯一区别是把米和青菜分开，米做成干饭，青菜煮成汤，平时基本见不到肉。

"山里的生活果真艰苦，天一旱就缺水，需要到下坡担水上来；天下雨就漫天大雾，气温下降。生活用品也奇缺，要走四五个小时跑到水尾赶集才能买到，每次都累得浑身散了架。"陈晓明曾说。

陈晓明住在学生寝室楼上，房间只有十平方米，里面有一张小木桌，一张床，屋角有个箱子，杂物放在箱子里，箱子上面堆书。月亮山海拔 1800 米，冬天特别冷，破旧的木楼挡不了风寒，他经常要在房间里跑来跑去，让自己暖和起来。尽管如此，他还是患了感冒，咳嗽得厉害，山上却没有什么治疗方法，拖延了几天竟然引起了肺炎，治了很久也没治好。

陈晓明满怀激情地来到污讲，竭尽全力给学生上课补课，学生成绩却一直上不来，自己又不适应这里的气候，久病不愈，再加上父母在电话里哭着要求他回家……他有些动摇了。每逢周末，学生和老师都走光了，他一个人抱膝坐着，想念家乡的亲人，有时忍不住暗自落泪。

"夜晚，我一个人躺在深山的草窝里，望着满天星斗，想念家乡的亲人，特别是我的妈妈。要知道，当初我来西部她是坚决反对的，后来没办法才勉强接受。上次回家又返回时，她送我到车站，尽力装出很高兴的样子，而车开动时，我看到了她在偷偷地抹眼泪……"陈晓明说。

在严峻的现实面前，陈晓明选择了悄悄离开。寒假前的一天，他起得很早，打点好行李就沿着山坡往下走。没想到，他所教的孩子们知道他要走，全都站在寒风凛冽的山路上，静静地等着他。孩子们拉着他的手，哭着不让他走，怕他再不回来了。他只好安慰孩子们："我还会回来的，你们傻乎乎的哭什么呀？"

孩子们说："我们知道你会回来，但还是忍不住想哭。"

陈晓明回到了江苏老家，病很快就治好了。父亲帮他找了份工作，但他不感兴趣，心里总是牵挂着他的学生。

2007年3月初，陈晓明接到一个学生打来的电话。学生电话里说："老师，我很想你。学校已经开学了，别的老师都到了，只有你还没有回校。我们的语文课没有老师教，大家都很着急。你什么时候回来呀？"学生还告诉他，期末考试成绩出来了，他们班的语文有10个人及格，而以前他们从没及格过。

听到这个消息，他百感交集，立即决定重返污讲。

陈晓明乘火车换汽车，顺利到了计划乡，休息一夜后，第二天一早步行回污讲。那天，山里下起了大雾，他迷路了。从上午7点走到晚上7点半，他在大山里转了十几个小时，还是没找到污讲。幸好手机有信号，他只好给校长打了求救电话。校长立即召集人到山里寻找，很多村民知道后纷纷加入了寻找行列。当他听到有人喊他的名字，又看到一群人举着火把出现在面前时，他感动得流下了热泪。

"那一次我很感动，哭了一夜。我觉得，不为这些人做些事情，又为谁去做事呢？"陈晓明说。

于是，他拿出两年来支教的补贴，为学校购置了一台电脑和一台打印机，并亲自给当地的老师辅导，让他们学会了简单的拼音打字和文件处理。

此后，他一边虚心向老教师学习教学经验，一边创新教学方法。他自创的"苗族话、榕江话和普通话"三语教学的方式，自编押韵的苗语小儿歌，激发了孩子们的学习兴趣，学习成绩也越来越好。期末考试，他所带班级语文成绩大幅度提高，全班有 20 多人及格，80 分以上的有 5 人，一举由原来的全乡倒数第一上升到了正数第一。

再后，陈晓明教的班级，语文成绩一直在全乡数一数二。在他的指导下，一个水族的女孩作文越写越好，有一篇还发表在《黔东南报》上，是该乡所有学校里第一个发表文章的学生。

看到村里的青壮年很多是文盲，陈晓明又主动提出，在村里办夜校扫盲班。每天晚上 8 点到 10 点，他就去给青年农民们上课，教给他们一些简单的文字和普通话，顺便还教他们一些科学种植养殖的知识和技术。三个月的执教，扫盲班的 55 人中，有 51 人考试合格，合格率为 93%。

陈晓明给月亮山带来了知识，带来了外面世界的信息，一点一滴地改变着大山。一年后，孩子们的成绩都提升了，普通话也说得很标准了。

与此同时，他还想方设法改善学校的条件，募到了 15000 元钱的捐款，为学校修建操场。他发动全村人到山下扛碎石，从 16 公里的山外扛进水泥和篮球架，建成了一个像样的篮球场。他还建起了一个简易的图书室，制定了图书管理制度，让孩子们每天按时到图书室看书，开阔了孩子们的视野……

这时，陈晓明已经爱上了月亮山，从心里想扎根月亮山了。月亮山也开始对他"示爱"，让一位苗家妹子闯进了他的世界。

这年农历十月，正逢苗家的民族节日鼓藏节，陈晓明也饶有兴致地参加了活动。鼓藏节 12 年才举办一次，每次持续达 3 年之久，所以特别隆重。当时，姑娘们都穿着民族盛装，围着一个圈跳舞，一位舞步轻盈的女孩子让他眼前一亮。原来，这个女孩是他一年前在计划乡时就认识的老娅，还跟她学习过苗语，没想到在这里又碰上了。

苗族有个说法，在古藏节上看到喜欢的姑娘，就去拉起她的手，再拍一下，如果她不拒绝，就表示同意和你好。陈晓明走上前，拉了老娅的手，并拍了，老娅只是笑，没有拒绝。

从此，陈晓明每晚都到老娅的小木楼下学猫叫，然后两人沿着山坡走到大树旁，一起看星星，看月亮，或者干脆静静地不说话，相对坐着。在老娅那里，陈晓明学会了唱苗歌，还知道了很多苗族古老的故事。

当地定亲的风俗很特别，一群男人帮小伙子到大街上抢喜欢的姑娘，姑娘要装作大哭、大喊、抵抗的样子。抢走这名姑娘后，关到小伙子家里，再找人去通知姑娘父母。父母不管同意不同意，第二天都要上门。如果放炮，就表示同意了，不放炮就是不同意，称为"放空炮"。

陈晓明也让一帮人去抢老娅，却被放了"空炮"。老娅的父母坚决反对他们在一起。他们认为，陈晓明是大学生，不可能喜欢上他家姑娘，肯定是个骗子，玩闹一阵就走了。

老人的担心不是没有理由。老娅只读过小学一年级，不识几个字，也不会说普通话，可以说一点文化也没有，怎么可能跟大学生谈情说爱？再者，老娅长相普通，皮肤也不白，家里又穷得叮当响，怎么能配得上"高富帅"的陈晓明呢？

可是，在陈晓明的心中，老娅就是那朵最美、最艳的花。他说："我觉得她和城里的姑娘比起来，真是太单纯了，纯得就像一张白纸。"这或许就是他喜欢她的最好理由。

过了几天，陈晓明偷偷来到老娅的苗寨。老娅正在地里干活，一看到他，立刻向他奔跑过来，趴在他肩上哭个不停。

"那个时候我就知道，她的心已经属于我了。"陈晓明说。

2008 年的春节，老娅瞒着父母，跟陈晓明走出了月亮山，来到了陈晓明的家乡。

最终，老娅的父母屈服了，接受了陈晓明。这年 4 月 12 日，陈晓明与杨老娅在苗寨举行了一场特别又浪漫的苗乡婚礼。榕江县教育局局长特意赶来，主持

<第七章　红杜鹃映红了这片天

了这对新人的婚礼；全寨村民都来了，见证了他们难忘的时刻；全校师生都来了，祝福他们美好的未来。

自此，陈晓明深深地把根扎在了这月亮山上，传授知识，领悟人生，并向贵州团省委递交了一份自愿终身留教的申请。

后来，他参加了当地教育局的教师招聘考试，成为一名公办教师。在城关小学试用一年后，他被调到麻江县笔架中心学校，不久还被提拔为校办公室主任。可是，他依然三番五次地打报告，要求到最偏远、最困难的山里去教学。由于污讲小学被撤并，他被调到了榕江县栽麻乡归柳小学，在这里扎下了根。

陈晓明志愿扎根月亮山终身留教的事迹传开后，在贵州乃至全国引起强烈反响。2008 年 5 月，陈晓明被榕江县评为"优秀教育工作者"；同年 6 月，被黔东南苗族侗族自治州评为 2007 年度"道德模范"；2009 年 5 月，被全国大学生志愿服务西部计划项目管理办公室授予"大学生志愿服务西部计划优秀志愿者"称号。

3. 弃豪车，来支教

也是在 2006 年，浙江妙龄女孩徐佳怡也来贵州支教了。她和陈晓明一样，家境很富裕，来支教前的座驾是一辆价值 40 万元的轿车。

徐佳怡这年 22 岁，浙江省东阳市六石街人，刚从杭州师范学院幼师专业毕业。

8 月 18 日，徐佳怡和一群网友去贵州省大方县黄泥乡石丫村献爱心。他们买了大米、猪肉、书本、衣服，到村里分发给村民，还为这个村的新寨小学 30 名学生交了 2250 元学费。

"那是我第一次目睹西部山区的贫困现状。看到孩子们真诚的笑脸和渴求的眼神，我的心灵受到了强烈震撼。"徐佳怡说，"我们要走的时候，小孩子全都哭着追了出来，追了好几里路，怎么说都不回去，当时我就含着眼泪答应他们，还会再去。"

回到家，徐佳怡几个晚上没睡好觉，在上海浦东经营公司的父亲能满足她生活上的物质需求，也有一份诱人的工作在等着她。但她觉得，已经答应了孩子们，如果不去，良心会受到谴责。

10 月中旬，她悄悄地背起行囊，瞒着父母，独自一人踏上了去贵州的列车，只身来到了这个条件艰苦的山村小学。

石丫村处在黔西县、大方县和金沙县交界处，海拔 2000 多米，是黄泥乡最偏僻的村之一，不通公路。由于土壤贫瘠，老百姓虽然在山坡上开荒种地，但总是种多收少，不少家庭还在温饱线下挣扎，村民们常年吃玉米，难得吃上一顿大米饭。新寨小学有一栋几十年历史的老木屋，两间土坯茅屋，地是泥巴地，窗户没有玻璃，只有窗框。屋里放着几排紧挨着的高低木板，就是孩子们的桌椅，一年级的教室还漏雨。

对"富家女"徐佳怡来说，这里的条件实在太艰苦了，是她 20 多年来从未经历过的艰苦。她跟着村民吃玉米饭拌辣椒，住漏风的土房，身上被跳蚤咬得伤痕累累。她被安排教六年级的语文和英语，每周 20 节课左右，对尚未工作过的她也很吃力。

"刚在石丫待下来时，我真的很不习惯。我睡的房间下面，就是牛圈羊圈，所以跳蚤特别多。跳蚤把我身上咬得伤痕累累，血迹斑斑，白色睡衣都变成了红斑点睡衣。"徐佳怡说。

生活的简陋和工作的辛劳让她病倒了，重感冒，发烧 40℃。村里一位老人给她送来了 10 个鸡蛋，让她补身体，她含泪收下了，既感动又内疚。她知道，10 个鸡蛋要是卖了，对老人来说就是一笔不小的收入。

"山里没有任何的医疗设施。"徐佳怡说，"吃了乡亲们给我送来的土药，我想咬咬牙坚持下去，但头痛还是不止，两天吃不下饭，走路都直不起腰。"

在乡亲们的劝说下，徐佳怡才拄着拐杖，翻越大山，由乡亲们护送，到贵阳治疗。

"在医院一直待了半个月，金校长也带了学生从山里赶过来看我，还带来了对我来说最珍贵的信。信是由金老师代笔的，上面都是村民你一句我一句的慰问，都希望我尽快好起来，最后大家还在信上签了字，不会写字的村民在信里摁上了红手印。我看着那些红手印，很感动，很愧疚，哭得稀里哗啦的，根本说不出一句话。我发誓一定要好好养身体，病好后好好回报他们。"徐佳怡说。

为了回报乡亲们，徐佳怡四处奔走，为孩子们筹集资金、衣物和书籍，她把父亲给的每个月 1500 元的生活费，几乎全部用来资助贫困儿童。几个月来，她发现学生们写作水平太差，主要原因是课外书看得太少，便想为孩子们建一个图书室。

11 月下旬，她回了趟浙江，想方设法募捐到了 1700 多册书，一个小图书室就建成了。

"生活虽然累，但我很快乐、很幸福。"徐佳怡说，"回来才几天时间，我就已经想念山里的孩子了，他们需要我，我也爱他们。看到他们在我的努力下学到了知识，我就觉得很快乐，这是我人生价值的体现。"

在支教的日子里，徐佳怡也遇到了好多朋友，包括徐本禹。后来，经徐本禹介绍，她的事迹上了《贵州日报》，很多好心人都愿意帮助她。她也希望自己能够像徐本禹那样，通过媒体的呼吁，让更多的人来关心这些孩子，帮助孩子们改善环境。

断断续续的，徐佳怡在新寨小学做了三年支教。之后，她一直在贵州发展公益事业，一做又是五六年。除了扶贫、助学，她还参与救灾，汶川地震、雅安地震、玉树地震、鲁甸地震以等灾害发生地，她都亲临现场参加了救援……

4. 从"余和尚"到"余木疙瘩"

"余和尚"的雅号，是余恒菊在贵州长顺县交麻乡翁落村小学支教时"荣获"的。

余和尚是河北邢台市任县骆庄乡东望村人，2005 年 7 月从湖北沙洋师范高等专科学校（现荆楚理工学院）毕业。毕业后，他瞒着父母来到贵州，在黔南最偏僻的长顺县做了一名支教老师。起初，他被分配到条件相对较好的鼓扬镇中学。可他在那里只待了 3 个月，就主动提出要到最偏远的小学，于是被调到一类贫困乡的翁落小学。

翁落村三面环山，山脚下立着十几间孤零零的旧房子，前不着村，后不着店。

房子四周是光秃秃的石头和丛生的杂草，不仅贫穷落后，还特别缺水。只要天不下雨，人们就没水喝，每年至少有 5 个月缺水。学校后面有一条羊肠小道，穿过两座山、三道沟，行程 7 ~ 8 公里，有一个岩洞。缺水时，等学生下了课，余恒菊便沿着这条山路去岩洞中挑水。8 公里的路程，来回两个小时，挑回来的水往往只剩下半桶。

滴水贵如油，余恒菊也就特别节约用水。每次洗完脸，他都要把洗脸水留下来，再洗衣服、洗脚，一桶水有时可以用上一个礼拜。为了省水，他索性理了个光头，看上去像个"和尚"。

酷热难耐的正午，骄阳似火，理了光头的余恒菊担着水行走在崎岖的山路上，便有了一个"和尚"挑水喝的故事。因为他姓余，同事们便送了他"余和尚"这个雅号。

除了挑水，余恒菊还要种菜、烧饭，像个"火工和尚"。于是，"余和尚"的称呼便越叫越响了。

"和尚"可以不吃肉，但不能不吃菜，可吃菜也是个难题，买趟菜需要往返十几公里的山路。他在山脚下用石头垒了一块菜地，种了点菜，可菜芽刚从土里冒出来，便被附近农民养的小鸡给啄光了。他吃得最多的是萝卜干和咸菜，寒假回家时还特意从家里带了 4 斤绿豆、3 个咸萝卜，娘不解地问："你在那儿连这个都吃不上？"他嘿嘿一笑撒了谎："大鱼大肉都吃腻了，吃点这个倒新鲜。"

吃喝的困难可以克服，最让余恒菊受不了的是寂寞。太阳落山了，同事和孩子们都放学回家，空荡荡的学校里只剩他自己。晚上，山里静得出奇，越让他生出一种孤独感。有段时间，关节炎的老毛病又犯了，他忍不住一个人悄悄地落泪。

尽管条件艰苦，但余恒菊工作上丝毫不懈怠。他针对学生厌学的现实，采用情境教学、快乐教学、分段教学，并充分运用全校仅有的一台电脑，让学生过了一把英语学习瘾。他还买来光碟让学生观看，给学生讲山外的世界。孩子们学得如痴如醉，成绩也有了很大提高。2006 年，他所带的班级破纪录地有两人英语及格，大部分学生的英语冲到 40 分。

在这里，余恒菊每月只有 600 元工资，可他总要拿出 400 元资助贫困学生。

为了减少开支，他除了鞋必须买以外，两年都没买一件新衣服。

余恒菊的事迹感动了香港一家基金会，一下子给翁落小学捐款 12 万元，帮助学校改善教学条件。当地政府又拿出 10 万元配套资金，给翁落小学修建了新校园。

2007 年 7 月，余恒菊的志愿服务结束，深圳一所私立中学聘用了他。试用期满后，工资 4000 元，是他当志愿者收入的很多倍。

拿到了正式的聘书，余恒菊的心里却很不是滋味。他忘不了那些穿着破旧却又十分可爱的孩子的笑脸，夜里做梦常常回到麻山；他忘不了没菜吃时，总有人偷偷把一捆菜、一块腊肉放在他宿舍门前；他忘不了放学后，总有几个学生陪他唠嗑，让他少些寂寞……他总觉得离开了那座山、那个学校和那群孩子，心里就空荡荡的。

有一天，他走在深圳的大街上，突然接到了一个学生打来的电话。学生说："余老师，你走后我们的快乐少了，英语没人教，课也停了，小伙伴们都很想你……"学生说着说着，就哭起来，他的鼻子也不由得一阵发酸，泪也止不住流出来。

"我想，为深圳的孩子服务是锦上添花，为穷山沟的孩子服务却是雪中送炭！"余恒菊说。

于是，余恒菊毅然决然地辞了职，重新回到了贵州。

这一次，他被分配到了长顺县最偏远的敦操民族学校。

敦操民族学校里有很多苗族的师生，苗语称老师为"木瘩"，学生们平常就叫他"余木瘩"。为了赞美他的执著，同事们又给他加了一个字："余木疙瘩"，他笑纳了。

2009 年 2 月，余恒菊通过了考试，正式成为当地一名在编教师。这是个好消息，可也意味着他将长期坚守在深山里。

看到一个个志愿者来了又走，听到昔日同学混得有模有样，余恒菊很坦然。他说："我已经把最宝贵的青春献给了这里，不能半途而废。我要坚守在这里，看我浇灌的花朵开遍贫瘠的山野！"

5. 最美深圳女孩

她长得很漂亮，但深圳美女如云，能称"最美"，当然不仅仅是外貌。而且，她的这个称呼，并不是深圳给的，而是贵州大方县的山里人。

她叫孙影，曾两度放弃深圳大都市的繁华和令人羡慕的工作，只身来到乌蒙山区支教。她先后募集资金建了多所希望小学，为300多名贫困生找到爱心资助。在山里人眼里，她是最美的，于是被亲切地称为"最美深圳女孩"。

孙影出生于吉林辽源煤矿的一个普通职工家庭，母亲是一位教师。她从小就有个梦想，长大后像母亲一样，做一名教书育人的老师。可是，高考时，她却没能考上师范院校。

2005年3月，孙影从长春理工大学毕业，南下来到深圳，在一家高科技公司工作。第二年7月，《深圳商报》上刊登了一则"募师支教"的消息，让她激动不已："去贫困山区支教，用自己的知识为孩子们插上理想的翅膀，那该是一件多么有意义的事啊！"她立即拨通了报名电话，并从80多名应招者中脱颖而出。

2006年8月，26岁的孙影辞了职，跟随"募师支教"志愿者队伍，来到了大方县大水乡鞍山小学。

刚到鞍山小学的那天晚上，当地老师和学生们都回家了，学校停电，伸手不见五指。孙影躲在门窗残缺的宿舍里，望着四周黑漆漆的大山，听着山里的呼呼风声、草丛里的虫叫声，害怕得难以入睡。

然而，大山的考验远不止于此。学校离大水乡较远，采购物品要去10公里外的沙场乡，很多时间，孙影只能吃当地盛产的洋芋，既当菜又当饭。当地还经常缺水，她要去很远的地方担水，为了节约，她每天只洗一次脸，很久才洗一次澡，曾创下一个月不洗澡的纪录。

到了冬天，寒风凛冽，孙影住的宿舍四面透风，经常冻得她瑟瑟发抖，夜里久久无法入睡。有一天晚上，天格外冷，她便向老乡请教，学着用炭火取暖。可是，由于方法不当，大量的一氧化碳弥漫了她的小屋。半夜时，她的头开始剧烈地痛，醒来后浑身没有一点力气。她意识到自己可能已经中毒，赶紧挣扎着爬起来，迷迷糊糊地扶墙往外走。走出房门没几步，她便失去了重心，从楼梯上一头栽下去。

不知过了多久，冷风将她渐渐吹醒，她才发现自己已经满嘴是血，门牙都被磕掉了……

山里的艰辛没有难倒孙影，当地孩子们的境遇却让她揪心。在大水乡鞍山村，许多孩子买不起书包，上学时总要手拿书本走几十里山路。不少学生因为家庭困难，不得不辍学。她暗下决心，不管遇到什么困难，一定要帮助这些孩子！

孙影担任二年级的班主任，全班 27 个孩子大部分连自己的名字都不会写，有一半连一年级的算术题都做不对。一个简单的"小白兔，白又白"，只有一个女孩能说出其中的两句。为了给学生们补课，她主动向学校领导请求，将她每周的 19 节课加到 23 节，课后还要抽时间给那些学习成绩差的学生补习上一年的基础课程。

10 岁的樊迪不会写自己的名字，作业马虎。孙影在他的作业本上工整地写上"樊迪"两个字，一遍遍地手把手教他，让他照着抄写，并鼓励、表扬他。很快，调皮的樊迪不仅会写自己的名字，而且能主动做作业了，进步很快。

11 岁的陈丽一天到晚头发都是乱蓬蓬的。她爸妈都在外地打工，跟着外婆生活，没人照顾她。孙影经常把她叫到宿舍，给她梳头发，扎辫子。

山里的孩子觉得拼音难学，孙影便一个音节一个音节地教，一遍又一遍地讲，直到学生们都掌握了为止。

学生们没有做作业的习惯，孙影就天天督促，谁的作业写得好，就表扬鼓励。慢慢地，家长们惊喜地发现，孩子都开始主动做作业了，成绩自然也就提高了。

时间过得很快，一个学期的支教生活圆满结束。同行的十多位志愿者都离开了贵州，孙影却选择了留下。

"我也很喜欢深圳温暖的气候、稳定的工作，但一想到那些充满渴望、充满期待的山里孩子的眼睛，我就止不住奔往那里的脚步。我离不开那里，就像孩子们离不开我一样。"孙影说。

鞍山小学的二层教学楼是 1963 年建造的，2006 年时已成为一栋危楼。教室没有门，窗户上找不到完整的玻璃，窗扇也摇摇欲坠。学校没有操场，厕所是用一垛土墙简单围砌而成……

看着孩子们天天在破烂不堪的危楼里上课，孙影忧心忡忡。有一天，她突发奇想：能否在深圳找一家爱心企业捐资，重新改建学校的教学楼？她立即拨通了"募师支教"发起人许凌峰的电话，讲了自己的想法。

不久，许凌峰有了回信。深圳一家公司的董事长愿意捐款25万元，帮助鞍山村建一所希望小学。听到这个消息，孙影激动得跳了起来。

2006年10月27日，"许凌峰募师支教希望小学"在鞍山小学正式奠基。为了用有限的善款盖出最省钱、最实用的教室，对建筑施工"一窍不通"的孙影在支教之余，开始与泥水工、木工、油漆工打交道，边教学边当监工，为学校建设省了不少钱。她后来自豪地说："很多地方都可以省下钱来。比如课桌椅，我们是自己雇木工做的，要是整体承包出去，每平方米造价要贵200多元。省下的钱，我们又建成了图书室、体育活动场地等。"

一年后，"许凌峰募师支教希望小学"终于落成了。180多名学生告别了危房，搬进了宽敞明亮的新教室。

初战告捷，孙影深受启发："原来我可以通过这样的方式，帮助特别需要的乡村建希望学校，为山里孩子们改善读书条件。"于是，她把目光投向了大水乡更偏远的小学，先进行实地调查，再通过《深圳商报》把调查情况和照片报道出去，引起人们的关注。

接下来的几年，通过孙影牵线，深圳的爱心人士和企业纷纷与贵州大方"结缘"。

2008年11月，由深圳、惠州的一群茶友捐款20多万元，在大方县大水乡后坝村兴建深惠茶友希望小学。2009年9月，后坝村有史以来最漂亮、设施最齐全的学校竣工落成。

2009年10月中旬，由金城宝五金（深圳）公司捐资33万元，在大方县羊场镇穿岩村兴建金城宝希望小学。2010年3月底，学校竣工投入使用。

2010年4月，深圳一家民营企业老总捐资30万元，对羊场镇坪坝村官寨小学进行改扩建工程，兴建春澜希望小学。10月底，春澜希望小学将投入使用。

由孙影牵线、爱心企业解囊捐建的4所希望学校，从选址、施工设计、采购材料、施工监理，到工程验收、落成剪彩，孙影均全程参与、跟踪负责，俨然一个"女包工头"。

为了用好爱心捐款，孙影四处奔波，自己采购建材。一次，她去大方县城买水泥、瓷砖等材料，赶回大水乡途中，车爆了胎。当时已是晚上，她和司机都无可奈何，只能忍着山谷寒风，蜷曲在车厢里，熬了一夜。

为山里孩子建希望学校，孙影全身心地投入，可她始终不要任何一家捐资企业给她的报酬或补贴，相反，还自己贴进了不少钱。她笑言："现在我已是熟练的木工、泥水工和监工，能尽心尽责地用好捐助人的每一分钱，把希望学校建起来。"

几年来，孙影一直奔走在贵州山区，以自己特殊的支教、助学方式，为爱心人士和企业找到最需要帮助的山区学校，将爱心捐款变成山区最急需的教学设施，续写着她和山里孩子们的"不了情"。

在贵州几年，孙影记不清为孩子们投入了多少，爸爸妈妈每月给她的钱，她大多资助了贫困的学生。

有一次，孙影听说了一件事。羊场镇羊场村一位姓勾的贫困学生考取了北京科技大学，一家人却被6000元学费难住了。家里好不容易凑了2000元，镇里领导捐出1000元，离开学时间越来越近，学费只凑到了一半。

孙影还听说，小勾的父亲为了让儿子上大学，准备去借高利贷。

虽然鞍山离羊场很远，孙影还是去了。她找到小勾家，掏出她身上仅有的3000元。

小勾的学费虽然解决了，但孙影还是放心不下。他家里这种情况，几年的大学生活怎么能供得起呢？如果继续资助，她也拿不出太多的钱。这样想着，她意识到，"要帮助这么多贫困学生，仅靠我一个人的力量是不行的"。

孙影便想到了自己的新浪支教博客，想到了博客上认识的一位好心人。她试着给对方打了一个电话，问他能不能资助小勾上大学。这位好心人一口答应，当即表示每年资助小勾5000元，帮助他读完大学。

从此，孙影踏上了"寻找贫困生"的爱心之旅。她行走乡村，翻山越岭，做贫困生入户调查。从大方县到威宁县，从赫章县到百里杜鹃管委会辖区，她的足迹走到哪里，就把需要帮助的贫困生的信息资料，通过朋友传递或者在她的博客发布出去。

贫困生调查是一件很细很累的活儿，先由学校提供贫困生名单，孙影再逐一入户，进行核实。"每个贫困生家庭都要走到。他们住得很分散，全县哪个地方都有。我要到这些家庭实地了解，看看家庭条件，了解学生的道德品质和学习成绩等。"孙影说，有时一天下来，只能走访调查两三个贫困生家庭。在调查中，她没有固定的住所，走到哪里天黑，就住在哪里。

几年来，孙影徒步上千公里，调查走访了数百名贫困生的家庭。她发起了"爱在远山"的助学行动，得到深圳、浙江等地爱心人士的大力资助，其中浙江一位不愿留姓名的企业老总，一人就资助了200名贫困生。通过孙影"牵线搭桥"，当地300多名贫困学生找到了资助人。

6. 海誓山盟

他的家在海南省东方市的八所镇，离大海只有区区几公里，坐在家里，就可以听到大海的涛声。他喜欢大海，也热爱家乡，却报名做了志愿者，来到了贵州北部的大娄山，与大山订下了长久的盟约。

他叫符兴进，2003年毕业于海南师范大学体育专业。这年，正是全国实施西部计划的第一年，海南省在全省各高校招募38名大学生志愿者，到贵州省遵义市习水县偏远地区进行志愿服务。他报了名，通过了层层遴选，如愿以偿地踏上了远赴贵州之路。当时他怎么也没想到，这一走，他会在大山里扎下根。

到贵州后，符兴进被分到习水县官店镇官店中学支教。从贵阳到习水县，路程350多公里，大多是盘山公路，坐车要走8个多小时。习水县有关部门考虑到当地偏远乡镇的师资严重匮乏，就将大多数志愿者安排到教师岗位锻炼。官店镇是习水县城最贫困的乡镇之一，地处习水东南角，距离县城96公里，要走4个多小时。车在海拔1000多米高的盘山路上行驶，翻过一座又一座大山，用"九拐十八弯"来形容绝不为过。

这里的村民靠种地维持生活，主要种小麦、玉米、土豆等庄稼，有条件的养些鸡、猪。这里没有什么水利设施，只能靠天吃饭，碰到干旱，就没多少收成了。为了挣钱，班里90%的学生家长都选择了到外地打工，孩子在家里缺少父母的监管，只能靠老师和管理和教育。然而，这里的师资力量严重匮乏，教学质量低下……

两年服务期满后，符兴进选择了继续留在官店中学。

"我本来学的就是教育，留在这里我的专业能够得到最大的发挥，而且孩子们需要我。我在这里找到了自身存在的价值，有一种成就感，我的事业就在这里。况且，我发现我也很适合小镇简单平静的生活。"符兴进说。

在官店中学的几年中，每年教师评比符兴进都排在前十名，还评上过全县的优秀教师。

除了找到了自己成长的舞台，符兴进在官店还有了意外的一份收获，那就是爱情。这也是他选择留在官店的一个重要原因。

符兴进的恋爱对象是毕业于华南热带农业大学植保系的云南玉溪女孩谭兆虹，与他同一批的海南志愿者。当年，她本已考取云南省女子监狱的公务员，却也毅然报名参加了"西部计划"，放弃了公务员工作，来到贵州习水县从事志愿服务。

一开始，谭兆虹被分在官店镇政府工作，后来她自己申请到中学当老师，与符兴进一起分到了官店中学。也就是在官店中学任教的这一个学期里，她和符兴进朝夕相处，从一对本不认识的陌生人，发展成了志趣相投的恋人，并牵手走向了红地毯。

"服务期满时，家里人希望我能回去，但我还是坚持留在了这里。虽然在这里我不能获得很多物质上的财富，但我的精神很满足。我觉得，在这里我是个有用的人，在做着很有意义的事。"谭兆虹说。

符兴进和谭兆虹喜结良缘后，在镇上租了一套两室一厅的房子，安下了他们的家。

虽然他们都成了当地的干部，不再有志愿者的头衔，但他们还是很怀念志愿者的生活，始终以志愿者的姿态严格要求自己。在他们看来，既然当过志愿者，那终身都是志愿者。夫妇俩除了经常自掏腰包帮助贫困学生外，还发动家乡的亲戚朋友，"一助一"资助这里的孩子。

像符兴进和谭兆虹一样，有些支教者在贵州山区安了家。

像陈晓明和余恒菊一样，很多支教者选择了留下。

还有的，永远留在了大山里。武汉大学电气工程学院2008级女大学生赵小亭，就是其中的一个。

7. 芳魂遗深山

事情发生在2010年7月21日。

这天下午，在贵定县马场河小学支教的赵小亭和同学们一起，步行去附近的小电厂调研。他们都是学电气工程的，很想亲眼看看发电厂运行的情况，但连日来一直下雨，他们没去成。这天，雨终于停了，他们便相约上了路。

支教老师深入农村调研，为地方政府提供智力扶贫，校长王光林很支持他们的做法。但出于安全考虑，他还是自告奋勇充当了向导。

大山背后，一条小河蜿蜒而下。河水静静地流淌着，水深不及膝盖。他们沿着河边，有说有笑地慢慢走着……可就在这时，一块山石从河边的悬崖上飞来，正好落在赵小亭的头上。

"扑通"一声响，赵小亭倒在河里。

王光林赶紧把赵小亭扶上河岸，几个男同学脱下上衣，为赵小亭包扎伤口。山路难走，将赵小亭背到乡里救治有些困难，王光林一路狂奔，跑到有手机信号的地方，拨打了119和120救援电话，并向当地政府和教育部门报告了情况。很快，医生和消防官兵相继赶到，但遗憾的是，赵小亭因伤势过重，已经停止了呼吸。

亭亭玉立，圆圆的脸，浅浅的酒窝，阳光般温暖的微笑……这是武汉大学的同学们对赵小亭的印象，可这份印象永远留在了他们的记忆里。

20岁的花季生命，永远留在苍茫苗岭；似火的青春年华，永远定格为向日葵般的阳光笑脸。她把爱撒向了山里的孩子，也永远留在了这里。

〈第七章 红杜鹃映红了这片天

赵小亭的家在江苏如皋市如城镇邵庄村，家境不是太好。她父亲赵松高在工地上做水电工，到处跟人做点零活，母亲陈建华在一家工厂做临时工。

虽然是家中的独生女，但生活的重担还是让赵小亭分担了不少。每当放假回到家，她总也闲不住，下地干活、洗衣做饭、整理家务……从小学到高中，她成绩一直名列前茅。

考入武汉大学后，赵小亭依然保持优秀的成绩，各科都达到 85 分以上，并顺利通过了英语六级、计算机二级。在同学们眼中，赵小亭就像一台"永动机"，无论在炎热的酷暑还是数九寒天，她那略显单薄的身影总是最早出现在教室里，上课总是坐在教室前排，专心听讲。除了学习，她的课余时间总是积极参与学校、学院各项活动，热衷于各类公益活动，是校园里的活跃分子。她是中共预备党员、中国青年注册志愿者、学院社团活动积极分子、武大新生丙等奖学金获得者，还当过学生会体育干部、女生干部和班级副班长。

到贫困山区支教，用爱心点燃希望，一直是赵小亭追逐的梦想。

早在 2009 年 7 月，赵小亭大一暑假时，她就作为武汉大学"珞珈之星"暑期实践服务队的一员，去了一趟湖南省的偏远山区——新邵县坪上镇。在那里，她与队友一起到幼儿园上课，到养老院做卫生，为中学生们做励志演讲，受到了一致好评。

2010 年暑假，有朋友约她去上海看世博会，她推辞了。她也没有选择回家和久别的父母重逢，而是第二次报名参加了武汉大学的暑期社会实践活动，和 18 名队友一起，去贵州贵定县马场河小学支教。在她看来，支教不只是一段难忘的生活经历，更是一个实现人生理想的过程，而这个理想，就是帮助更多的孩子推开理想之门。

7 月 12 日夜，在武昌开往贵阳的 K471 次列车上，大家都睡熟了，只有赵小亭一个人醒着，她要充当大家的保卫。天亮后，为了打发时间，她还带头唱起了歌，活跃车厢里的气氛。面对众人的称赞，她笑得格外灿烂，开心地说："假如我是天使，你们就是我飞翔的翅膀。"

到了马场河小学，赵小亭备课比任何人都认真。她在电脑里事先做了教学用的 PPT，到后又觉得不够完善，不断地进行修改，还让同宿舍的支教队员充当听课的孩子，一遍又一遍地试讲，直到自己满意为止。开始上课后，多才多艺的她担任了英语课、安全教育课和音乐课的教学。她教课特别认真，教学本上工整地记录着每堂课的教学内容。

孩子们都很喜欢赵小亭，每次她出去散步，孩子们都会跟着去。她带着孩子们在山间摘花、唱山歌，对着山峰大喊。每天放学后，她都会陪那些路途较远的学生走一段路，确保他们能安全到家，才一个人返回。对学习困难的同学，她就买来小玩具、小发卡作为鼓励。

"我想多陪陪孩子们，把自己学到的知识灌输给他们，让他们能走出这片大山。"赵小亭说。

赵小亭的这句话，让一同支教的同学们感慨万千，也让当地的老师和山里的孩子们感动不已。

7月25日下午，一场特殊的告别仪式在马场河小学的临时宿舍里举行。

赵小亭的床位上，摆放着她生前的手提和衣服等遗物，一同支教的同学还把千纸鹤和小气球撒在了她的床铺上，那是爱美的她最喜欢的东西。

突遭变故，同学们不得不提前结束支教。可是，当他们收拾好行李后，马场河小学校长王光林向他们提出了请求：考虑到很多老师不能到都匀参加追悼会，他们想用自己最朴素的方式，向赵小亭作最后的告别。

于是，学校的老师来了，学生家长来了，连同支教的同学，大家在赵小亭的遗物面前站定，默哀3分钟。顷刻间，空气像凝固了一样，偶尔可以听到轻轻的抽泣声。

闻讯赶来的孩子们围在学校门口，含泪唱起了赵小亭生前教他们的《和你一样》："风雨之后才会有迷人芬芳，我和你一样，一样的善良，一样为需要的人打造一个天堂……"

26日上午10时许，赵小亭遗体告别仪式在都匀市殡仪馆举行，她的亲属和师生好友泪流满面地送别他们的"开心果"。

11点半，追悼会开始。武汉大学的老师用低沉的声音主持追悼会。虽然没

〈第七章　红杜鹃映红了这片天

有哀乐，但悲恸已难以自持。

"赵小亭同学是我校青年志愿者的杰出代表，她用爱心诠释了90后武大学子的深刻内涵，用行动奏响了一曲不朽的青春赞歌，充分展现了当代大学生高度的社会责任感和使命感。她的先进事迹是对志愿精神的最好诠释……"武汉大学学工部朱伟部长代表学校，对赵小亭短暂的青春给予了高度评价。

学校的领导、老师，赵小亭的朋友、同学，依次向她的遗体三鞠躬……

在武汉大学，在她的家乡如皋，许多人深切追思这位人生短暂却给人留下美好回忆的女孩。约10万名网友在大楚网、人人网等网站，以献花、哀歌、点烛等多种方式悼念她。

共青团湖北省委追授她"湖北省杰出大学生志愿者"荣誉称号，并号召全省广大团员青年、青年志愿者向她学习。

贵定县教育局下发了《关于号召广大师生向赵小亭学习的决定》文件。

共青团贵定县委下发了《关于向大学生赵小亭同学学习的倡议书》，里面写着"团县委号召全县的广大团员青年自觉以赵小亭同学为榜样，从她的感人事迹和高尚品质中受到鼓舞，汲取力量，学习她助人为乐、无私奉献的崇高精神；学习她竭尽全力、志愿服务的高尚情操；学习她高尚的道德情操和感人事迹……"

贵定的大街小巷到处可以看到"向赵小亭学习"的横幅，学校、社区等纷纷开展向赵小亭学习的活动。特别是在马场河乡，当地群众自发地在事发地点刻上"小亭遇难处"，纪念这位美丽善良、精神崇高的"爱心大使"；自发地整修了那条道路，让更多的人能方便前往，深切怀念赵小亭。

在江苏如皋，赵小亭的感人事迹，更是激励着许多人传承爱心。

8月3日，共青团如皋市委以"小亭"为名，成立了一支青年志愿者服务队，专门从事关爱家乡贫困儿童、留守儿童、农民工子女，维护青少年合法权益等志愿工作，并确立每年的7月21日为如皋市"小亭青年志愿者服务日"，以继承小亭的遗志，传承志愿精神。

8月8日，以赵小亭命名的"江苏元升赵小亭爱心基金"在如皋成立。基金由赵小亭母亲工作的企业——江苏元升太阳能集团提供200万元的原始基金，后续筹集将由公司销售带有赵小亭爱心标志的产品利润注入，实行滚动发展。爱心基金主要用于救助在支援服务中遭遇意外的青年，资助贫困地区修建"希望小学"，奖励和救助如皋籍青年志愿者。赵小亭的父母分别被聘请担任基金会的理事和监事。

赵小亭走了，但她永远活在苗岭孩子的心里，留在青年志愿者的心里，写在西部支教的记忆中。她去世后，共青团中央、全国学联、中国青年志愿者协会追授她"中国杰出青年志愿者"称号。

8. 难忘那山那人

张贵礼是华农研究生支教团第八棒支教志愿者之一。他是 2012 年 7 月和吴文劼、安玥琦、王德鑫、祝仲坤、李夏菲、王少伟一起到华农大石希望小学支教的。

2015 年 6 月的一天，在华中农业大学的学术交流中心，我见到了张贵礼，听他分享了他的支教故事。

张贵礼将自己的支教经历总结为十个字："纯粹与平凡，净化与升华"。他说："这个社会有些浮躁，人也有些浮躁，支教并不是件多么伟大的事，没有必要被推上道德的高度。"他说自己只是被"木木的老徐"感动了，只是想到那片净土感受一下，也为了自我价值的实现。他一再强调，他没有多么高尚。

"支教生活绝不是很多人想象的那样艰难乏味，相反，我们过得丰富多彩。当然，我们也不是一味追求享乐，而忘记了自己的初衷与担负的责任。"张贵礼说。

在大石，他们的生活简单而又丰富：与学生开心地互动，在节假日组队爬山，偶尔带学生们到镇上改善一下伙食……最难忘的经历就是家访："爬几个小时的山路，看到学生们贫苦的生活环境，常常感到心酸与心疼，也常常更加坚定自己的心：减少一幢岌岌可危的小屋，帮助一个赤脚的留守儿童，满足一双渴求知识的眼睛。"

支教结束回到武汉，张贵礼把自己支教的经历写成了一篇文章，题为《那山那人 那狗》。这篇文章写得朴实清新，感情真挚，不仅是支教生活的真实写照，还蕴含了志愿服务的精神品质。征得他的同意，现部分转载如下——

〈第七章　红杜鹃映红了这片天

"弯弯的小路弯上了天边边，悠悠的白云爬山了天边边……"这首歌让我读懂了一个坚守和奉献的人，一个感动中国和心灵的故事。歌声飘过绵绵苍翠的乌蒙，飘过数届支教志愿者同心接力的十年，飘进了我的心底。我成为了支教志愿者的一员，绵延的群山点缀了青春，青春变得有意义，有深度！

　　乌蒙山连着山外山，青山转了一弯还是山！列车西进的路上，接二连三的隧道，两山之间的高架桥梁让我和队友们惊叹之余多了一份不安，亦或是一种憧憬和想象。培训完后，我们随政府的车辆去到支教服务地。经过几小时的沥青路后，车辆进入了颠簸的土路。此时夜已降临，月亮已近似满月，在山谷里洒满皎洁，天空的星星眨着眼睛，山里的夜格外寂静，隔很远才会有那么一束若隐若现的灯光，面包车载着我们"上窜下跳"，我们显然忘记了劳累！面包车突然出现了状况，在一处陡坡没能冲上去。我和队友们下车，踩着坑坑洼洼的石子路推车时，才意识到路况是多么的差，山是那么的陡。我们安全地到了华农大石希望小学！

　　初到这里，队友们和我都止不住地兴奋，四处打量着这所山间小学，虽然只能借着月光。群山环抱之中，学校静静地伫立在山脚下，稳重而有力量。我们简单的收拾了一下，在一处台阶上坐下来，谈天说地，畅想着第二天早晨所看到的情形。早晨，穿着短袖的我们略感丝丝凉意，没了江汉平原上的那股燥热。学校在山脚下的路边，前面是山，后面是山，左边是山，右边是山。两层的混凝土建筑，宽阔的操场，成排的宿舍……格外显眼。出山的路都是石子土路，但这相对于十年之前还有什么好抱怨的呢！

　　山里面最好的房子是这所学校！我思忖着我们的意义，在流转的时光中我终于明白。有时候，山阻隔了希望，浇灭了梦想，让村里的孩子们朴实纯洁缺少了活力憧憬，很多乡亲一辈子也没有走出过这些不算太高的山。值得庆幸的是，知识的到来改变了山里的风景！十年，我们仍在接力中。那个早晨，我开始明白作为支教团志愿者肩上的使命和责任。山里的孩子们是乡亲们的寄托与期冀，即使这些孩子们只读完了小学。读完小学也是一种飞跃，至少比父辈们强。我们的一年付出不能改变太多，但是我们一定会倾尽全力。改变需要时间，需要所有人的共同努力！

　　……

　　翻看照片，让我遗憾不已的就是没能和六年级一起拍张毕业照！我承担了学校五六年级的数学教学任务，虽然教学任务繁重，但每一天依旧开心快乐，因为有这帮孩子们！刚来的时候，我们一起去爬山，为爬过的山起名字；杜鹃花开的时候，我们会收到孩子们采摘的还带着露珠儿的各色杜鹃花；天气晴好的时候，我们一起到村里的溪里捉螃蟹打水仗；劳动课的时候，我们一起为校园里的那片小菜地拔草……孩子们在快乐中成长，我们在欢笑中收获幸福！

　　离开的那个早晨，高奶奶站在村头的桥上一直向我们挥手，还一直说到时候再回来！我和队友们头都没敢回，生怕那已经要溢出的泪水突然溃堤而出。高奶奶住在小学旁边，家里面就她和老伴还有一个小孙子，她的儿女在外务工。刚来的时候，她就拿着徐本禹曾经帮助她家外孙女的照片给我们看。她说她很感谢徐老师，很感谢支教老师！高奶奶就像对待自己的孙儿女一样对待我们，她给我们送了很多鸡蛋、土豆。每次都会嘱咐我们说如果鸡蛋、土豆没了，就告诉她。有几次我看着桌上放着的大个儿鸡蛋，哽咽地说不出话来……我不知道该怎么诉说这份纯朴的关爱，但我知道该如何回报。

　　……

　　张贵礼还介绍说，一年的支教时光，对他及所有第八棒志愿者来说，是珍贵且不可代替的。尤其值得一提的是，他们与武汉二航路桥特种工程有限责任公司签订了合作协议，迈开了"校地企"协作助学的第一步，架起了一座连通企业、学校和服务地的爱心桥梁。

　　六年级学生叶才兴的家庭遭遇了巨大变故，父母弃他而去。他只能与七十多岁的奶奶相依为命，生活条件艰苦。冬天到了，他只有一件破旧的外套，冻得常常把两只小手缩在衣袖里，却依然忍不住瑟瑟发抖。

　　在大石村，这样的留守儿童还很多，张贵礼和同学们看在眼里，记在心里。在党支部民主生活会上，大家不约而同地说起了这个话题，都认为应该想办法给孩子们送上温暖。

　　经过协商，他们与武汉二航路桥特种工程有限责任公司联合开展了"暖心三个一"关爱农民工子女、留守儿童活动，包含一身"暖心"行头，一顿"暖心"午饭和一个"暖心"课堂，旨在为农民工子女、留守儿童提供一个温暖的学习环境，使他们少一份忧虑，多一份快乐。

　　12月5日上午，他们向在校农民工子女、留守儿童发放了御寒棉衣、保暖雨鞋、手套、袜子等爱心物资。学生们都穿上了崭新的棉衣，带上了厚实的手套，围上了暖和的围巾，脸上都洋溢着幸福的笑容。

　　谈及第八棒的其他志愿者，作为队长的张贵礼对他的队员如数家珍，但提及最多的，还是他的搭档——副队长安玥琦。

　　安玥琦担任六年级的班主任和语文教师，还教五年级的英语和科学，以及其他年级的音乐、美术等副课，一周只有不到5节课的休息时间。备课改作业到深夜，她习以为常；放学后和周末还常常要去学生家里家访和补课，下雨下雪也不耽误，她走遍了班中每一个孩子的家。

〈第七章　红杜鹃映红了这片天

班中有个孩子想辍学出去打工，安玥琦走了近两个小时的山路找到孩子家。她劝了家长又劝孩子，还拿出自己的补助给孩子买文具和图书，不让孩子放弃学业。

听说其中一个孩子患了重病，安玥琦主动联系家长，靠上去帮扶，还号召全队人员将自己一年的教学奖金捐出来，帮孩子治病。

班里有不少孩子是单亲或者留守儿童，自闭孤僻，不爱说笑，她总是想方设法拉着其他孩子一起陪他们玩，想方设法让孩子们笑起来。有个男孩是班里的"杨家七将"之一，课上做鬼脸、课下打架。有一次英语测验，他竟带着几个孩子翻墙逃走了。她没有批评他，而是和他聊天，引导他把精力用在学习上。

因为她的坚持，天天逃学的孩子变得乖巧懂事了，调皮捣蛋的孩子变得知道学习了。一个孩子在作文中写道："我很笨，很多老师都不愿教我了，但安老师对我仍有耐心。即使考不上大学，我以后也会做一个好人，当一名司机帮爸爸赚钱，绝不干危害社会的事情。"

在安玥琦的努力下，班上的学生笑容多了，学习也进步了。期末考试时，在全乡 14 所中学中，她带的六年级语文成绩排全乡第三，英语以 0.07 分之差排全乡第二。

支教这一年，安玥琦用微薄的支教补助先后资助了 5 名贫困学生，联系到 5 家爱心企业和 2 所小学，累计捐赠电脑等价值 20 多万元的物资。当地没有网络，她常常步行十多里山路到乡政府，才能去收集和发布这些公益资讯，十分辛苦。

事实上，安玥琦一直活跃在志愿服务的队伍中。从 2008 年考入华中农业大学，她的人生就与"志愿服务"紧密相连。去爱心病房关爱白血病儿童，为贫困学生义卖募捐，参加各种志愿服务工作，加入红杜鹃爱心社与本禹志愿服务队……大学期间，她曾获"2010 年国际生物能源会议优秀志愿者"等荣誉。毕业前夕，成绩优秀的她获得保研后毅然报名参加了研究生支教团，来大石奉献了自己一年的青春。

支教结束后，安玥琦回到母校，攻读食品科技学院食品科学专业博士研究生。在学习之余，她依然热衷志愿服务，兼任"本禹志愿服务队"常务副队长、研究生支教团党支部书记、红杜鹃爱心社副社长。她积极为山里的孩子募捐，结对帮扶聋哑儿童，还参与编创演出反映支教生活的大型原创话剧《牵挂》。她希望将《牵挂》中饱含的支教志愿者精神在更大范围内传扬，让更多的大学生参与志愿者行动，去帮助山里的孩子。

2013年，安玥琦被评为湖北省"十佳杰出青年志愿者"。她和张贵礼带领的"本禹志愿服务队"荣获2013年"中华儿女年度人物"；2014年，她又被中宣部、教育部、共青团中央评为第九届"中国大学生年度人物"，被武汉市洪山区评为"洪山好人"。

谈起支教的意义，安玥琦说："能够让孩子们笑起来，我也很快乐。"她还说，她没想过志愿服务能为自己带来什么，只想踏踏实实地去做，真心诚意地去帮助需要帮助的人。这看起来很平凡，却又意义非凡。

9. 永不"换防"

谈起华农大石希望小学，大家首先要想到徐本禹，其次要想到华中农业大学的领导和老师们，再就是一棒接一棒大学生志愿者。可是，有两个人也不能忽视，那就是校长王成范和政教处主任雷勇。

2015年5月21日，我们专程来到学校，采访了王成范校长，听他讲了学校的发展史，以及自己的故事。

王成范是大石村人，只是一名代课老师，却是一名有着近20年教龄的老教师。从徐本禹还没来支教，他就已经在这里代课了，并与徐本禹一起共事一年多。他见证了徐本禹感动中国，见证了华农大石希望小学的变迁，见证了研究生支教团的接力奋斗，也和他们一起经历了酸甜苦辣。

他是学校的校长，又是一个五口之家的主人，还是一个普通的庄稼汉。很多时候，他还要种地砍柴，养家糊口。他九十多岁的父亲病重时，他既要照顾父亲，还要给二年级上语文课，校长承担的相关工作也不能不干，累得他团团转。那段时间，他眼中始终充斥着血丝，脸上一直带着疲惫，但他一声不吭，该干什么还是干什么。

〈第七章　红杜鹃映红了这片天

由于不是正式教师，他的待遇很低，每月由红杜鹃爱心社发放 450 元工资，地方财政给他补贴 50 元，共计 500 元。而且，这 500 元还是按实际上课时间发放，放假的时候就没工资了。他对这些并不看重："一个月有 500 元工资补贴，该知足了。只要孩子们能受到教育，长大后能比我们生活得更好，工资再少也无所谓。"

张贵礼在《那山 那人 那狗》中，也写到了王成范——

> 他个子不高，黝黑的皮肤，头发不多，前额锃亮……我和队友们那晚抵达学校的时候，校长和另一位老师在昏黄的灯光下候着我们。我们感动之余又多了一份敬意，因为这是对我们志愿者的礼遇和厚爱。
>
> 一年的时间里，校长给予了我们太多的爱护和关心。他帮我们买菜，用他的摩托车载着我们去乡里发邮件，给我们带他家种的蔬菜……有时，我会和王校长一起聊教育教学方面的很多事情，交换想法，聊得高兴的时候，甚至会忘记我们俩之间的年龄差距。
>
> 王校长是一个特别能扛，有担当的男人……

为了孩子能接受更好的教育，王成范对大学生们来支教从心眼里欢迎。他觉得，大学生们不仅知识渊博，可以帮孩子们开阔视野，还给学校带来新的教学观念，非常难得。因此，只要有志愿者到来，他都热情接待，尽心尽力地帮支教老师解决工作生活上的困难，做好后勤保障。

如果说王成范是志愿者们的"后勤部长"，那雷勇就是支教老师的"兄长朋友"。支教大学们甚至给雷勇送了一个称号："华中农业大学研究生支教团第八人"，把他"纳入"了支教者行列。

雷勇是学校的正式老师，但他原本可以不来，来了也有机会调走，可他一直留在这里，一留就是十多年。他送走一批志愿者，又迎来新的一批，每年都是他专门负责接待新队员，俨然成了支教老师的"指导老师"，志愿者们的"志愿者"。华农研究生支教团每年一般来七个人，他便成了"第八人"。

雷勇是大方县人，2006 年毕业于贵州省毕节学院，原本准备回大方县东关乡工作。东关乡离县城很近，条件相对不错，那里的一所学校已经录用了他，就等他去上班了。可是，就在这时，徐本禹应邀来毕节学院演讲，一下子改变了他的人生。

刘标玖、王成范、赵凯在教学楼前

徐本禹的演讲很平实，只是讲述了自己的支教经历，雷勇却专注地把每一个字都听到了心里，并被深深地感动了。一个外乡人，都能跑到这偏远的山里支教，作为土生土长的大方人，他觉得自己有义务去帮助那些孩子。于是，他立即下了决心，追随徐本禹的足印，到华农大石希望小学工作。

多年以后，有人问雷勇，徐本禹等志愿者给大石小学留下了什么，他给出的答案是留下了一个人。也就是说，徐本禹的一次演讲，把他留在了大石小学，一留就是十年之久。

当地很多村民都知道，附近的几个私立学校都想挖大石小学的墙脚，想把雷勇挖走。可是，他却像自己的名字一样，"雷"打不动，一直坚守在大石。

"我起码要把我教的这几届学生送进大学才能走，否则对不起学生和家长。大石村的父老乡亲都把我当自家人，经常叫我去他们家里吃饭。"雷勇说。

为了把学生教好，雷勇在教学的同时，也注意多读书，不断给自己充电。只是他太忙了，几乎每天都要上六节课，晚上还要加班为第二天备课。有时还要去乡里开会，还要接待临时来访者，他经常连自己读书的时间都抽不出来。

一批又一批的志愿者来了又离开，雷勇一直坚持着，成了华农大石小学永不"换防"的志愿者。

▷ **相关链接**

2004年6月，华中农业大学动物医学专业本科毕业生赵福兵参加了西部计划，被分配到试验圈养野猪的建始县金海生态农业有限公司工作。2005年3月，他主动申请到湖北建始县业州镇七里坪中学支教。4月26日晚，正在为学生辅导作业的他突然晕倒在讲台上，被送至县中医院抢救，被诊断为"松果体生殖细胞瘤瘤体破裂出血合并脑水肿"，4月29日晚在送往武汉治疗的途中，病情急剧恶化，最后病逝于仙桃第一人民医院，年仅22岁。为表彰他的先进事迹，共青团湖北省委、共青团恩施州委分别授予他"湖北省优秀青年志愿者"和"恩施州优秀青年志愿者"荣誉称号。

2006年4月，深圳企业家许凌峰个人出资20万元，招募老师扶贫支教，并与深圳关爱办、深圳商报社等机构一起组建了"募师支教爱心联盟"。从第一届到十四届，参加"募师支教"行动的志愿者近千名，他们大部分是"80后""90后"，他们中有学校教师、在校学生，也有媒体记者、公司白领。

<table>
<tr><td>第八章</td><td>**遍地花开**</td><td>从西部山区到南国边陲，从大漠戈壁到雪域高原，从太行山到大别山，神州大地上每一个需要支教的地方，总有志愿者踊跃前往。仅中国青年志愿者研究生支教团，就先后从全国170所高校招募派遣了1万余名研究生，赴中西部20个省（区、市）近百个贫困县的400多所中小学支教。</td></tr>
</table>

1. 大别山腹地

茫茫大别山腹地的河南省新县，是传奇名将许世友的故乡，也是北京大学法学院优秀学子蒙晓燕支教的地方。

早在 1999 年，共青团中央与教育部联合实施扶贫接力计划研究生支教团项目的第一年，蒙晓燕就作为具备保送硕士研究生资格的应届本科毕业生报名参加，成为首届研究生支教团成员。

1998 年 10 月，研究生支教团开始招募志愿者时，蒙晓燕已经和一家著名的律师事务所接触过，准备毕业后去那里工作。她的同学有想出国的，也建议她一同前往。可是，看到招募消息后，她又有了新的想法。

这时，支教算是新生事物，有很大的不确定性。"牺牲"一年的时间到贫困山区当老师，确实需要很大的勇气。

在抉择中，蒙晓燕还是下了决心。她觉得，到贫穷山区支教虽然可能失去很多，但很多东西可以事后学习弥补，而志愿支教是一次不可多得的体验。

蒙晓燕是广西壮族自治区宾阳县人，从小学到高中，学习成绩一直很好，还乐于帮助成绩差的同学。考入北大后，她除了学习成绩仍在班级前列，还积极参加学校的公益活动。她拿到大学里的第一笔奖学金后，就把所有的奖金捐给了希望工程，对口帮助百色地区乐业县的两名失学女童。

蒙晓燕小时候也有过艰苦的体验，但走进大别山腹地，看到乡亲们的窘迫艰难，她还是觉到震撼和苦痛。新县高中是县里条件最好的学校，但它起初的教室是从一个工厂废旧仓库改造而成，也好不到哪里去；因地处偏僻，学校一直存在着缺乏老师的问题，招聘老师也很难招到大学毕业生。学校的学生大部分来自农村，许多学生因家庭贫困交不起学费。

学校的状况和孩子的处境让蒙晓燕感到揪心，她暗下决心，一定要用自己所学的知识来帮助这里的学生。为了掌握贫困生的情况，蒙晓燕翻山越岭，走家串户，有时尾随学生去家访。有一次，她坐车颠簸了 5 个多小时才到达乡镇，下了车又步行两个多小时到达学生家。家访结束后，已经没有交通工具回学校，她只能在村里住下。

经过努力，蒙晓燕几乎走遍了全县的 17 个乡镇，收集到了许多贫困学生的家庭情况。她把这些情况寄给北大爱心社，呼吁对学生进行救助；她还努力促成北大法学院为品学兼优的学生提供奖学金和助学金。在爱心社的帮助下，她为 20 多个孩子找到了结对支助者。

在教学实践中，蒙晓燕发现当地的学生普遍存在害羞、思路不开阔、缺乏自信心等现象，就与当地老师协调，开展了一系列的教学改革和课外活动，转变学生的观念。课前 5 分钟由学生作报纸新闻评述，课内以朗诵、自讲、辩论、表演等形式来增强他们对知识的理解，培养他们的兴趣，让他们展现能力；针对课文内容相对陈旧，专门开设了美文鉴赏课和"星期三论坛"，锻炼他们的思维与表达能力；办"校园之声"广播站，给孩子们一个表达自己的平台。

在支教的一年里，蒙晓燕不断摸索教学模式，使学生的个性化凸显，被新县教委列为全县高中语文教改观摩课程。同时，蒙晓燕还积极参与学校管理，引入现代教育理念。她反对老师占用自习课，建议还学生自由支配的时间，从而培养其自学能力；反对压制性否定性的管理，提倡学生自我设计自我约束，推动了当地的素质教育改革。

支教结束后，蒙晓燕回北大读研究生，但仍一直关注着新县高中。2001 年暑假，在她的策划下，新县高中 29 名学生参加了"走进北大夏令营"活动，开阔了视野。后来，许多学生在参加高考时，都填报了北大的志愿。她还促成了新县高中与北大附中的合作，使新县高中的学生可以接受到北大附中的网络教育。

蒙晓燕以其长达 3400 小时的公益志愿服务和所取得的卓著成绩，2001 年被北大法学院评为优秀共产党员，2002 年获得了共青团中央授予的中国青年志愿服务金奖奖章。

2. 腾格里沙漠边上

刘振江支教的地方是甘肃省古浪县土门镇初级中学，距离腾格里沙漠只有 2 公里。

腾格里沙漠属于阿拉善高原之冲积平原，平均海拔 1050 米，降水稀少，年平均降水量只有 102.9 毫米。这里终年盛行西南风，常常有沙尘暴，自然条件相当恶劣。

古浪县缺水很严重，土门镇也一样。当地的饮用水就是雨水，在山上建一个大的蓄水池，下的雨存在池子里，再顺着沟渠流下，流入各家的水窖。其间夹杂了牛羊粪便和各种垃圾，也不得不喝。就这种水，干旱的时候还不够用，需要定量分配。

刘振江以前没来过沙漠，一到这里就碰上了整整一周的雨，当地的老师们都笑称他为"及时雨"

刘振江来自清华大学，自言是一个"无政府主义者"。曾经，辅导员让他上党课，他不仅拒绝了，还和辅导员辩论，是班主任眼中的"问题"学生。

1999 年，学校推荐保送研究生，按刘振江的成绩只能读机械原理的硕士。他对这个专业不太满意，而去西部支教的同学可以跨专业攻读研究生，这便成了他报名参加研究生支教团最初的原因。后来，在校团委书记杨岳的帮助下，他渐渐端正了对支教的看法。他在一篇题为《在理想和现实中成才》的演讲稿中，叙述了这个过程——

由于父母望子成龙的期盼，我必须攻读研究生，否则可能要赶我出家门了。那时，清华同学对支教团了解的不多，学校相对来说给的政策也宽松一些，去支教的同学可以跨专业攻读研究生。比如有几个读机械的研究生，支教结束后都去了公管和经管，这是年级第一名也未必能申请成功的。这是我报名参加支教团的最根本原因，国家大义的事情那时还谈不上。

小时候，我看着黑白影片长大，"为中华之崛起而读书"是我最真实的行动。我想，在座的诸位应该和我一样，一直憧憬着国家的富强昌盛。在思想不成熟的阶段，理想的旗帜容易被现实的风吹倒，新一代的愤青不认可的东西太多太多……可是，我敢肯定，深藏于我们心中那份拳拳爱国之心，以及希望国家强大的理想，永远都不会变。

大学阶段，对我打击是很大的。高中以前，不管走到哪个学校，都算叱咤风云的人物，大家都高看一眼。来到清华，一下子变成小人物，没有一个人重视，甚至还有人瞧不起，这实在难以接受。对现实生活的不满，很容易滋生对社会其他问题的不满，这是"恨乌及屋"的事情。所以，我要感谢时任校团委书记的杨岳老师，正是他的一席教导，让我怀着兴奋和喜悦去支教了。这是我的价值观向着好的方面迈出的第一步……

到了土门初级中学，由于学校缺教师，刘振江代了 3 个班的英语课、两个班的地理课、1 个班的历史课。他支教的一年里，学生成绩都有所提高，3 个班的英语平均成绩 80 多分。课余时间，刘振江也和学生探讨了很多现代文明的相关话题，为乡村的孩子打开了一扇看世界的窗户。

一年的支教生活让刘振江学会了宽容。原来他一直认为，当地农民的乱砍滥伐是"刁民"所为，对环境破坏太大。有一次，刘振江去学生家家访，一个初二的学生父母双亡，跟着奶奶一起生活，家里只有一面土墙，其他三面都是用树枝和塑料布搭起来的，冬天零下 27 摄氏度，两个人也只能在这样的屋子里生活。这让刘振江极为震撼，也理解了当地农民的一些做法。

在家访时，老奶奶拿出家里仅有的一个满是沙土的馒头款待刘振江，让他感动不已。

"这一年被感动得太多，被改变得太多。"刘振江说，自己良性的一面在那一年全面爆发了，"经历了贫困，见了很多勤劳而无助的农民和有所作为的政府机关，我真的希望能和他们一起走出困境。"

支教完成后，刘振江开始做学校的政治辅导员，后又调校团委学习实践部任部长兼任紫荆志愿者总队秘书长，分管学校第二课堂实践、紫荆志愿者、支教团、红十字会工作，一直关注并从事志愿服务。

<第八章　遍地花开

3. 带上妈妈来边陲

屠佳支教的地方是广西壮族自治区龙州县，她是带着妈妈一起支教的。

龙州县是全国集"老少边穷"为一体的县之一。邓小平曾在这里领导龙州起义，是革命老区；全县有壮、汉、瑶、苗、回、侗等民族，壮族人口占总人口 95%，属少数民族地区；与越南接壤，素有"边陲重镇"之称；全县有近一半人口没有脱贫，是国家扶贫开发工作重点县。

屠佳 1981 年生于浙江省宁波市，是浙江师范大学的高材生。大学本科四年，她每年都能拿到奖学金、三好学生，学习成绩名列前茅；她每年被评为优秀团干部、优秀志愿者，并被授予浙江省新世纪人才学院优秀学员称号；每年的暑假，她还会参加"两课"实践活动，她所在的社会实践队曾被评为省级、校级优秀社会实践队。除此，她还担任了金华人民广播电视中心栏目策划、校报记者、学院学生会副秘书长、院宣传部部长、院记者团团长等职务，并以出色的成绩获得大家的好评。

2002 年 10 月，她正在一个中学进行教学实习，看到了中国青年志愿者安捷伦扶贫接力计划招募志愿者的消息，便报了名。

"当时的想法很简单，我没有去过农村，对父母曾经提起的知青下乡岁月有种莫名的神往。实习的经历使我很享受当老师的感觉，我觉得支教可以帮助孩子，还能实现大学生的个人价值，是一个不错的选择，所以想去尝试，去体验。"屠佳说。

报名不久，屠佳的父亲突然被查出肺癌晚期，很快就去世了。父亲临终前最不放心的，就是身体不太好的妻子，嘱咐她一定要照顾好妈妈。父亲去世后，母亲一下子瘦了 15 斤，并患上了严重的萎缩性胃炎，伴有中度肠化。中度肠化是一个很危险的信号，大多会转化为胃癌，她必须在家照顾母亲，可又不想放弃支教，怎么办呢？

离支教出发的日子越来越近了，屠佳焦虑、不安、难以抉择。出发前两天的中午，母亲做了一大桌菜，都是她最爱吃的，还默默地给她整理了行李。母亲平静地对她说："你去吧，不用担心我。龙州的生活肯定要比宁波艰苦，不知道有没有地方买这些东西，你还是全带上吧……"她应了一声，偷偷跑到门外哭了。

母亲的大力支持，让屠佳迈出了艰难的一步。最终，她做出了决定，带上妈妈去支教。

龙州的路多是盘山路，周围很少有人家，有的只是石和树，还有远远看到的从越南流淌过来的江水，黄黄的混杂着泥浆。在山路十八弯的小道上，坐了四个多小时的车，屠佳的胃经历了一次彻底的翻江倒海，才到达了龙州。

"赭红色的红土地具有无法抗拒的神奇魅力，或许这就是我梦想开始的地方。我学的是法律，根据所学专长，教育局分配我到龙州一中，担任初二两个普通班的政治老师。三尺讲台和一支粉笔，给了我一个施展的舞台。"

工作之初，屠佳进行了一次摸底考试。一份简单的试题，全班 49 人，不及格的有 36 人，80 分以上的仅 2 人。这让屠佳很失望，也增强了她的责任感和事业心。她连续花了两个晚上的时间，根据每一名学生的情况，在每一张试卷后面写下了一句话，"在老师的眼里，从来没有差生和优生之别，只有懒惰和勤奋之分。你们的每一次细微进步，都会有老师关注的目光"……她希望孩子们在鼓励中看到自己的闪光点，从自卑中走出来，尊重自己的个性和价值。

屠佳的妈妈住进了女儿的宿舍，担起照顾屠佳、买菜烧饭之职，让屠佳有更多的精力和时间投入到教学工作和支教服务中去。

有了妈妈的照顾，再加上屠佳的勤奋钻研，她所教的班级学习成绩直线上升，在期终考试中还超过了重点班。一名学生考出了年级最高分——96 分。学生的集体荣誉感和班级凝聚力也明显增强，在校际篮球、足球赛中，众志成城力克强队，取得了不俗的成绩。

除了教学，屠佳还和几名队员一起，主动去偏远乡村寻访贫困生，济困助学。

没有车，她们就步行；语言不通，她们就带上学生做翻译……几天下来，脚上都磨出了水泡。

在上降乡，屠佳去了一个名叫陆蓉的女学生家，得知这名学生因拿不出每学期 200 元的学费而差点辍学。陆蓉的父亲赌博败光了家，母亲改嫁，年迈的爷爷奶奶没有固定的经济收入，身体不好却忍着不去医院看病，生活异常艰难。得到情况后，她和妈妈一起，资助陆蓉重新走回课堂。

<第八章·遍地花开

调研中，屠佳还找到了许多像陆蓉一样困难的学生，但她无力一一资助。于是，她想到了在浙江的同学、老师、朋友，便发邮件、打电话、写信，发动所有能发动的人。亲朋师友们听了她的诉说和呼吁后，都毫不犹豫地伸出援助之手。母校浙江师范大学更是掀起了一股爱心助学的热潮，共对接帮扶了65名中学生，资助款达39000元，还为武德乡捐献了"浙江师范大学爱心希望书库"。其他高校的学生也纷纷参与到济困助学中来，宁波大学、浙江工业大学等高校捐助了冬衣、学习用品等，给这个寒冷的冬天带去了暖意。

一年的支教结束后，屠佳回到母校读研究生，后来去浙江工业大学团委工作，任副书记，分管志愿服务和社会实践。她主动宣讲并组织大学生去贫困地区开展支教服务及社会实践，定期进行募捐及送温暖等活动，经常和西部计划志愿者们联系，给他们鼓劲打气。她个人还参加了公益组织，定期开展环保、扶贫、送爱心等活动，结对资助了一个省内贫困地区的初中生，一直资助到他完成学业。她以各种不同的方式继续从事着志愿服务，并带动了身边更多的人投入到志愿服务中。

4. 戈壁深处

西海固之所以有名，是因为那里曾经被联合国有关机构认定为"不适合人类生存的地方"。这里属于黄土高原的干旱地区，有着无数的沟、壑、塬、峁、梁、壕、川，属宁南黄土丘陵地带，由于流水切割及千百年来的盲目垦殖，水土流失严重，大部分地域生存条件极差，是国务院重点扶贫的三西地区之一。

高天是2004年来西海固支教的，她服务的学校是宁夏回族自治区西吉县三合中学。她是上海人，毕业于复旦大学，第六届研究生支教团招募成员时，"西部志愿者"这几个字一下子抓住了她的心。她想，大多数女孩子的人生，都是读书、毕业、找工作，然后结婚成家，生活的主题有时候就是重复、再重复，我不能也这样。我要去一个不一样的地方，做一件不一样的事，留下一段不一样的青春岁月。于是，她便报了名。

8月26日，高天乘火车来到了宁夏，走进了西海固。到了三合她才知道，这里不仅山高路远，气候还相当恶劣，更重要的是严重缺水，年降水量 300 毫米左右，蒸发量却高达 2000 毫米以上。她碰上的第一个难题就是挑水，挑着水战战兢兢如履薄冰，走了还不到一半，水却只剩下一半了。跟在后头的学生心疼得直叹气，不光心疼她，更心疼水。

这里不仅缺水，还缺蔬菜，除了土豆，其他菜很少，高天打趣说："早上吃土豆，中午马铃薯，晚上洋山芋"。为了改善生活，她变着法子钻研土豆，土豆块、土豆条、土豆丝、土豆泥，土豆烧蛋、土豆炒饭、土豆熬粥……天冷了没菜，她经历过一个月只有两棵大白菜、半个萝卜、几根辣椒、六个鸡蛋和一大口袋土豆的窘境，真正体会到了什么是"蛋尽粮绝"。

这里的冬天特别冷，气温经常在零下三十度以下，水桶里的水冻成一块冰坨坨，厨房里的锅碗瓢盆、油盐酱醋都冻在了一起。屋里生着炉子，可是离炉子的距离超过一米远，温度就降到零度左右……寒假前的一天，高天和同事一起去县里开会，她裹着军大衣，带着棉帽，蜷缩在车里打瞌睡，没多久就被冻醒了。虽然穿了两双袜子，但她感觉脚不是自己的了，活动半天还没有知觉。盘山公路上结满了冰，43 公里的路，开了整整两个小时。

在三合中学，高天担任高三的两个理科班的语文教学。这里的学生基础较差，有的甚至错别字连篇，一篇 800 字的作文能找出 35 个不相同的错别字，例证举来举去就是"雷锋牛顿爱迪生，李白铁棒磨成针"。为了让学生在最短时间里学到最多的东西，她买了很多教辅参考书，综合每本书的要点难点，做好知识梳理，花很大的力气备课。渐渐地，学生们的成绩有了起色，平均分从起初的 60 多分上升到 80 分。

"用一年不长的时间，做一件终身难忘的事。"高天和其他志愿者们一起，在这块戈壁里播洒下了希望的种子。

5. 太行山里的博士生

山西省浮山县位于太行山深处，太岳山的南麓，平均海拔达 1000 米。陈苏支教的地方，是全县海拔最高的寨圪塔。

〈第八章　遍地花开

陈苏是哈尔滨工业大学的博士研究生，扶贫接力计划第七届研究生支教团成员，哈尔滨工业大学第三届"研究生支教团"队长。他1980年4月出生于哈尔滨市，父母都在北大荒当过知青，母亲还是中学教师。小时候的他经常看见母亲微笑着坐在书桌前，给学生批改作业，也梦想着自己有朝一日能像母亲一样，在乡村的教室里给孩子们上课。

　　他把这个梦想带进了大学。2003年的春天，哈工大正式组建研究生支教团，面向全校招募支教队员。消息传出后，立刻激活了他当老师的愿望，可他当时在长春一汽实习，来不及回校参加选拔，遗憾地错过了机会。2003年10月，第二届研究生支教团招募时，他毫不犹豫地报了名，却又因其他原因没去成。

　　2004年9月，陈苏选择硕博连读学制，直接开始进行博士课题研究，成为一名材料科学与工程专业的博士生。这时，学校又开始招募志愿者，他专门找到导师武高辉教授，谈了自己的支教愿望，得到了导师的大力支持。

　　于是，他终于有机会来到浮山，在寨圪塔乡初级中学当了一名支教老师。

　　刚到寨圪塔时，陈苏被安排住进一间空闲的大教室，既当宿舍又当办公室。屋子特别大，四面墙上有四扇窗两扇门，到了冬天，冷风顺着门缝和窗缝吹进来，特别冷。虽有两片暖气，又生了个炉子，还是起不到多大作用。室内长期严重低温，他不得不穿上最厚的羽绒服。

　　学校的学生们也住在四面漏风的屋子里，十几个孩子挤在一个木板搭的大通铺上。为了防止煤气中毒，夜里也不能生炉子取暖，屋里的温度只有一两度。上课时，学生们个个冻得小脸通红，冻僵的手连笔都拿不起来，常常还有学生冻得发烧，不能来上课。陈苏看在眼里，痛在心上。

　　寨圪塔中学师资力量薄弱，学校办学条件艰苦，教学成绩始终在全县垫底。了解情况后，陈苏意识到，学生成绩差的原因应该有两个方面，首先是学生的基础差，其次是老师的教学方法不恰当。当地基础教育水平低，上了初中的孩子作文都写不通顺，小数的加减法经常会算错，英语更是从来都没接触过。老师太注意应试教育，让学生做的练习太少，知识掌握不扎实。

　　陈苏在学校负责英语教学。他针对山里孩子的特点，制订了相应的教学计划，概括为"夯实基础，养成习惯，强化听说"，开始进行有针对性的教学改革。自此，他的课堂上每天都有听写，每个单元结束都要测验，每个月都有月考。

为了提高学生的学习兴趣，陈苏还组织了很多活动充实课堂：情景对话、单词朗读比赛、课文背诵比赛。通过这样的训练，学生在听、说、读、写各方面都有进步。在第一学期全县组织的统考中，他所带的班级英语成绩列全县40个班的第13位，远远高于同一班级其他科目的排名。第二学期考试，他所带两个班的英语成绩更是得了全县第一，创造了寨圪塔中学的历史。

除了正常上课，陈苏有空就给学生讲外部世界，讲哈尔滨的发展历史，讲哈工大对国家的贡献，讲太行山走出去的革命元勋……他把学生们认为很遥远的世界，活灵活现地描绘出来，告诉他们到底有多远，如何才能接近。为了让学生对改变自身命运有直观的认识，他还专门找来《平凡的世界》，把这部上百万字的书一章一节地读给学生听。

"我希望他们能够对比小说里的主人翁，无论身处什么阶段，都能以小说主人公为榜样，任何时候都不放弃学习，不放弃奋斗成才的信念，用自己的双手改变命运。"陈苏说。

6. 凉山绝壁"云梯"

"在最崎岖的山路上点燃知识的火把，在最寂寞的悬崖边拉起孩子们求学的小手，18年的清贫、坚守和操劳，沉淀为精神的沃土，让希望发芽。"这是2008年"感动中国人物"李桂林和陆建芬的颁奖词。

李桂林和陆建芬都是四川省汉源县人，却来到了凉山彝族自治州甘洛县乌史大桥乡二坪村小学当老师，并且一教就是二十多年。

李桂林原本在山下的汉源县乌斯河镇教书。在一次闲聊中，他听说大渡河对岸有一个彝族村庄，是个远近闻名的"文盲村"。原因是山高路陡，条件异常艰苦，老师都不愿意去那里工作，致使学校停办10年，娃娃们无学可上……

作为一个彝族人，李桂林心里很不是滋味。一个周末，他决定去那个名叫二坪的村子看一看。

李桂林来到大渡河边，走上一座年久失修的铁索桥。摇摇晃晃的桥身上，铺着稀疏腐朽的木板。桥下是奔腾咆哮的大渡河，让他心惊胆战。在没有木板的地方，他只能双手抓紧上面的铁索，小心翼翼地移动。过桥后，他走上曲折而陡峭的山路，脚下的小石子如滚珠一般。艰难地行走了两个多小时，路骤然变窄，山骤然变陡。又走了半小时，抬眼已没有了路，只有一架高耸入云的木梯挂在垂直的悬崖上。木梯的构成十分简陋：两边各一根木杆，木杆上每隔20厘米横嵌着木棒，接头处绑着藤条……

　　一路像"探险"一样，李桂林用了大半天时间，到傍晚才走进二坪村。当晚，村民们用过年都舍不得吃的鸡肉招待他，又给他找来最好的棉被、床单。村民自己却睡在竹笆上，盖着破羊皮毡子。

　　第二天清晨，李桂林在村民的簇拥下来到学校。学校里只有一间阴暗低矮的小屋，一块杂草丛生的操场。走进小屋，墙壁已经龟裂，墙角洞穿，后墙垮塌，遍地碎瓦。屋里没有桌凳，没有黑板。

　　看着荒废的校园，看着真诚淳朴的村民，看着孩子们渴求知识的眼神，李桂林暗暗做出决定：留下来!

　　1990年秋季开学，李桂林在二坪村招收了第一批学生。寂静了10余年的学校里，又响起琅琅读书声。

　　停学十余年，二坪村有很多适龄儿童未能入学，一个班无法满足需求。1991年，李桂林想再招一个班的新生。于是，他动员在山下教书的妻子陆建芬一起到二坪村小学支教。

　　当时，陆建芬正带着几个月大的儿子。"带着儿子去二坪村，儿子不仅要跟着受苦，还怕在山上得病不方便治；如果不去，丈夫一个人孤苦伶仃，也忙不过来。"陆建芬左右为难。

　　得知此事后，李桂林的父亲大发雷霆："你甘愿去受苦，我们管不了。为什么还要把妻儿带上山？孩子生病怎么办？"

　　李桂林请来有着30多年教龄的岳父劝说父亲，才勉强让父亲同意。于是，陆建芬带着儿子上了山。

学校里没有住房，他们只能借住在村民家的茅屋里。没有电，他们只能点着煤油灯，在一张破旧的木桌上备课、批改作业。他们每人每月仅有100元工资，生活极为清苦。特别是农历正月、二月和三月，只能吃酸菜汤、土豆汤，根本吃不上新鲜蔬菜。

　　不仅生活艰苦，他们还经常面对危险。一次，李桂林去乌史大桥乡中心校开会，散会时已经很晚了。刚走到天梯附近，李桂林突然腿脚抽筋，摔倒在地。他只好在悬崖边歇下来，生火取暖，一个人度过漫漫长夜，第二天一早才艰难地爬回学校。

　　还有一次，李桂林爬天梯时，藤条突然断了，身子滑向悬崖。幸好下面几米处有灌木托住了他，他才捡了条性命。看着他满脸是血、伤痕累累，妻子和他抱头痛哭。

　　第二年，二坪村小学的学生达到了80个，其中有17个住在悬崖下。他们要爬天梯上学，全都靠李桂林夫妇接送。

　　周一和周五，是李桂林夫妇最忙的日子，他们要接送学生们过5道天梯。六个小一点的孩子不敢自己走，李桂林就背着他们上上下下。背一个孩子下去，就得重复上下两次，背六个孩子，他每次都要攀爬400多米，相当于百层楼的高度。

　　1995年，李桂林到会理县师范学校进修学习，陆建芬带着两个儿子守在学校。一天，陆建芬病了，两个孩子哭着叫饿，她便让7岁的哥哥背着弟弟到村民家找吃的。几天后，她的病情不见好转。一个村民听说后，背了50斤玉米，通过危险的山道和天梯，送到镇上卖了13元钱，为她买回了药。

　　1996年夏天，山洪暴发，李桂林接学生时，又一次遇险。他抱着一个小学生过山沟，一股急流把他们冲进了沟中。情急之下，李桂林用尽全力把学生抛向岸边，自己却被急流冲走了。幸好被一根木桩和一些藤条挂住，才得以脱险。

　　2002年，李桂林的小儿子用藤条跳绳时，不小心被绊倒，造成右手尺骨断裂，桡骨错位。考虑到课程紧、路途远，他没把儿子送到山下的医院，只是请来当地的土医生给接了骨。结果，由于错位骨没有接好，小儿子的右手至今功能受限，稍一运动就会脱臼。

　　寒来暑往，李桂林夫妇一直坚守在这里，教了一届又一届。一百多个孩子告别了文盲的历史，有的还走出了大山。"文盲村"变成了"文化村"。

2007年，李桂林被授予全国模范教师荣誉称号。

2008年，李桂林和陆建芬被评为"感动中国"年度人物。著名作家阿来在推选时说："乡村教育是重要的，但常常被忽略；乡村教师是伟大的，却不应该被遗忘。"

李桂林夫妇的行动，感动了全中国。他们把知识的种子播种在彝寨，为孩子们走出大山架起了一座"云梯"，为偏远山区的教育事业撑起了一片蓝天。

7. 雪域并蒂莲

感动中国的，还有一对夫妇也是支教老师。不同的是，他们支教的地方在雪域高原。

这对夫妇是胡忠和谢晓君。他们本来都是成都一所重点中学的老师，携手来到四川省甘孜藏族自治州康定县西康福利学校支教，一干就是十多年。他们甚至把工作关系都转到了康定县，表示"一辈子呆在这儿"。

胡忠是四川新都人，1990年7月从重庆师范学院化学系毕业，在成都市第十中学任化学教师。后来，成都十中依托石室中学联合办学，成立成都市石室联合中学，他转而到化学实验室从事管理工作。

1999年秋，胡忠在晚报上看到了一篇报道，得知甘孜州康定县塔公乡一所孤儿学校急需老师，便萌发了支教的念头。但是，他从没去过高原，不知道自己能不能适应那里的环境，就打算先去看看。

这年国庆节，胡忠与谢晓君坐了一天半的长途汽车，一起来到了距成都500公里、海拔3800米的西康福利学校。为了迎接他们，学校的老师和学生们认真打扫了卫生，穿上了最好的衣服，还特别准备了锅庄和哈达。

"我永远忘不了那个场景。孩子们围在一起跳锅庄，都穿着红色运动服，很灿烂。看到我们来，就把哈达往我们脖子上绕。这是我第一次接受别人献哈达。"胡忠说。

学校是一所福利性质的民办公助寄宿制学校，当时有甘孜州13个县的汉、藏、彝、羌四个民族143名孤儿在这里读书，也是他们完全意义上的家。看着学校老师怀里刚刚捡回的婴儿，胡忠当时就做出了来这里支教的决定。

胡忠和妻子商量时，说了他想来支教的理由："像我这种老师，成都多得很。不可能因为我走了，哪个学生就读不成书。但这里不一样，没有几个老师愿意到这里来，也没有几个老师愿意留下来。学生们的命运如果能因为我的到来而改变，那太令人欣慰了。我作为一个老师，在哪里不是教书？在哪里不是育人？"

虽然他们的女儿刚出生不久，但谢晓君支持了胡忠的决定。

2000年夏，胡忠辞去成都石室联中的教职，告别妻子和不到一岁的女儿，以志愿者身份来到西康福利学校。300元生活补助是他每月的报酬。

在西康福利学校，胡忠的第一个岗位是一年级数学教师。一年级数学不难，但很多孩子不会说汉语，而他不会说藏语，师生很难正常沟通。开始，他只能连比带划，才勉强把课教下去。后来，他想了个办法，推行"奖励机制"。他准备了一摞小纸条，上面写着数学题，课间休息时在校园溜达，看到学生，就拿糖把他们逗过来，让他们做题，孩子们都很积极。期中和期末考试时，他还给额外的奖励，考80分就奖80颗糖，考100分就奖100颗糖。这样，他把每月300元的工资贡献出来，给孩子们买了奖品，极大地调动了孩子们的积极性。

学校坚持家庭式教育，师生"同吃一锅饭，同喝一壶水"。孩子们被编成若干生活小组，每组由一位老师负责管理，每个生活小组就是一个小家。在"家"里，孩子们称自己的老师为"妈妈"，"家"里的其他孩子就是"兄弟""姐妹"。为了与孩子们建立感情，刚到时，胡忠就搬进了男生宿舍，每周给宿舍里的8个小男孩挨个洗澡，让大孩子学习如何照顾弟弟。宿舍里有个孩子天天尿床，他就每晚12点把他叫醒，带他去上厕所，坚持了3个月后，孩子们尿床的次数越来越少，慢慢养成了好习惯。

还有个特别调皮的孩子，上课扔石头打同学和老师，偶尔还小偷小摸。胡忠让这个孩子跟自己睡在一个床铺上，与孩子"卧谈"。他从自己小时候犯错误被长辈教育说起，一遍遍告诉孩子拿别人东西的"危害"，一直聊到深夜。第二天一早，这个孩子把偷来的东西交给了他，并承认了自己的错误，小偷小摸的习惯再也没犯过。

　　学校师资和管理人员都缺，胡忠除了当老师，还从事行政管理。他教过小学和中学的语文、数学、政治、生物、化学和音乐，当过班主任、生活老师、思想品德老师，也管过学校德育和行政，任过教务主任和后勤主任。

　　胡忠来康定支教后，谢晓君几次来探亲，耳濡目染中，她也被这些孤儿打动了，毅然决定追随丈夫的脚步。2003年，她也向石室联中及教育局申请了支教，并带着三岁的女儿来到这里。

　　谢晓君是四川大竹人，1995年从四川音乐学院音乐教育系毕业，来之前在成都石室联中任音乐教师。她弹得一手好钢琴，可西康福利学校不需要音乐老师，于是，她就改教生物和数学，还做了图书管理员和生活老师，先后顶替离开了的志愿者和支教老师，尝试了多种角色位置。凭着忘我的敬业精神、出色的教育成绩以及对牧区孩子真诚的关爱，她年年被评为优秀教师。

　　2006年8月，一座位置更偏远、条件更艰苦的学校"木雅祖庆"创办了。谢晓君再次申请了支教。这次，她不再以石室联中老师的名义，而是把自己的关系调进甘孜，真正成为了当地教师。

　　来到"木雅祖庆"学校，谢晓君很快发现，藏区孩子没有接受过学前教育，不仅不认识拼音，甚至连基本的日常沟通也做不到，普通话必须从头教起。为了尽快帮助藏族学生提高汉语水平，她没日没夜地帮他们补课，每天晚上总是很晚才睡，周末她几乎没休息过。

　　高原的恶劣气候让她患上了多种疾病，晕倒打点滴是常有的事。为了控制风湿疼痛，她常常绑着灸盒，身上冒着青烟，为学生们上课。有一次，她生了病正输液，有个学生跑来问，有门课的老师走了，怎么办？她一听，立即翻身坐起来，让学生帮忙提着输液瓶，去教室上课。最后，输液瓶里的液体都输完了，血从管子里倒渗出来，她还站在讲台上。

　　"他们带上年幼的孩子，是为了更多的孩子。他们放下苍老的父母，是为了成为最好的父母。不是绝情，是极致的深情；不是冲动，是不悔的抉择。他们是高原上怒放的并蒂雪莲！"2012年，感动中国组委会将这样的颁奖词送给了胡忠、谢晓君这对夫妇。

人生很难为一件事坚持不懈，胡忠和谢晓君做到了。这对高原上耀眼的并蒂雪莲，已经绽放十多年，而女儿胡文吉的成长和选择，又让夫妇二人的故事有了更新更深的延续。

胡文吉从小跟着母亲，后来就在木雅祖庆学校上学。2014 年，14 岁的胡文吉参加了中考，取得了全甘孜州第一名好成绩。让所有人想不到的是，她却放弃了更好的入学选择，来到了甘孜泸定职业中学，学习藏数学。

得知女儿选择职高的消息，谢晓君一个人坐在办公室里想了很久。她回想起女儿从小跟她在高原吃的苦，不禁流下了眼泪，但她也理解女儿上职高学习藏数学的想法，支持女儿的选择，并为女儿有这样的想法和价值观感到欣慰。

"我想帮父母分担压力，尽快学成归来，在这里继续支教。因为我知道，这里教藏数学的老师特别缺。"胡文吉说。

胡忠和谢晓君一直希望有更多的人加入支教者行列，他们的女儿以实际行动做出了响应。

我们似乎已经看到，在蓝天白云下，在这片高原上，怒放的并蒂雪莲边，一朵小雪莲在风中摇曳……

8. 霞光满天

2014 年，朱敏才和孙丽娜在贵州支教已经超过了八年。从望谟二小，到尖山苗寨小学，又到花溪孟关乡中心完小、遵义县龙坪镇裕民小学、龙坪镇中心小学，夫妇两人的足迹走过了贵州 5 所乡村小学。

这年，朱敏才已经 72 岁，孙丽娜也年过花甲。夫妇俩不顾自己的身体，就像两块"砖头"，哪儿需要往哪搬，严重"透支"了健康。高原强烈的紫外线照射加上营养不良，造成孙丽娜的右眼几乎完全失明，左眼视力只剩下 0.03，医生已经不建议她继续治疗了。而年事已高的朱敏才，有高血糖、高血脂、呼吸暂停综合征等疾病，随时都有生命危险。

10 月 25 日深夜，朱敏才在龙坪镇中心小学突发脑溢血，被及时送往遵义县人民医院抢救，后又经遵义医学院附属医院一个多月的救治，才脱离生命危险。病情逐步稳定后，转往北京解放军空军总医院进行康复治疗。

2015年2月27日晚，感动中国2014年度人物评选揭晓，颁奖典礼在中央电视台综合频道播出。在晚会现场，主持人敬一丹深情地宣读了对朱敏才和孙丽娜的颁奖辞："你们走过半个地球，最后在小山村驻足，你们要开一扇窗，让孩子发现新的世界，废寝忘食、乐以忘忧，夕阳最美、晚照情浓，信念比生命还重要的一代，请接受我们的敬礼……"台下观众用掌声与泪水，向孙丽娜致敬。

这天晚上，孙丽娜穿着一件绿色毛衣，只身一人走上颁奖台，向观众深鞠一躬。主持人白岩松立即上前，给了她一个拥抱，然后说："过去二三十年的路，都是你们两人一起走，始终在一起！现在只有你一人站在颁奖台上……"瞬间，孙丽娜的眼睛湿润了。因为，朱敏才还在病床上，来不了现场。

孙丽娜含着热泪告诉大家："朱老师这十年特别不容易，是一种非常的信念支撑，才坚持下来的。"

2006年，朱敏才和孙丽娜在望谟县复兴镇第二小学（明望小学）支教一学期后，贵州省体操运动管理中心慕名找到了他们。中心急缺英语老师，邀请他们前往"救火"，于是他们又来到了省体操队。朱敏才担任了小学五年级到初中的英语老师，加强了对小队员们的口语交际能力的培养；孙丽娜则担任了大部分语文课教学任务。

2008年，他们从报纸上得知，黔西南州兴义市马岭山镇尖山苗寨小学缺老师，唯一的代课老师准备辞职，学生纷纷跪在地上请求老师留下。两人一商量，一致决定去尖山苗寨小学支教。

尖山有"贵州的小西藏"之称，海拔1300多米。全村70多户人家，每家背了7000斤石头，才盖起来了两间教室，成立了一个堪称"袖珍"的小学。两间教室只有窗户洞，连窗框都没有。

夫妇俩来到后，学校把原来的老师办公室一隔两半，外面仍做老师办公室，里面给他们当卧室。这个卧室跟男厕所共用一面墙，夏天臭气熏天，夫妇俩只能戴着口罩才能睡觉。由于交通不便，到县城需走三四个小时的崎岖山路，他们一个月才下山一次，到城里洗澡、购买生活用品。

学生们上学也是路途遥远，而且路上杂草丛生，常有恶狗甚至毒蛇出没。朱敏才削了30多根木棍发给学生，让他们防身，还独创了一套"尖山棍法"，传授给孩子们。

尖山苗寨小学本来只有语文和数学课，孙丽娜重新给苗寨的孩子们排了课，加上了英语、体育和音乐。因为年级多、老师少，两位老人从早上7点到下午5点，课程表排得满满的，几乎没有休息时间。孙丽娜每天要上6到7节课，一周至少要上30节，除了带两个年级的语文，她还要上全校的音乐课，参加少先队的活动，还负责全校的行政工作。

这里的孩子平时都是用苗语交流，汉语基本听不懂，英语更是听都没听说过。孙丽娜发现，孩子们虽然不会说汉语，但都喜欢唱歌，就尝试用唱歌的方式，教孩子们说汉语。她看到课本上有歌曲"小鸟在前面带路"的歌词，就带着孩子们唱。孩子们都喜欢唱歌，很快就学会了，唱着唱着，汉语水平也就提高了。于是，孙丽娜就给全校四个年级都安排了音乐课，很快就教孩子们学会了15首汉语歌曲和6首英语歌曲。

朱敏才主要负责英语课的教学。他发现，不仅在尖山苗寨小学，整个马岭山镇的英语教学都是"哑巴英语"，没有口语练习。于是，他不仅承担起了本校的口语教学任务，还编写了9万字的教材，培训全镇的中小学老师。

除了正常教学，朱敏才还通过他广博的知识和阅历，让孩子们知道了繁华的首都北京，知道了美丽的尼泊尔，知道了神奇的非洲大地，为苗乡孩子打开了一扇明亮的窗。

孩子们起初不会说普通话，后来能够流畅的朗读课文；起初不知道英语为何物，后来可以唱英文歌；起初木讷呆滞，后来学会了鞠躬道出"谢谢"……改变和进步是显而易见的。他们离开尖山苗寨小学时，几十个学生跟在他们后面，唱着他们所教的歌曲，为他们送别。

2009年，他们转到花溪孟关乡世华小学支教一年，随后又到遵义县龙坪镇中心小学支教。

在龙坪，孙丽娜的视力越来越差，不能为孩子们上课了，但她没有退缩，仍坚守在山里，主动负责学校的后勤工作。除了平时为孩子们做做饭，她还张罗着为学校争取捐款，建食堂和宿舍。而朱敏才的教学渐入佳境，尤其是利用自身的英语优势提升孩子们的英语水平。

支教期间，朱敏才和孙丽娜不仅给学生们上课，还不遗余力地帮助学生，想方设法改善学校的条件。为了奖励学生，朱敏才用自己的退休金给孩子们买铅笔、本子、橡皮等文具；孙丽娜利用回北京治病的机会，通过女儿牵线搭桥，为学校的孩子们募捐来 20 台电脑。阿里巴巴"天天正能量"公益项目奖励给他们 10 万元大奖，他们全部捐给了学校，作为盖食堂和电脑教室的启动资金。

2014 年，朱敏才和孙丽娜被评为"最美乡村教师""贵州都市年度人物"，还感动了中国。

"感动中国"作为中央电视台打造的一个精神品牌栏目，评选出的每个人物身上都有一种让观众感到心灵震撼的精神力量，被誉为"中国人的年度精神史诗"。可是，一位德国志愿者在广西山区义务支教 10 年，却说不想感动中国，这是怎么回事呢？

9. 从德国到广西

在许多人看来，他就像白求恩一样，是能够感动中国的"洋雷锋"，是很多人的偶像；而他自己却觉得，他与其他人一样普通，只是做了自己喜欢做的事情……他在中国广西山区义务支教十年，是"2006 年度感动中国人物"候选人，可他却给评选委员会写信，让评委们不要选他。他说："我不想感动中国，只能是中国感动我。"

他叫卢安克，德国汉堡人，是一对双胞胎中的弟弟。中学毕业后，他做过帆船厂的工人、帆船教练，当过兵，后毕业于汉堡美术学院读工业设计系。1990年夏天，他来中国旅游了三个月，便喜欢上了在他看来有些神秘的中国。后来，他又一次来到中国，在南京的东南大学留学，并开始从事教育研究。

卢安克选择农村作为他研究教育的基地。他认为，农村孩子可借助的力量较少，从他们身上更能看到教育的实际作用。另外，亲近自然的孩子，比城里的孩子更有想象力。然而，在东南大学，他很难获得接触农村的机会，于是转学到了广西农学院。

1997 年，卢安克在南宁的一所残疾人学校义务教德文，结果因没办下"就业证"被叫停。

1999 年，他又跑到河池地区的一所县中学当初中老师，因不能提高学生的考试分数，家长们有意见，学校把他开除了。

卢安克在各地奔走，总是坐慢车、买最便宜的硬座票，甚至站票。到了乡下，他尽量搭乘农民的拖拉机。他说，看见农民辛苦而自己坐轿车，心里不舒坦。他在广西几个地方教书，人家多半免费提供食宿，他每月的花费一般不到 100 元。

为了能在这些贫困学校当老师，卢安克注册了一个办事处，名为"德国鲁道夫·施泰纳教育友好协会驻中国办事处"。这个办事处不是教育机构，但可以做教育实践研究，他便有理由去学校当老师了。

2001 年 7 月，卢安克把办事处搬到了广西东兰县坡拉乡建开村林广屯广拉队，向他学生的父亲租下了一间没人住的泥瓦房，作为办事处新址。

在这个不通电话、不通公路、村民只会说壮语的偏僻小山村里，卢安克为孩子们提供免费的教育。他把这种教育叫做"开展教育活动"，特别声明不是办学，参加活动的孩子拿不到任何毕业证书，也不能直接给孩子带来任何经济上的好处；学习的目的是让小孩发现自己的才能，能够根据自己的需要做事。

来上课的，全是没上过学的女孩，而且听不懂普通话，只能说壮语，而卢安克又听不懂壮语，只能说普通话。开始几天，有大人帮忙翻译，但他们理解不了卢安克的想法，上课很困难。没办法，他只得先从拼音教起，教学生普通话。在掌握一些拼音的基本知识后，他让每个学生讲出自己的故事，翻译成普通话，再用拼音记下来。这样，每个学生都有一篇和别人不一样的拼音课文，因为是自己的故事，所以很熟悉，练习念时，也不用说出课文的意思，她们已经知道了。

教了一段时间的普通话，卢安克开始培养学生的想象力。他不再让学生讲自己经历过的事，而是让她们讲将来打算做的事，然后一起慢慢分析，讨论怎么实现。他让学生画出整个队的地图，又领着学生上山，根据看到的情况修改地图。过了一段时间，他又让学生在图上计划改造队里的环境。学生都说队里的路不好走，因为路都在排水沟里，有太阳时又晒又热，雨天又不能走。他就和学生一起，设计出 3 条小路：雨天也能走的路，人和水牛不同需要的路，边上种树的路。

卢安克把学生的方案告诉了他哥哥，他哥哥立即给他汇来 410 欧元，鼓励他实现学生的计划。于是，他在村里贴出一份报告，大家都积极响应，纷纷行动起来，修自己的小路。学生们是小路的设计师，都感到很荣耀。由此，她们喜欢上了设计课，学习也更加努力了。

这时，卢安克又开始教她们数学。学生接受得很快，不久就能计算出修小路需要多少袋水泥、多少沙子，还计算出了每个人要扛多少。

广拉队家家户户都有人参与了筑路，很快就修成了一条长 300 米、宽 0.6 米的水泥小路，遇到雨天，村里不会再泥泞不堪了。

2003 年 4 月，卢安克步行 4 个小时，来到东兰县切学乡板烈小学考察，做小学教育研究。随后，他在板烈小学 5 年级做教育实验（活动），免费给孩子上自然、美术、体育等课程，让学生们观察、感受，用艺术的方式来表达观察到的情况，并改造环境。

板烈小学有 240 名学生，其中 180 人是住宿生，由于父母常年在广东等地打工，他们很多人不记得自己父母的模样。每到周末，学校里很冷清，卢安克就到学生家里，与孩子们一起生活。白天，他与学生一起去放牛，去干农活；晚上，孩子们看电视剧，他则在一边翻译他的书。

在孩子们眼里，卢安克是最好的朋友，是可以一起爬树、一起在泥里打滚的玩伴。学生见到他，经常是一起扑到他身上。

在村民眼里，卢安克是一个不吃肉、不喝酒，给学生们上课不用课本，也不要报酬的怪人。久而久之，村民几乎忘了他是一个外国人，对待他像对待村里人一样，和他打招呼、聊天、开玩笑。

在记者们眼里，卢安克是个另类，因为躲记者是他日常生活的一部分。每当有记者来采访，他都会远远地躲到学生家里。他说："媒体会把我塑造成名人，而我只想做好我的事，不想出名。做名人只会影响我的工作和生活。"有记者请他到深圳接受采访，全程免费，可他说："我怎么能逃课？一个因为有上电视的机会而逃课的老师，是爱学生不够。"

曾有人想让卢安克当"青年志愿者"，希望他成为广西第一个外国志愿者，还打算让他参与大量公开的宣传活动。他却说："要我参加各种各样有吸引力、注意力的活动，我心里不舒服。我要做的工作需要安静。那种好看的、没有什么帮助的活动，还要到大饭店里的活动中心，除了浪费国家的钱，没有多大的实际意义。我还听说共青团要发工资给我，我怎么能当这样的志愿者呢？"

2006 年，卢安克注册的办事处到期，他的中国居留证也到期了，为方便留在中国做研究，他打算加入中国国籍。根据有关规定，外国人要加入中国国籍要满足一些条件，比如"要有中国籍配偶""需在国家一级单位工作 4 年以上"等，这些条件他都没达到，入籍申请自然没能获批。

2007 年 4 月，卢安克获得了广西共青团的"国际志愿者"身份，成为广西唯一的国际志愿者。他回到板烈小学继续教书，用自己的方式给孩子上自然（科学）、美术和音乐。

此后，卢安克一再延期志愿者身份，在板烈小学继续支教，直到 2010 年 12 月志愿者身份不能再延期。

<第八章　遍地花开

▷ 相关链接

1999 年 8 月 25 ～ 26 日，首届研究生支教团出发，分别到青海大通回族土族自治县、民和回族土族自治县、循化撒拉族自治县，甘肃榆中，宁夏西吉，河南新县，山西灵丘等 5 省（区）的 7 个国定贫困县，开展为期 1 年的支教扶贫工作。

2001 年 5 月，经团中央青年志愿者行动指导中心调研和考核，确定了扶贫接力计划研究生支教团的受援县，并确定了各高校的服务地。新增加西藏、重庆、云南、广西的 8 个贫困县为支教团服务地，使研究生支教团的服务范围覆盖了西部的全部 12 个省（区、市）。

2005 年 8 月，共青团中央、教育部、中华全国学生联合会联合开展了"中国青年志愿者扶贫接力计划研究生支教团优秀组织奖"评选活动。决定授予北京大学、中国人民大学、清华大学、吉林大学、复旦大学、南京大学、华中师范大学、陕西师范大学等 8 所高校和内蒙古自治区伊金霍洛旗、河南省新县、湖北省英山县、四川省昭觉县、甘肃省榆中县、青海省大通县、宁夏回族自治区西吉县、新疆维吾尔族自治区库尔勒市等 8 个服务县"中国青年志愿者扶贫接力计划研究生支教团优秀组织奖"，授予北京交通大学、郑州大学、山西省静乐县、广西壮族自治区田阳县及安捷伦科技有限公司（中国）"中国青年志愿者扶贫接力计划研究生支教团贡献奖"。

2010 年 6 月 24 日，全国项目办印发《关于做好 2010 年中国青年志愿者扶贫接力计划研究生支教团有关工作的通知》。根据团中央书记处要求和 2010 年有关工作安排，第十二届研究生支教团的培训派遣及后续管理服务等工作纳入西部计划管理体系并进行试运行，相关工作由各服务省结合实际负责协调组织，并逐步实现与西部计划管理体系的工作衔接与融合.

2011 年 5 月 16 日，团中央、教育部、财政部、人力资源社会保障部联合印发《关于印发〈2011 年大学生志愿服务西部计划实施方案〉的通知》，将团中央、教育部组织实施的"青年志愿者扶贫接力计划研究生支教团"项目纳入基础教育专项实施。

2014 年 1 月 2 日，全国大学生志愿服务西部计划项目管理办公室印发了《中国青年志愿者研究生支教团管理细则》，进一步规范研究生支教团各项工作，引导志愿者弘扬志愿精神，做好志愿服务工作。

<第八章　遍地花开

<table>
<tr><td>第
九
章</td><td>**在路上**</td><td>志愿服务在路上，贫困地区的教育发展在路上，山里的孩子走出大山的脚步也在路上……全社会尤其是青年人必须行动起来，继续弘扬奉献、友爱、互助、进步的志愿精神，以青春梦想和实际行动，去帮助所有需要帮助的人。</td></tr>
</table>

1. 走进非洲

　　2006 年 9 月，电视里正在热播电视剧《诺尔曼·白求恩》，报纸上登出了卢克安支教的消息，在华中农业大学攻读研究生的徐本禹又坐不住了。

　　回到武汉一年多，他一直在从事着公益事业，关注着支教的志愿者们，但他一直有个心愿，想做一名国际志愿者。他打开中国青年志愿者协会的网站，发现团中央、商务部和中国青年志愿者协会正在联合招募海外志愿者，不由一阵欣喜。他在网页上浏览了前几批援外志愿者的日记，被一个个感人故事所打动，有种热血沸腾的感觉。

　　第二天，徐本禹联系了中国青年志愿者协会，得知这年湖北没有海外志愿者名额，倒是共青团山东省委正在招募海外志愿者。于是，他立即联系了共青团山东省委报了名。不久，他通过了筛选，成为山东省 15 名志愿者之一。他要去服务的地方是津巴布韦，期限是一年，工作是汉语教学。

　　2006 年 11 月，徐本禹离开武汉，赴山东济南接受了短期英语强化培训，然后踏上了非洲支教之旅。

　　2007 年 1 月 23 日，徐本禹和另外 14 名志愿者一起，到达了津巴布韦，被

为了山里的孩子 >　　　　　　240

安排在首都哈拉雷的管理培训局从事汉语培训工作。

哈拉雷的官方语言是英语，公共场合和正规场合都使用英语，教学中也要使用英语来解释，这对非英语专业的徐本禹来说，是个不小的挑战。好在来之前有过强化培训，他又做了认真的备课，工作开展得还算顺利。

培训班都是三个星期的短期班，而学生平时都要上班，没有时间温习。为了提高学习效果，徐本禹把需要讲授的内容进一步浓缩，以日常用语为主，比如换钱、买东西、打电话、自我介绍等，尽量让学过的单词重复出现。讲授形式以对话为主，并制成音频资料，让学生课外自学，加深他们的记忆。

上课期间，他还有意识地给学生们讲一些中国文化，让学生们听一些中文歌曲，让学生们更多地了解中国。

除了在管理培训局教汉语，徐本禹还应邀到津巴布韦最有名的王冠酒店、象山酒店和王国酒店，为酒店的员工进行中文培训。也有华侨慕名前来，请他为自己的孩子辅导中文，他也来者不拒。

徐本禹在津巴布韦给学生上课

2007 年 4 月的一个周末，徐本禹帮一名中国孩子辅导中文。为了便于辅导，他就住在了孩子的家里，直到周一上班时才直接回管理培训局。回来后，他发现身上起了不少红点，还有一些痒，但他没太在意，觉得可能是被蚊子咬了，用不了几天就会下去。可是，过了两天，他身上的红点不但没见好，反而变大了，还出现了局部的红肿。

经认真检查，徐本禹发现是芒果蝇的幼虫钻进了皮肤里，肩膀上、腰上、大腿上都有，达 16 个之多！他当时就慌了，因为他的队友武冰冰也有过这样的经历，皮肤里钻进了两个芒果蝇的幼虫，就起了巴掌大的包，还出现了皮肤坏死的现象。可是，他也不愿去医院，因为津巴布韦的艾滋病发病率较高，担心医院的医疗器械不卫生。没办法，他只好让队友郝东智帮忙挤。挤的时候很疼，他咬着牙坚持，用了 4 个小时才把虫子从皮肤里挤出来。一直到现在，他身上还留着 16 个疤痕。

在津巴布韦一年，徐本禹为当地培训了 100 多名学员，获得了普通的好评。测试评估时，学生对他的课给予了很高的评价，其中有个叫"Dave Popatlal"的中年人在评估表上写道："出色的老师，希望 MTB 能够留下你们教中文。你们是善良的朋友，真正的朋友。"

虽然身在非洲，徐本禹一直牵挂着贵州山里的孩子，关心红杜鹃爱心社的运行和发展情况。他每天都要做一件很重要的事情，就是打开邮箱，看有没有好心人的邮件。

令徐本禹欣慰的是，红杜鹃爱心社的志愿者们一直在行动，不仅资助了大方县 20 名乡村小学校长赴武汉培训，还启动了资助贫困高中生项目，开通了"红杜鹃爱心社"的网站……

还有一件事更让他欣喜，红杜鹃爱心社的一名优秀成员把志愿精神带到了美国，并吸引了一批"国际力量"。

2. 告诉美洲

2011 年 11 月的一个清晨，美国纽约州的伊萨卡城下起了鹅毛大雪。在著名的康奈尔大学校园里，一个中国女孩顶风冒雪而行，匆匆赶往会场。

这个中国女孩是来自华中农业大学的大学生张瑜彬。她是"红杜鹃爱心社"的一员，曾经和社员们一起参加爱心义卖，一起走进养老院、孤儿院，走进白血病、大头娃娃爱心课堂，志愿服务已经成为她的一种习惯。长期以来，她在阅读了大量志愿服务和社会责任等方面的文献资料基础上，结合自身的志愿者经历，整合武汉地区优秀志愿者活动，创立了"hands on china"项目。通过这个项目，向世界优秀青年诠释中国青年的志愿服务精神和志愿者智慧，为世界各国大学生提供交流、讨论和共同实践的平台。她发起了"梦想湾"全球大学生公益活动，参加了中华慈善论坛、北京模拟哥本哈根大会，这次又来到康奈尔大学交流访问，利用各种时机传播中国文化和志愿者精神。

张瑜彬走进一间上公共课的大教室，径直走上了讲台，给美国大学生讲述了"一个中国大学生的志愿之旅"。她说："很愉快能与大家分享我做过的义工工作。与在座的你们一样，我是一名普普通通的志愿者，做着最平凡最普通的义工服务。一路爱着，也被爱着，内心平和而快乐。"

张瑜彬从大一时到贵州山区参加暑期支教开始讲述。她展示了一个有着纯净笑容的小男孩的照片。男孩是她在贵州支教时的一名学生，在玩耍中不小心跌倒，把胳膊摔折了。在城市，一个小小的外科手术就可以解决，但在闭塞的大山里，乡村医生的误诊，让他的小伤成了终身残疾，右臂再也无法伸直。

由此，张瑜彬讲到了自己的梦想。她说："我希望，在不远的将来，能建起真正行之有效的中国乡村信息传播网。一批专业的信息传播志愿者，让有价值的信息及时地传递给需要它的人。"

张瑜彬的话音刚落下，教室里响起热烈的掌声。

一个美国女孩站起来提问："你们的行动，从某种程度上讲，也打破了当地人本身的安宁。这会让他们痛苦，让他们不安于原先的生活，但是志愿者却无法将他们带出这个生活。你们是帮了他们，还是害了他们？"

这个问题提得很尖锐，但没有难住张瑜彬。她自信地回答道："我们不是'一次性'的活动，而是在通过坚持不断的努力，与他们一起努力，一点点改变现状，

<第九章 在路上

创造更多的物质财富，培养有更多知识武装的头脑。"

回国后，张瑜彬收到了很多来自美国的邮件。寒暑假里，一些志愿者从美国来到武汉，参与到红杜鹃爱心社的志愿服务中来。

3. 吸引"国际力量"

2012 年，红杜鹃爱心社成立了湖北高校首个留学生志愿服务队，吸引更多的"国际力量"。

来自圭亚那的留学生马丽娜，参加了贵州省遵义市余庆县龙家镇的爱心支教活动。每天早上，她给孩子们教英语，中午则给当地留守儿童及饮水特困村民送去饮用水，受到村民和学生的欢迎。她说："贵州之行无疑会成为我刻骨铭心的一段经历。我想念那里的一切，还会去的。"

来自印度的马亚克，是华中农业大学作物遗传改良国家重点实验室的一名博士。尽管科研任务很重，他仍抽出业余时间积极参加志愿服务活动。有一次，他在校内宴会上看到一位叫胡梅的老人郁郁寡欢，便主动上前询问，得知老人是因为子女不在身边感到落寞，就不断地往老人家里跑，帮忙做家务，陪老人聊天……他认为："参加志愿服务，不仅能够帮助他人，还可以真正去了解中国的文化，认识更多善良的中国朋友。"

在一次义务献血活动中，华中农业大学的来自索马里的 25 名留学生志愿者，组成了一个献血团队，成为现场最闪亮的风景。

"让志愿服务成为一种习惯。"在红杜鹃爱心社，经常能听到这句话。在这样一种理念的熏陶下，每一名社员都在努力地将志愿服务融入到生活的点点滴滴，使其汇聚成改变社会的大力量。

除了红杜鹃爱心社，更多的爱心公益群体如雨后春笋般在华中农业大学出现，先后诞生了"食科一家人"、植科"星星雨""阳光家园"等，不断掀起全校志愿服务公益活动的高潮。最后，这些爱心公益团体汇聚在一起，便形成了"本禹志愿服务队"。

4. 本禹志愿服务队

2006 年底，华中农业大学后勤集团捐出 20 万元，成立了"本禹志愿服务基金"，标志着"本禹志愿服务队"开始走上项目化运作的道路。学校各单位、各部门都大力支持，各院系先后成立的公益组织纷纷加入，力量越来越壮大。

"食科一家人"是食品科学技术学院学生自发成立的公益组织，最初只有 4 名志愿者，他们的打工所得 361 元钱是当时全部的经费。后来，更多的学生加入了，他们回收矿泉水瓶、卖电话卡，一毛一块辛苦赚来的钱，全都交给基金会，资助更贫困的学生。后来，他们累积了 10 万余元的资金，为数百名经济困难的同学提供无息贷款，为数百名农村孩子们送去了课外书籍……志愿者不少本身就是贫困学生，他们相信"一人有难大家帮，大家都是一家人"。

"阳光家园"是由几个平均年龄超过 50 岁的教职工倡导，很多大学生参与，老少搭配组成的志愿者组织。他们与省慈善总会合作，开展"物回宝"项目，回收七成新的衣物。大学生志愿者上门收集闲置衣物，退休或即将退休的教职工志愿者负责分拣、清洗和消毒。他们在学生区搭建了一个"爱心超市"，将清洗和消毒的衣物低价卖给需要的人，所得上缴给省慈善总会，慈善总会按照 1：1 匹配返还，用来施行公益救助。他们给本校贫困大学生提供资助，为贵州、四川、青海等贫困地区或受灾地区捐助物品。

2010 年 7 月 16 日，园林学院大三学生、志愿者张瑜因救溺水邻居不幸牺牲，被中央文明办评为"中国好人"，后又获得全国道德模范提名奖。为了纪念张瑜，也为了弘扬志愿精神，学院成立了"张瑜志愿服务队"。服务队开展助残爱老等一系列志愿服务活动，也成为"本禹志愿服务队"的重要一支。

更多的人加入了"本禹志愿服务队"，公益圈不断扩大，公益方式也越来越多样化。

2010 年 7 月，"本禹志愿服务队"志愿者鞠彬彬等 7 名文法学院艺术设计专业的同学前往华农大石希望小学，开展了"七心协力"与山区儿童共享上海世博会的活动，鞠彬彬因此入选"中国好人"，并成为上海世博会志愿者。

不用一次性碗筷、提倡绿色低碳环保的公益目标，是"本禹志愿服务队"不

徐本禹挥舞"本禹志愿服务队"队旗

少志愿者的选择。园林学院的志愿者王凤竹养成了一个习惯：出门总带着自备的小勺和筷子。她曾代表华农绿色协会参加了"绿色长征，和谐先锋"全国青少年绿色长征接力活动，并成为联合国环境规划署会议的中国代表。在会议上，她还当选为联合国环境规划署青年顾问，成为中国在该署唯一的青年顾问。

经济管理学院的志愿者张咪咪参加了"艾心小队进社区"等关爱艾滋病患者公益活动，向社区居民发放"红丝带爱心包裹"，宣传防艾知识，用自己的爱心带给艾滋病患者温暖和力量。

水产学院志愿者陈晓娇的公益目标是"保护江豚"。她先后20多次去长江、洪湖、洞庭湖、鄱阳湖等江豚出没的大江大湖考察，开展保护江豚的活动，并推动成立了全国第一支大学生江豚保护志愿者团队——"蓝色精灵"。他们与中科院水生所、世界自然基金会的工作人员一道，去监利县何王庙故道进行实地考察，并提议建立江豚自然保护区，渔民可以"退渔观豚"，转变收入来源。

"志愿者不是指挥者、教育者，本禹志愿服务队的志愿者们尝试了多种公益方式，是在用生命去影响生命。"时任华中农业大学团委书记李金发说。

用生命去影响生命，这植根于华中农业大学"勤读力耕、立己达人"的文化土壤，并且在继续生长。"本禹志愿服务队"用十年的坚持，尝试了不同路径，做了无数公益实事。在志愿者的努力和社会各界的关心下，相继建成了华农大石希望小学、本禹希望小学、炉山希望小学、兴田希望小学、箐角希望小学等一批希望小学，改善了当地的基础办学条件。募集图书10万余册，为20多所小学新建了图书室；募集爱心捐款200余万元，帮助上千名贫困儿童及中小学生完成了学业；协调开展"贵州乡村教师来汉培训"，先后有200多名乡村教师到武汉学习交流，此活动被评为"全国高校十佳公益活动"。他们还积极与爱心企业联系，搭建贫困地区学校与爱心企业的"爱心桥"，与武汉二航路桥特种工程有限责任公司、上海某投资公司、武钢集团等企业联合开展了"暖心三个一"系列助学项目，成立"水滴助学金"，资助山区留守儿童上海行……

如今，本禹志愿服务队已经拥有21支特色分队，分别是：研究生支教团、红杜鹃爱心社、爱心协会、新长城自强社、"阡陌上行"公益团队、星星雨服务队、牧医阳光志愿服务队、绿色协会环保宣教服务队、绿色阳光支教队、绿道科普志愿服务队、"爱满生科"志愿服务队、张瑜服务队、蓝色精灵志愿服务团队、锐工服务队、"七心协力"志愿服务队、"食科一家人"志愿服务队、e 路阳光志愿服务队、"爱暖夕阳"志愿服务队、达人志愿服务队、"梦想湾"志愿服务队、爱心天使志愿服务队……他们致力于推进志愿服务的长效化、品牌化，形成了服务校园、周边社区和相关特殊机构为主体的志愿服务品牌"六大工程"：以关爱农民工子女为主的"花朵工程"、以关爱离退休教职工和孤寡老人为主的"夕阳工程"、以关爱残弱人士为主的"暖阳工程"、以帮助三难学生为主的"甘露工程"、以爱护环境为主的"爱绿工程"、以帮扶失足青年为主的"和风工程"。

本禹志愿服务队从嫩芽吐露到亭亭玉立，从含苞待放到绚烂满天，芬芳的花朵已开遍了原野，先后获得"雷锋式志愿服务集体""中华儿女年度人物""全国最美志愿者""全国社会扶贫先进集体""中国青年志愿者优秀集体"等称号。

这些荣誉，都让本禹志愿服务队的志愿者们骄傲和自豪，但他们最看重的荣誉还不是这些，而是一封信。

5. 习总书记回信

2013 年 10 月 8 日晚上，以"本禹志愿服务队"为原型的校园话剧《牵挂》正在华中农业大学活动中心紧张彩排。作为演员之一的安玥琦突然接到了电话，是大石村一个学生家长打来的。原来，大石村 11 岁男孩李成译病情出现了反复。

李成译是华农大石希望小学的一名小学生，三个月前突然出现发烧、肌肉萎缩的症状，志愿者们捐出自己的奖学金，并联系爱心企业把他送到医院治疗，病情渐趋稳定。

这个电话，让安玥琦和志愿者们陷入了焦虑。在贵州大山里，这样的孩子还有很多，怎样才能让更多的人关注他们呢？

在讨论中，安玥琦想到了给习总书记写信。她觉得，如果习总书记能够知道本禹志愿服务队，知道山里孩子的期盼，那小成译就更有希望了。大家纷纷表示赞同，便开始写这封信。

2013年11月初，本禹志愿服务队的志愿者们经过反复讨论修改，终于把信写好了。他们以徐本禹的故事为主线，向习总书记汇报了全队1258名队员的志愿服务活动成果，以及他们的认识体会。他们在信里说："在本禹精神的感召下，我们学校的同学们自发组成了志愿服务队。目前，我们的队员已经达到1258人，服务也延伸到了关爱进城农民工子女、关爱老人、关爱残疾人等方面。今年五四期间，您在与优秀青年代表座谈时，和我们分享的'只有进行了激情奋斗的青春，只有进行了顽强拼搏的青春，只有为人民作出了贡献的青春，才会留下充实、温暖、持久、无悔的青春回忆'，道出了我们的心声！刚刚闭幕的十八届三中全会，让我们看到了一张奔向美好明天的崭新蓝图。我们感到，伟大的祖国已经为我们奋力实现'中国梦'开辟了广阔的天地，搭建了广阔的舞台。我们要做的就是勇敢地承担起历史赋予我们的责任，引领更多的青年通过志愿服务的方式服务社会，服务人民，在实现中华民族伟大复兴的道路上昂首前行。"

　　11月中下旬，经团中央传递，信件送到了习总书记办公室。

　　12月5日，在中国青年志愿者行动实施20周年暨第28个国际志愿者日之际，本禹志愿服务队的志愿者们收到了习总书记的回信。回信全文如下——

　　"本禹志愿服务队"的同学们：

　　来信收悉。得知你们在徐本禹同志感召下，积极加入青年志愿者队伍，走进西部，走进社区，走进农村，用知识和爱心热情服务需要帮助的困难群众，坚持高扬理想、脚踏实地、甘于奉献，在服务他人、奉献社会中收获了成长和进步，找到了青春方向和人生目标，感到十分欣慰。值此中国青年志愿者行动实施20周年之际，我向你们以及全国广大青年志愿者，致以诚挚的问候和崇高的敬意！

　　当前，全国各族人民正在中国共产党领导下，全面贯彻党的十八大和十八届三中全会精神，满怀信心为实现中华民族伟大复兴的中国梦而奋斗。你们在信中表示，要勇敢肩负起历史赋予的责任，积极投身改革发展伟大事业，奉献社会，服务人民，说得很好。

　　历史和现实都告诉我们，青年一代有理想、有担当，国家就有前途，民族就有希望，实现中华民族伟大复兴就有源源不断的强大力量。希望你们弘扬奉献、友爱、互助、进步的志愿精神，坚持与祖国同行、为人民奉献，以青春梦想、用实际行动为实现中国梦做出新的更大贡献。

习近平

2013年12月5日

〈第九章　在路上

习总书记在信中肯定了志愿者们在服务他人、奉献社会中取得的成绩和进步，勉励他们弘扬志愿精神，为实现中华民族伟大复兴的中国梦做出新的更大贡献，并向本禹志愿服务队和全国广大青年志愿者致以诚挚问候。习总书记的信写得情真意切、语重心长，让本禹志愿服务队乃至全国的志愿者们欢欣鼓舞、倍感振奋。

12月5日当天，本禹志愿服务队的志愿者们分别走进武汉市盲校和南湖玫瑰湾社区"志愿活动进社区"活动现场，为盲校孩子们送温暖，为社区市民送服务。他们听说了习总书记回信的消息，都激动不已，欢呼雀跃："没想到！真的没想到！习总书记真的给我们回信了！"

本禹志愿服务队成员李雨琦说："作为正在贵州支教的研究生支教团成员，看到习总书记的回信，我感到无比荣幸与自豪，同时也感受到了自己的历史责任与时代担当。习总书记的回信让我明白，任何事情都不可能一蹴而就，只有不断坚持，持续奋斗，才能绽放出美丽的梦想之花。"

本禹志愿服务队成员、植科院农药学研究生陈志强说："在志愿者的节日，能够收到习总书记的回信，倍感荣耀，这是对我们志愿者最大的鼓励。习总书记在信中勉励我们用实际行动为实现中华民族伟大复兴的中国梦而奋斗。当前，全面建成小康社会，实现共同富裕，关键在于缩小农民与城镇居民的差距。大音在耳，重责在身，我作为一名农科研究生，深知应紧跟祖国现代化建设步伐，响应祖国号召，不负习总书记厚望，以青春梦想，用实际行动到西部去、到基层去、到祖国最需要的地方去！"

湖北省委书记李鸿忠看到习总书记的回信，立即作出了批示。他在批示中说，习总书记的回信，情真意切，语重心长，体现了党中央对青年志愿者的亲切关怀和殷切期望，是对广大青年志愿者的热情鼓励，必将有力鞭策广大青年增强热爱人民、服务社会、报效祖国的青春责任和内在动力。全省广大青年和青年志愿者一定要将习总书记的关怀和勉励变成强大的精神力量，乐于奉献、情暖社会，心系天下、奋发有为，以激情奋斗实现青春梦想，以实干担当成就精彩人生，为"建成支点、走在前列"贡献青春力量。

时任华中农业大学团委书记、青年志愿者协会会长李金发看到回信后很激动。

他兴奋地说："现在社会上献爱心、做好事的人越来越多了，我们学校青年志愿者只是做了他们应做的工作。看到习总书记的亲笔回信，我们感到非常振奋，这是对学生志愿服务工作的肯定，但更多的是鞭策和鼓励。接下来，学校将把感动转化为实际行动，把志愿服务的常态工作深入下去，让本禹志愿服务的精神传播正能量，动员、激励更多的青年人参与到公益事业中。"

"阳光家园"负责人、原副校长阮桂美说："看了习总书记的信，我们特别感动，深刻感受到习总书记对志愿者工作的重视，对志愿者的肯定。我们退休的老同志能够在'阳光家园'做一些志愿工作，帮助那些贫困的学生，也是受徐本禹同学的感动。"

作为本禹志愿服务队的带头人，徐本禹从新闻联播里看到了习总书记回信的消息，感慨不已。他说："本禹志愿服务队和全国千千万万支志愿服务队一样，做了一些有责有爱青年应该做的小事，却得到习总书记的高度肯定和评价。昔日的受助者，成为今日的志愿者，这是事业发展的轨迹，是志愿者薪火相传、爱心燎原的精神所在。我和我们志愿服务队的队员们将进一步探索工作机制，创新活动载体，向里深挖内涵，向外整合资源，向下生长，向上歌唱，与祖国同行，为人民奉献，在志愿服务的大熔炉中百炼成钢，淬得真金，成长为推动实现中华民族伟大复兴的强大力量。"

徐本禹还说："这是给我们志愿者最好的生日礼物。我们将把习总书记的谆谆教诲牢记心间，从现在做起，从我做起，以更强的使命感和责任感投身志愿服务工作，将志愿服务进行到底，做一辈子志愿者。"

6. 将志愿服务进行到底

如今，徐本禹是中国青年志愿者协会副会长、共青团湖北省委学校部部长。作为中共十七大代表、中国第 18 届十大杰出青年、央视 2004 年感动中国年度人物，他是机关里的"名人"，有着耀眼的"光环"。但徐本禹一如既往地谦逊低调，他说："这些外在的光环，客观上对我提出了更高的要求。"

从非洲回国后，徐本禹回到了华中农业大学，继续攻读研究生。毕业后他留

徐本禹在座谈会上发言

校工作，被任命为华中农业大学团委副书记，仍致力于他热衷的志愿者服务工作。

2008年5月，汶川发生"5·12"特大地震，徐本禹先后3次去震区，看望那里的志愿者，为他们加油鼓劲。8月，徐本禹前往北京，做了一名北京奥运会的志愿者。

2009年10月，徐本禹又以志愿者的身份，为第十一届全国运动会提供了志愿服务。

2010年，徐本禹被调入团省委学校部工作。虽然机关工作很忙，经常要加班，但他坚持利用周末时间，到武汉盲校陪陪孩子们，去福利院给老人做些事情。这年秋天，他还带了30个盲童去上海参观了世博会。

十多年来，志愿服务已经成了徐本禹生活中不可或缺的一部分，成了他的一种生活方式和生存状态。

"我要把志愿服务进行到底，一辈子做志愿者！"徐本禹说。

2012年夏天，徐本禹资助的一个学生考上了大学，学费没有着落。他多方联系，促成了团省委、省青少年发展基金会和贵州茅台集团的联合爱心援助，将这个学生纳入了"国酒茅台·国之栋梁"希望工程圆梦大学公益助学活动，解决了其大学4年的学费。

7. 教过的学生考上大学了

这名学生叫王志华，大方县大水乡大石村人，父母以种地为生，家境贫困。他读六年级时，曾一度很羡慕外出打工的伙伴们，准备辍学去打工。徐本禹的到来，让他留在了课堂。

当时，王志华觉得徐老师不仅知识丰富，而且对学生极好，常常挨家挨户家访，还利用课余时间给学生们补课，就打消了辍学的想法。后来，徐老师带着他和另外两个学生到了北京，让第一次走出大山的他长了见识，也让他坚定了走出大山的信念，便下决心踏踏实实地读书了。

在徐本禹的鼓励下，王志华读完了初中，又考上了高中。因为家庭的变故，他几度面临辍学，每到关键时刻，徐本禹总是伸出援助之手。为了免除他的后顾之忧，徐本禹包下了他高中阶段的全部学费和生活费。

王志华没有让老师失望。在大方三中，他一直保持着较好的成绩，并一举考上了大学。

除了王志华，徐本禹教过的学生中，还有另外 4 人也在 2012 年考上了大学。

2012 年夏天，徐本禹专程回了一趟华农大石希望小学，看望这里的孩子们，也看望几位从这里走出去的学生。

听说徐老师要回大石，王志华、高家毅、王敏三人约好，早上 8 点就来到学校。他们都是徐本禹的学生，同时参加的高考。

徐本禹一下车，就看到了他们三人，兴奋地说："哎呀，王志华、高家毅、王敏！高家毅又长高了，跟我差不多啦！王志华，你还是那么腼腆！王敏，成大姑娘了！"

徐本禹的开场白，把大家都逗笑了。三个学生陪着他，在学校里走走看看——原来上课的破旧木楼不见了，泥地操场也没了，变成了漂亮的教学楼，温馨的教师宿舍，供应营养午餐的爱心食堂……他们边走边聊，在感叹学校变化大的同时，也谈起了填报志愿的事。

"志华考得最好，过了二本线，可以考虑填报湖北工程学院，学校在孝感，离武汉近，我们可以随时见面；高家毅过了三本线，可以考虑填报一所高职院校，掌握一技之长；王敏呢，学习音乐，报考的是艺术类，但考分还差一点，你可以选择复读，也可选择上高职高专。"徐本禹说。

王志华是唯一被二本院校录取的，徐本禹建议他报湖北工程学院，主要考虑离武汉近，可以更方便照顾他。但王志华没听老师的建议，填报了黔南民族师范学院。他有自己的想法，读师范毕业后可以做老师，为山里的孩子服务。他说："成长路上，徐老师一路陪着我。今后的路要靠自己走，但他绝对是我的'高参'。我希望读完大学后，有机会回报徐老师，回报社会。"

王志华是这么想的，有个人已经这么做了。

8. 长大后，我就成了你

康胜美长大了。

2014 年夏天，22 岁的康胜美从武汉职业技术学院毕业了。

她实习的武汉某医疗器械有限公司准备接纳她为正式员工，她婉拒了。

早在 2011 年 9 月，康胜美刚考上武汉职业技术学院时，她就跟徐本禹谈过她的梦想。她的梦想很简单，就是毕业后像当初的老师一样，去狗吊岩当一名志愿者，教那里的孩子们。为了梦想，她宁愿失去这个难得的工作机会。

"我 10 岁就辍学打工了，如果没有徐本禹等支教志愿者，我一辈子都走不出大山。我要把这种精神传承下去。"康胜美说。

曾经，在狗吊岩为民小学，康胜美得到了徐本禹教导和资助。徐本禹离开后，她仍谨记老师的教诲，坚持把小学上完，并以班里第一名的成绩考上了猫场镇中学，进入了重点班。

初中三年，康胜美学习很刻苦，成绩一直保持在全校前几名，最后成功考取了重点高中——毕节民族中学。这期间，徐本禹回了武汉，还去了非洲支教，但他一直托其他志愿者关心着康胜美，每学期给她寄 500 元钱的学费，还常给她打电话写信，帮她排忧解难。

在徐本禹的资助下，康胜美顺利读完了高二，成绩在全校前 50 名，很有机会冲击她梦想中的华中农业大学。然而，刚进入高三，她的母亲患了重病。

拿到母亲肺癌晚期的诊断书，康胜美陷入了绝望。她不愿让父亲承受这个打击，就隐瞒了母亲的病情，独自带着母亲求医。在这个过程中，她的成绩直线下降。如果不是徐本禹的安慰和开导，她差点又中断了学业。后来，她在一篇文章中写了当时的情形——

> 高三那年，妈妈被查出癌症晚期。当听到医生说妈妈只有3个月的时间时，我觉得世界瞬间崩塌了。我跑到医院楼顶，双膝跪地，哭着拨通了徐老师的电话。电话里的徐老师也在抽泣，他安慰我说："好好照顾你妈妈，勇敢地去面对生活。"徐老师还请本禹服务队的志愿者给我寄来1000块钱，让我给妈妈买补品。
> 我牢记徐老师的话，一边认真准备高考，一边带着母亲四处寻医。在妈妈最后一个月的日子里，我日日夜夜守在病床边。可是无论我多么努力，妈妈最后还是走了。
> 妈妈下葬后，我想弃学去打工，本禹老师坚持要我读大学，并鼓励我填报武汉的学校。后来，我考入了武汉职业技术学院。

2011年8月，康胜美处理完母亲的后事，就去武汉职业技术学院报到了。作为徐本禹在狗吊岩小学支教时所教学生中第一个考上大学的人，徐本禹见了她非常高兴，二话没说就硬塞给她5000元钱，让她交学费。此后的每个周末，她都到徐本禹家"走亲戚"。在她眼里，徐本禹是老师，更是亲人。

在长期的求学路上，康胜美得到了徐本禹和社会各界好心人士的关心、帮助和支持，她也渐渐懂得了不求回报、奉献他人、回馈社会的志愿者精神。她加入了阳光家教社，为农民工子女提供免费家教，还积极参加校内外各种公益活动，给那些同样处在困境中的人们提供力所能及的帮助。她还加入了本禹志愿服务队，周末和其他志愿者一起去盲校或福利院，照顾盲童，看望老人。

2012年暑假，她又毛遂自荐，与本禹志愿服务队第七届支教团一起，去大水乡永坪小学短期支教。在那里，她不仅把知识输送给大山里的孩子们，还挨家做家访，用自己的经历告诉孩子们读书的重要性，硬是把戴着耳钉的叛逆男孩、穿着暴露的无知女孩拉回了课堂。支教20多天回到武汉后，她一直牵挂着孩子们，靠勤工俭学和卖废品的钱，给他们寄去书籍和书包。

康胜美常怀感恩之心，回报之情，积极投身各种公益活动，先后荣获"湖北省优秀青年志愿者""感动武职青年人物"等荣誉。

2014 年夏天，康胜美像当年的徐本禹一样，作为一名"体制外"志愿者，回到了已经合并为兴合村的狗吊岩，在母校为民小学义务支教。她没有工资，也没有任何补助，全靠大学期间的奖学金和打工挣来的一点积蓄，勉强维持生活。这年寒假，她也像当初的徐本禹一样，放弃与家人团聚，专程去湖北孝感打工，挣钱养活自己，也用来奖励班上品学兼优的学生。

　　2015 年 5 月 20 日，我们在为民小学见到了康胜美。她站在孩子们中间，微笑着，恬静而纯美。

　　康胜美告诉我们，近年来，为民小学的发展相对缓慢，师资力量也相对薄弱，学生享受不到大多数学校学生能享受的待遇……这里山路崎岖，不通网络，学校食堂还没有像样的餐桌椅，学生吃不上营养午餐。

　　让康胜美感到欣慰的是，华中农业大学团委已经向团中央申请，新增为民小学为研究生支教团服务地，并增派两名志愿者来此支教。下一个学期，她的支教生活结束时，将有本禹志愿服务队的志愿者前来接力。

　　看着康胜美和孩子们在一起，仿佛看到了十年前的徐本禹和她，不由便想起了一首歌——《长大后我就成了你》——

长大后我就成了你，
才知道那支粉笔，
画出的是彩虹，
洒下的是泪滴。

长大后我就成了你，
才知道那个讲台，
举起的是别人，
奉献的是自己。

9. 女儿的名字叫"诗茜"

2011 年，29 岁的徐本禹有了自己的女儿。

徐本禹为女儿取了个名字，叫徐诗茜。诗茜的谐音是"思黔"，他借此来表达他对贵州的思念之情。

"离开贵州这么多年，我一直把贵州看作我的另一个家，每年都要抽时间去呆上几天，看看学校，看看孩子们。他们需要什么，我都会想办法去做！"徐本禹说。

这时，徐本禹的妻子施立秋尚在东北，他则独居武汉，夫妻聚少离多，这样的状态已经持续了好几年。

徐本禹与妻子的姻缘，正是从贵州开始。2005 年，还在日本留学的她，从网上了解到了徐本禹的感人事迹后，只身一人奔赴大石村。短暂的接触中，朴实诚恳的他给这个东北女孩留下了深刻印象，此后他们便飞鸿传书，确定了恋爱关系。此后，无论他回校读研，还是远赴非洲，她始终给予他莫大的鼓励和支持。最终，他们在东北领取了结婚证。

女儿降生后，夫妻有了爱的结晶，但徐本禹工作很忙，不能经常回家。他总觉得对不起妻子和女儿。

然而，对他的学生们，徐本禹总是不遗余力地关心帮助；对贵州的朋友，他一直保持着密切的联系。他经常找机会回贵州，组织一些针对性的公益活动，资助山里的孩子；贵州的人到武汉，只要找到他，他总要挤出时间，热情接待。

"这些年，我收获最大和最难忘的是在贵州的两年支教，它让我学会把艰辛当作一种生活的磨砺，可以说改变了我的人生轨迹。没有那些支教生涯，我可能也走不到现在这个工作岗位。同时，我的生活态度也因此发生了变化，对于来自社会和学校的帮助，我一直心存感恩，并在生活中寻找点滴的感动，将之转化为行动。"徐本禹说。

在徐本禹的帮助下，有 5 位贵州的学生考到了武汉职业技术学院，其中的王敏和雷来福是他支教时教过的学生。雷来福家庭条件不好，他帮雷来福找到了一份兼职，让他"学会自力更生、自己养活自己"。其他 4 名学生寒暑假也不回家，都在武汉打工挣钱。

周末，徐本禹经常把这些来自贵州的孩子请到家里，给他们改善伙食，帮他们解决学习和生活中遇到的困难。在这样的周末时光，徐本禹还陪学生们谈理想、谈人生，其乐融融，让这些远离家乡的贵州孩子感受到了"家里的温暖"。

"当我看到帮助过的人能够用一颗感恩之心对待他人、对待社会，乐观、阳光地面对生活，这对我来说就是最大的幸福，也是我继续做好志愿服务工作的最大动力。"徐本禹说，"让我倍感欣喜的是，团湖北省委、湖北省志愿者协会正在全省创建一批'本禹志愿服务队'，越来越多的人将加入志愿服务的行列。此时此刻，我要说，我是最幸福的人。我要和'本禹志愿服务队'的伙伴们一起，将这种幸福传递给别人。"

徐本禹还说："女儿长大之后，让她也做一个志愿者。"

▷ **相关链接**

2002 年 5 月 22 日，团中央、中国青年志愿者协会启动中国青年志愿者海外服务计划。派遣 5 名志愿者首次赴老挝开展中文教学、英文、计算机、医疗等方面的志愿服务，并在人民大会堂举行出征座谈会。11 月 28 日，第一批 5 名援老挝志愿者回国。

2007 年 1 月 21 日，由 15 名志愿者组成的中国青年志愿者赴津巴布韦服务队首次赴津巴布韦，开展中文教学、计算机教学、体育教学、中医诊治等方面的志愿服务。12 月，第一批 15 名赴津巴布韦志愿者回国。

2012 年 9 月 1 日，中共中央政治局常委、国务院副总理李克强给中国科学技术大学研究生支教团第十三届支教队队员回信，向同学们表示诚挚问候，勉励广大青年"经历铸就人生，奉献体现价值"，希望同学们把支教生活作为加油站，更加勤奋地学习工作，在报效社会中创造美好生活。

2013 年 8 月，西部计划全国项目办支持江西赣州革命老区西部大开发工作，向瑞金、宁都选派 12 名研究生支教团志愿者。支持河北实施"太行山 - 燕山"计划，向阜平、张北增派 50 名西部计划志愿者和 16 名研究生支教团志愿者。

2014 年 5 月 4 日，中共中央总书记、国家主席、中央军委主席习近平给河北保定学院西部支教毕业生群体代表回信，向青年朋友致以节日的问候，勉励青年人到基层和人民中去建功立业，在实现中国梦的伟大实践中书写别样精彩的人生。习近平在信中表示，你们响应国家号召，怀着执着的理想，奔赴条件艰苦的西部和边疆地区，扎根基层教书育人，十几年如一日，写下了充满激情和奋斗的人生历程。你们的坚守、你们的事迹，令人感动。

2015 年 6 月 1 日，国务院办公厅印发《乡村教师支持计划（2015—2020 年）》，确定把乡村教师队伍建设摆在优先发展的战略位置，全面部署乡村教师队伍建设工作。贵州省选派 2000 名教师到贫困地区、民族地区和革命老区支教。

2015 年 11 月 28 日，国务院印发《关于进一步完善城乡义务教育经费保障机制的通知》，全面部署统筹城乡义务教育资源均衡配置，推动义务教育事业持续健康发展。《通知》要求，各地区、各有关部门要按照"完善机制、城乡一体；加大投入、突出重点；创新管理、推进改革；分步实施、有序推进"的原则，整合农村义务教育经费保障机制和城市义务教育奖补政策，建立城乡统一、重在农村的义务教育经费保障机制。通知要求，慎重稳妥撤并乡村学校，努力消除城镇学校"大班额"，保障适龄儿童就近入学。

后记

　　历经一年，辗转万里，采访百人，查阅千万字资料，终于把这部《为了山里的孩子》写出来。此前，我没接触过教育行业，尤其对贫困地区支教不甚了解，按说我不该涉足这个领域，但为了山里的孩子，为了让更多人关注、关心、帮助山里的孩子，我也义无反顾。

　　接受任务后，我便立即投入资料搜集和采访中，但这个过程遇到了很多困难。有些支教志愿者特别低调，不愿过多地宣扬自己；部分志愿者顾虑重重，不愿谈起曾经的支教岁月。几经周折，终于电话联系上了徐本禹，博客联系上了张晓明，并通过微信等通讯手段数次采访请教，得到了许多第一手资料。另外，本禹志愿服务队的众多志愿者——张贵礼、赵凯、康胜美、罗欢、王德鑫、张申鹏、柯君、张鹏、付冰瑶等欣然接受了采访，提供了大量素材。采访得到了贵州人民出版社和华中农业大学团委的大力支持，得到了张云端、彭小川、黄冰、王成范等领导老师的热情支持和鼎力相助。在此，一并表示感谢。

　　需要特别感谢的，是我的鲁院导师、中国作家协会副主席、著名作家何建明。导师不仅认真阅读了书稿，提出了宝贵的指导意见，还在百忙中为本书作序。还有著名作家王宏甲老师，也给本书提出了许多切中肯綮的修改建议，给予了很多帮助和鼓励。

在写作过程中，我查阅了大量档案文献，主要有共青团湖北省委和华中农业大学党委联合编著的《有一种青春叫奉献》，共青团中央青年志愿者工作部编著的《十年树木　百年树人》，田悦著《天边边那树红杜鹃》，李广宇著《大山深处》，孔令中主编的《贵州教育史》，华中农业大学团委主编的《青春路上奉献最美》，还有众多记者发表在报刊上的相关报道……我学习、汲取了上述同仁的劳动成果，在此也深表敬意和谢忱。

由于时间较仓促，采访不够深入，参阅的资料也不一定权威，本书可能存在一些缺点和不足，甚至谬误，诚盼专家学者及相关当事人惠赐宝贵意见，以期有机会纠正。来信请发biaojiu@126.com，不胜感激。

2015 年 12 月

图书在版编目（ＣＩＰ）数据

为了山里的孩子 ——"本禹"们的青春选择 / 刘标玖
著． -- 贵阳：贵州人民出版社，2016.1
ISBN 978-7-221-13040-2

Ⅰ．①为… Ⅱ．①刘… Ⅲ．①报告文学－中国－当代
Ⅳ．① I25

中国版本图书馆 CIP 数据核字 (2016) 第 016512 号

为了山里的孩子 —— "本禹" 们的青春选择

作　　者：刘标玖
策　　划：陈　荣
责任编辑：张云端　黄　冰
出版发行：贵州人民出版社
地　　址：贵州省贵阳市观山湖区中天会展城会展东路 SOHO 办公区 A 座
制版印刷：北京玥实印刷有限公司
开　　本：889mm×1194mm　1/16
印　　张：16.5
印　　数：1-31000 册
版　　次：2017 年 1 月第 1 版
印　　次：2017 年 1 月第 1 次印刷
书　　号：ISBN 978-7-221-13040-2
定　　价：45.00 元